WARRIORS

貓戰士

首部曲之VI

黑暗時刻

The Darkest Hour

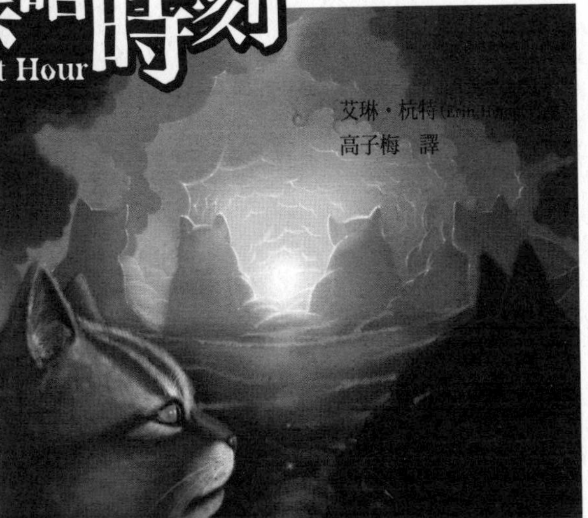

艾琳・杭特(Erin Hunter)著

高子梅　譯

晨星出版

這本書要獻給幫助火心找到他命運兩位，
維琪・何梅斯與麥特・浩斯朗。
謝謝你們。

特別感謝查理斯・巴卓。

見習生　（六個月大以上的貓，正在接受戰士訓練）

刺掌：金棕色的公虎斑貓。導師：鼠毛。

蕨掌：淺綠色眼睛，淡灰色帶深色斑點的母貓。導師：暗紋。

灰掌：深藍色眼睛，淡灰色帶深色斑點的公貓。導師：塵皮。

棘掌：琥珀色眼睛、暗棕色的公虎斑貓。導師：火心。

褐掌：綠眼睛、玳瑁色母貓。導師：蕨毛。

貓后　（正在懷孕或照顧幼貓的母貓）

柳皮：顏色極淺的灰白母貓，有雙特別的藍眼睛。

長老　（退休的戰士和退位的貓后）

獨眼：淺灰色母貓，是雷族裡最年長的一位，眼睛和耳朵幾乎都不管用了。

小耳：耳朵很小的灰色公貓，是最年長的公貓。

花尾：有著可愛花紋的母貓，年輕時很漂亮。

斑尾：淺白色的虎斑貓，也是最年長的貓后。

本集各族成員

雷族 *Thunderclan*

族長　**火星**：英俊的薑黃色公貓。見習生：棘掌。

副手　**白風暴**：白色大公貓。

巫醫　**煤皮**：暗灰色的母貓。

戰士　（公貓，以及沒有年幼子女的母貓）

暗紋：烏亮的黑灰色公虎斑貓。見習生：蕨掌。
長尾：蒼白色公虎斑貓，身上有暗黑色條紋。
鼠毛：嬌小的黑棕色母貓。見習生：刺掌。
蕨毛：金棕色的公虎斑貓。見習生：褐掌。
塵皮：黑棕色的公虎斑貓。見習生：灰掌。
沙暴：淡薑黃色的母貓。
灰紋：灰色的長毛公貓。曾經離開雷族加入河族。
霜毛：漂亮的白色母貓，有一雙藍眼睛。
金花：淡薑黃色的母貓。
雲尾：白色的長毛公貓。
無容：白色帶薑黃色斑點的母貓。

風族 *Windclan*

族長　**高星**：尾巴很長的黑白花公貓。

副手　**死足**：有一隻前掌扭曲的黑色公貓。

巫醫　**吠臉**：尾巴很短的棕色公貓。

戰士　**泥爪**：毛色斑駁的黑棕色公貓。

網足：暗灰色的公虎斑貓。

裂耳：公虎斑貓。

一鬚：棕色的公虎斑貓。見習生：金雀掌。

流溪：淺灰色的母虎斑貓。

灰足：灰色母貓。

見習生

金雀掌：虎斑貓。導師：一鬚。

貓后　**晨花**：玳瑁貓。

影族 *Shadowclan*

族長　**虎星**：暗褐色的虎斑大公貓，前爪特別長。過去屬於雷族。

副手　**黑足**：白色大公貓，腳掌巨大而黑亮，之前是無賴貓。

巫醫　**鼻涕蟲**：嬌小的灰白色公貓。見習生：小雲。

戰士　**橡毛**：矮小的棕色公貓。

圓石：瘦巴巴的灰色公貓，曾是無賴貓。

鋸齒：高大的公虎斑貓，曾是無賴貓。

見習生

小雲：非常矮小的公虎斑貓。導師：鼻涕蟲。

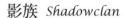

族外的貓 *cats outside clans*

大麥：個子小，肥胖的黑白花色公貓，住在離森林很近的農場。

公主：淺棕色虎斑貓，胸前和腳掌有明顯的白毛，火心的妹妹。是寵物貓。

烏掌：烏溜溜的黑色大貓，尾巴尖端是白色。之前是雷族貓，與大麥共住在農場上。

史莫奇：胖嘟嘟、和善的黑白花小貓，住在森林邊緣的一棟房子裡。

血族 *Bloodclan*

鞭子：一隻腳掌是白的、嬌小的黑色公貓。

骨頭：高大的黑白花公貓。

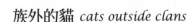

河族 *Riverclan*

族長　豹星：帶有少見斑點的金色母虎斑貓。

副手　石毛：灰色公貓，雙耳有戰疤。見習生：暴掌。

巫醫　泥毛：淺棕色的長毛公貓。

戰士　黑爪：煙黑色的公貓。

沉步：強壯的公虎斑貓。

影皮：深灰色的母貓。

霧足：藍眼睛的暗灰色母貓。見習生：羽掌。

見習生

羽掌：銀灰色虎斑貓，冰藍眼睛，母貓。導師：霧足。

暴掌：灰色毛髮公貓。導師：石毛。

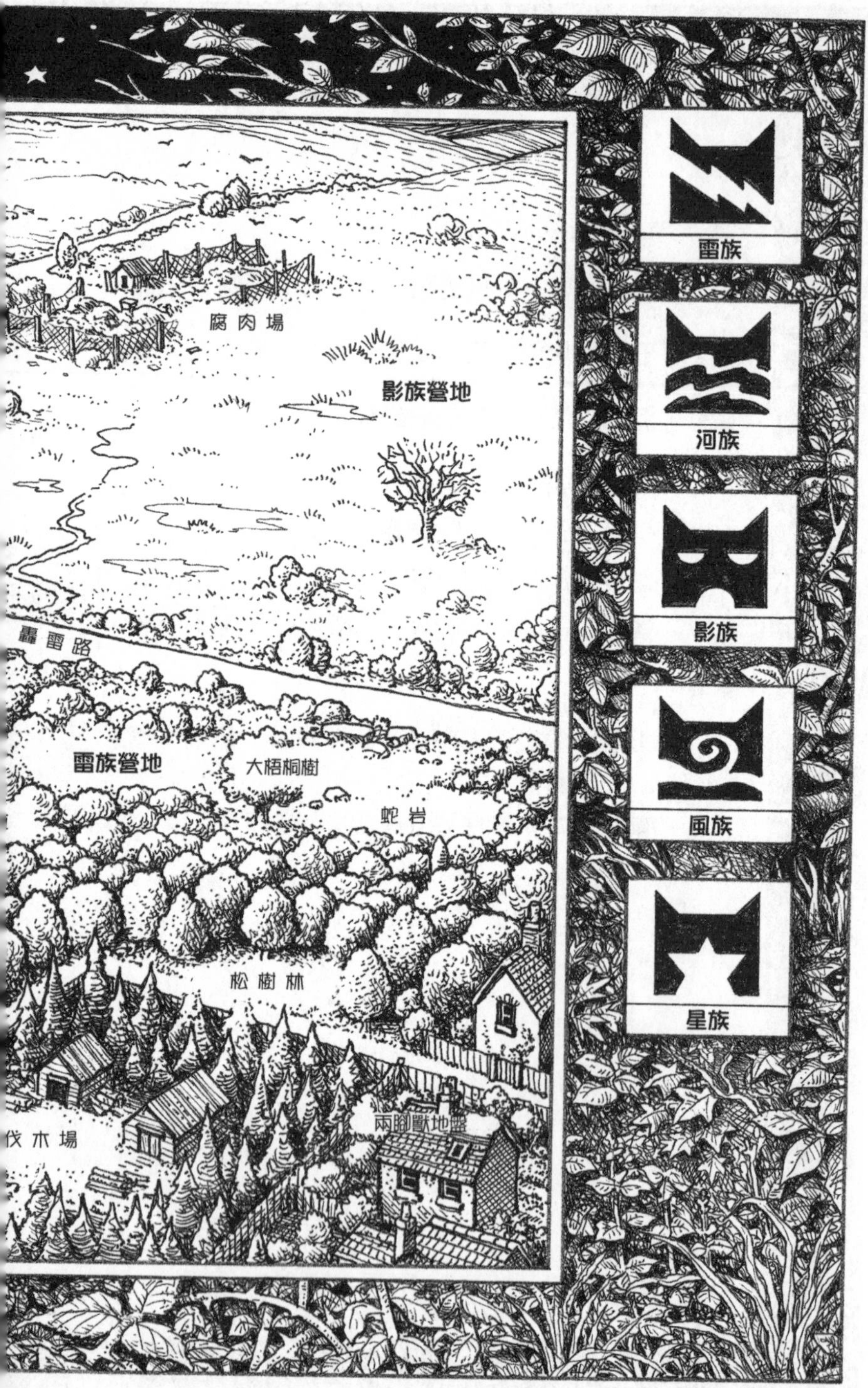
腐肉場
影族營地
轟雷路
雷族營地
大梧桐樹
蛇岩
松樹林
兩腳獸地盤
伐木場
雷族
河族
影族
風族
星族

高岩山
大麥的
農場
風族營地
四喬木
瀑布
貓頭鷹
樹
河流
陽光岩
河族營地

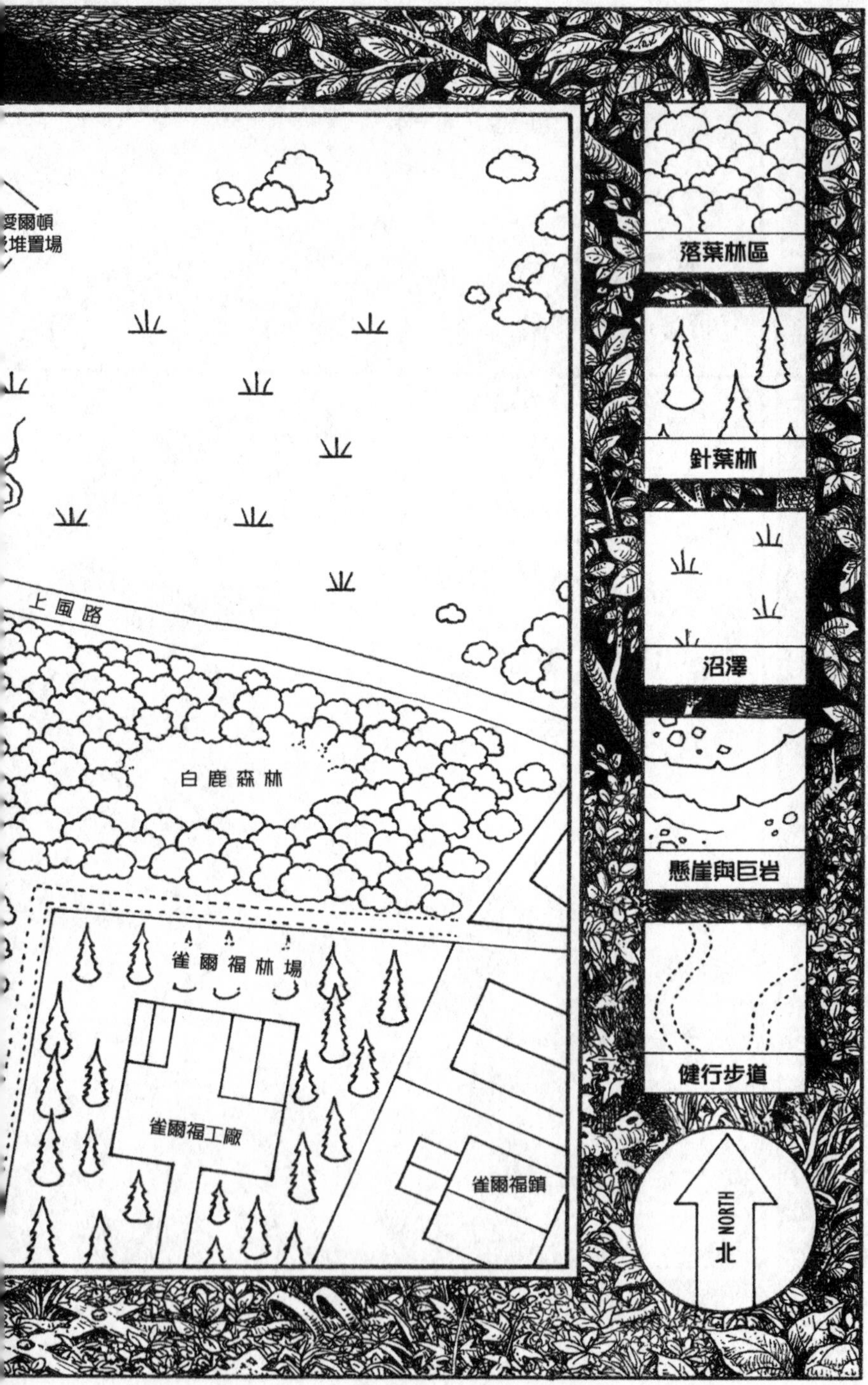
愛爾頓
堆置場
上風路
白鹿森林
雀爾福林場
雀爾福工廠
雀爾福鎮
落葉林區
針葉林
沼澤
懸崖與巨岩
健行步道
NORTH
北

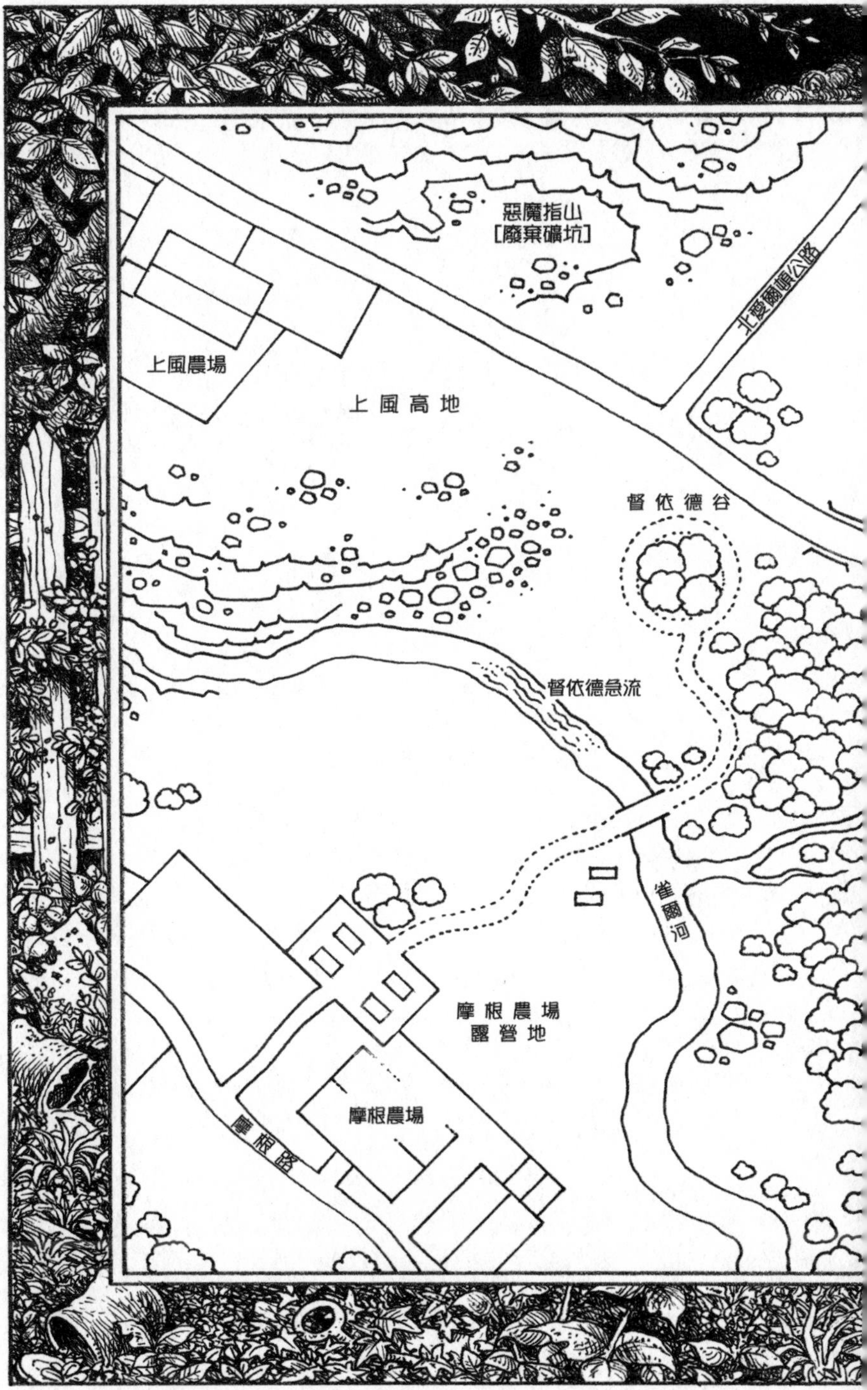
惡魔指山
[廢棄礦坑]
北愛爾頓公路
上風農場
上風高地
督依德谷
督依德急流
雀爾河
摩根農場
露營地
摩根農場
摩根路

序章

雨下個不停……叮叮咚咚地敲打在又黑又硬的轟雷路上，兩旁盡是兩腳獸打造的石頭巢穴。有時候會冒出雙眼發出強光的怪獸，從轟雷路上呼嘯而過，不然就是全身閃閃發亮的兩腳獸，他們縮起身子，匆匆走過。

兩隻貓沿著角落安靜地走過，他們緊靠著牆壁，因為那裡最陰暗。走在前面的是一隻瘦巴巴的灰色公貓，一隻耳朵像鋸齒的形狀，發亮的眼睛充滿警戒。因為雨水的關係，他的身體看起來很暗，而且滑不溜丟。

跟在他後面的是一隻高大的虎斑貓，濕淋淋的毛皮下方可以清楚看見強壯的肩膀和肌肉，正隨著他踏出的每一個步伐，有規律地起伏著。強光下閃閃發亮的琥珀色眼睛正來回張望著，防備隨時可能出現的偷襲。

他停在某個兩腳獸巢穴的幽暗入口，這裡可以多少避點雨。他大吼著，「到底還有多遠？這地方好臭！」

灰色公貓回頭看了他一眼。「就快到了。」

「最好是。」暗褐色的虎斑貓一臉不高興地慢慢往前走，而且不耐煩地抽動雙耳，想彈掉雨水。刺眼的黃色強光從他身上斜射而過，他嚇得身體一縮，一頭怪物咻地跑過轉角，濺起有兩腳獸臭味的髒水。他生氣地大吼，因為水弄髒了他的腳爪，而且濺到他身上。

他討厭兩腳獸地盤上的所有東西，包括腳下硬梆梆的地、怪物的臭味和坐在怪物肚子裡的兩腳獸、各種奇奇怪怪的噪音……最讓他生氣的是，如果沒有嚮導，他根本不可能活著來到這裡。這隻虎斑貓從來都不習慣依賴其他貓的幫忙。在森林裡，他熟悉每一棵樹、每一條河和每一個兔子洞。所有貓都承認他是四個貓族裡最強壯、最危險的勇士。但是在這裡，他簡直一點用也沒有。他覺得自己又瞎又跛，活像跟在母貓背後的小貓，只能無助地緊跟他的同伴。

但這一切還是很值得。虎斑貓的鬍鬚興奮地抽動，他正在進行一項計畫，可以把他最痛恨的宿敵，變成一群自掘墳墓的無助獵物。等到野狗依照約定時間展開攻擊時，那些貓絕對想不到牠們是被故意引來的。如果計畫很順利，那麼這次深入兩腳獸地盤的冒險，就能帶給他所希望得到的一切。

在前方帶路的灰貓沿著小路，穿過一處滿是怪物惡臭味的空地，地上的水塘在古怪的橘色強光下，反射出五光十色的漣漪。灰貓停在一條小巷子前，張開嘴，嗅聞空氣裡的味道。

虎斑貓也停下來，學灰貓張嘴；但才聞到兩腳獸食物的腐臭味，便厭惡地趕緊伸出舌頭舔了舔嘴巴。「就是這裡嗎？」他問。

「就是這裡。」灰色勇士緊張地回答。「可是——一定要記住我剛才跟你說的話。等一下要見的是貓群的領袖，所以要表現得很有禮貌。」

「圓石，你難道忘了我是誰嗎？」虎斑貓往前逼近一步，居高臨下地瞪著他的同伴。瘦弱的灰貓平貼兩耳。「沒有啦，虎星，我怎麼會忘記；但你畢竟不是這裡的族長。」

虎星咕噥著，「少囉唆，快走！」他大吼。

圓石轉進巷子裡，但才走幾步路就停了下來。這時候一個巨大的身影從他們前方陰森森地逼近。

「誰？」一隻有寬大肩膀的黑白花貓從陰暗處走了出來，毛髮被雨水打濕而貼在身上，更顯得他虎背熊腰。「報上名來，我們可不喜歡有陌生的傢伙出現在這裡。」

「你好啊，骨頭。」灰色勇士鎮定地喵了一聲。「還記得我嗎？」

黑白花貓瞇起眼睛，沉默了一會兒。「是圓石嗎？」他終於想起來了。「你不是說要去森林裡過好日子嗎？怎麼又回來了？」

他往前逼近一步，但圓石忍著不動，伸出爪子抓著坑坑洞洞的地。「我們想見鞭子。」

骨頭哼了一聲，有點輕蔑又有點嘲弄。「我不覺得鞭子會想見你。和你在一起的又是誰？我不認識他。」

「我叫虎星，來自森林，想跟你們的領袖說幾句話。」

骨頭綠色的眼睛來回盯著虎星和圓石。「你們找他有什麼事？」他質問。

虎星的琥珀色眼睛閃閃發亮，就像地上被水浸濕的小石子所折射出來的兩腳獸強光。「我要直接跟領袖談，不是邊界守衛。」

骨頭氣得豎起一身的毛，露出爪子，這時圓石趕緊衝到他們中間打圓場。「還是讓鞭子聽聽這件事好了，」他堅持，「因為這對大家都有好處。」

骨頭遲疑了一會兒，最後讓路，同意讓圓石和虎星過去。他帶著敵意地怒視他們的身影，但不再吭聲。

如今變成虎星走在前頭。他小心翼翼地走著，後面的光影漸漸消失，兩邊隱約可以看到瘦巴巴的貓正在垃圾堆後方悄悄潛行，發亮的眼睛緊盯兩名闖入者。虎星全身繃緊，因為要是這場會面出了任何差錯，他恐怕得靠自己殺出重圍。

一座高牆橫在巷底，虎星四下張望，尋找兩腳獸地盤上的貓領袖。他以為會見到一隻比骨頭還要壯碩的動物，但目光卻瞥見一隻體型很小的黑貓，蹲伏在某個陰暗的出入口。

圓石推推他，朝那隻黑貓的方向擺擺頭。「鞭子在那裡。」

「那就是鞭子？」滂沱大雨中，虎星懷疑地說。「他長得比我們的見習生還小。」

「小聲點！」圓石眼裡閃過一絲恐懼。「在這裡跟在我們那裡不一樣，他們的領袖只要一聲令下，這些貓隨時可以宰了我們。」

「看來我有訪客呢。」黑貓的聲音尖銳高亢，像冰塊裂開來的聲音。「沒想到還會再見到你，圓石。我聽說你已經去森林裡逍遙了。」

「是的，鞭子，我是回去了。」圓石回答。

「那你回來這裡幹嘛？」鞭子的聲音隱約帶著不高興。「難道你改變主意，又爬回來了？你以為我會歡迎你嗎？」

「不是的，鞭子，」圓石緊盯黑貓那雙冰冷的藍眼睛。「我在森林裡過得很好，那裡有很多獵物，也沒有兩腳獸……」

「你不必來這裡跟我炫耀森林裡有多美好，」鞭子輕彈尾巴，打斷他的話。「森林是給松鼠住的，不是給貓住的。」他瞇起眼睛，顯然不大高興。「你到底有什麼事？」

虎星上前一步，將灰色勇士推到一旁。「我是虎星，影族的族長。」他大聲地說。「我有個計畫想跟你商量一下。」

第一章

淺淡的光影穿過光禿禿的林間，火心正將他的族長拖回最後的安息地。他用牙齒緊咬住她的頸背，重新走回這條小徑，勇敢的雷族戰士不久前就是靠這條小路把野狗群引進深谷，讓牠們墜下深崖。他的動作有點不靈活，因為突然明白藍星已經死了，這個可怕的事實讓他有些發昏。

沒有了族長，整座森林似乎也變得不一樣了，甚至比他當年以寵物貓的身分第一次進到森林裡探險的感覺還要奇怪。

一切都變得很不真實，就連樹木和石頭都可能在下一秒消失似的。一種奇怪的安靜氣氛包圍了過來。儘管他用僅剩的理智告訴自己，那是因為所有獵物都被那群橫衝直撞的野狗給嚇跑了，但悲傷不已的他也覺得，這可能是因為整座森林都在為藍星哀悼。

他不斷地回想起在峽谷的那一幕。他彷彿又看見那隻帶頭的野狗淌著口水、尖牙幾乎咬上他的頸背；他還記得藍星當時突然衝了出來、撲上那隻野狗，拿自己當餌，誘牠衝向峽谷邊緣然後失足掉下懸崖、落進河裡。

一想到他也跟著跳進那冰到骨頭裡的河水去救族長，身體便忍不住發抖起來。他們根本游不上岸，幸好河族的兩位戰士，霧足和石毛，願意幫他們一把。

最糟糕的是，想到當時他挨著族長蹲坐在岸邊，發現她是為了救他和整個雷族才犧牲了性命，他就覺得既錯愕又不敢置信。

在霧足和石毛的幫忙下，他終於有辦法將藍星的屍體扛回家。一路上，他不斷停下腳步，嗅聞空氣中的味道，以確定附近是否還有野狗。他已經先派他的朋友灰紋去查看小徑兩邊的領土，確定沒有雷族貓曾被衝向峽谷的野狗給逮到。還好到目前為止，似乎沒有發生這種事。

火心避開刺藤叢，再次將族長的屍體放下來，然後抬起頭大口嗅聞空氣，還好森林裡只有族貓的味道。過了一會兒，灰紋在枯萎的蕨葉叢附近現身。

「火心，一切都沒問題。」他回報。「只有一堆矮樹叢被踩斷而已。」

「很好。」火心喵了一聲。他充滿希望地想，顯然那些沒掉進深谷的野狗，已經慌張地逃走了，森林裡又只剩四大部族。他的部族已經度過三個可怕的夜晚，竟然在自己的領土上被當成獵物；但還好他們都熬過來了。

「我們繼續走吧，在大家回來前，我得先確定營地是安全的。」

他和河族戰士再度扛起藍星的屍首，穿過樹林，火心在通往營地入口的山谷上停了下來。這時他想起今天早上，他和他的戰士曾一路追蹤虎星為了誘引野狗到雷族營地，沿路丟棄的兔子屍體，結果他們在路的盡頭找到了貓后斑臉的屍體。虎星殺了她，是要讓那群野狗嚐嚐貓血的滋味。如今一切似乎都已經結束了。火心再度嗅聞空氣，營地裡只有貓的氣味。

「你們在這裡等一下，」他喵了一聲。「我進去看看。」

「我跟你一起去。」灰紋也立即提議。

「不必了，」石毛開口。他彈彈尾巴，擋住灰色戰士的去路。「就讓火心自己去吧。」

火心感激地看了河族副族長一眼，便往山谷下方走去。他豎直耳朵，小心地傾聽前方的可能動靜。但森林裡卻安靜得不得了。

他穿過金雀花隧道進入空地前，先停下腳步，小心翼翼地環顧四周。他擔心可能還有野狗留在附近，或是虎星已經派影族戰士占領了這塊營地。但四周靜悄悄的，眼前荒涼的景象看得火心寒毛直豎，但還好眼前沒有任何威脅，也沒有野狗或影族的氣味。

為了確定營地安全無虞，他很快檢查了一下每個洞穴和育兒所。往事一幕幕浮現心頭……他還記得當他告訴族貓有野狗來襲的消息時，他們臉上不解的神情，還有當他在林間驚慌竄逃時，那隻野狗領袖的呼吸就噴在他身上的恐怖記憶。

火心站在高聳岩下方，聽見風在林間低語，不免想起以前虎星曾站在這裡，厚顏無恥地面對發現他背叛事實的族貓們。當時虎星發誓要報仇，要他們為放逐他而付出代價。火心相信這次野狗攻擊雷族的殘暴行為，絕不會是他最後一次的復仇行動。

最後，火心謹慎地穿過蕨葉隧道，來到煤皮的洞穴。只見巫醫的藥草整齊地排放在岩壁旁，歷歷在目的記憶再度朝他襲來。在煤皮之前，斑葉和黃牙都曾是雷族的巫醫，火心很愛她們，一想到她們就覺得感傷。現在連族長也死了，兩種悲痛的心情交織在一起。**藍星死了。**他默默跟她們說：**現在她是不是也和妳們在一起，都在星族呢？**

他沿著蕨葉叢往回走到山谷上，灰紋站在那兒守衛，霧足和石毛則在旁看守族長的屍體。

「都沒問題。」火心大聲地宣布。「灰紋，你現在去陽光岩通知大家，藍星死了。除此之外，什麼也別說，等我見到他們，再跟他們解釋清楚。現在只要讓他們平安回家就行了。」

灰紋的黃眼睛一亮。「我立刻去，火心。」他轉身穿過樹林，往陽光岩的方向衝去。那裡是野狗沿著血跡進攻營地時，雷族的臨時避難所。

蹲在藍星屍體旁的石毛發出了有趣的喵嗚聲。「灰紋的心究竟向著哪一族，實在很明顯。」他下了個結論。

「是啊！」霧足同意。「大家都知道他不會待在河族的。」

灰紋的小貓是和河族的貓后所生的，曾有一陣子灰紋跑到河族和他們住在一起，但他的心卻從來沒離開過雷族。當他被迫與他原本的族貓作戰時，他做了選擇，救了火心一命，於是河族的族長豹星決定驅逐他。火心事後回想起來，其實放逐反而促成了這位灰色戰士回到真正屬於他的地方。

火心向河族戰士點頭示意，三隻貓兒於是再度扛起藍星，將她搬下山谷，進入營地。他們最後把她放在高聳岩下的洞穴裡，她會一直待在這裡，直到所有族貓都來向她告別後，才會以最尊榮的方式予以埋葬。這是這位情操高尚的族長應得的禮遇。

「謝謝你們的幫忙，」火心對河族戰士喵聲說道。他知道他接下來要說的話，意義重大，因此他遲疑了一會兒，才又開口：「你們願意留下來，參加藍星的葬禮嗎？」

「你太客氣了。」石毛回答。他很驚訝火心竟然願意讓別族的貓參加這種私密的儀式。「可惜我們有任務在身，必須回去了。」

「謝謝你，火心。」霧足說：「你的邀請，我們心領了。但如果我們留下來，你的族貓恐怕會覺得奇怪；他們並不知道藍星是我們的母親，不是嗎？」

「是不知道，」火心告訴她。「只有灰紋知道，但虎星曾偷聽到你們和藍星的談話……就在河邊。所以你們必須有心理準備，以免他在下次大集會時揭開這個祕密。」

石毛和霧足互看了一眼，然後石毛站起身來，藍色的眼睛裡毫無懼色。

「虎星要說就隨他說吧，」他喵聲回答。「我今天就會親自告訴河族，我們並不以自己的母親為恥。她是一位值得尊敬的族長──而我們的父親也是一位偉大的副族長。」

「沒錯，」霧足附和他。「所有的貓都同意這一點，即便是不同部族的貓。」

他們的勇氣與決心，讓火心再次想起他們的母親藍星。當年她把他們交給了他們的父親──河族的副族長橡心，所以這兩隻貓一直以為他們是在河族出生的。起先他們知道真相時，很恨藍星，可是今天早上，當她躺在河邊時，他們早就打從心底原諒她了。

悲痛中的火心從他們的話裡，知道他的族長已經得到孩子們的原諒，覺得很欣慰。部族裡只有他知道藍星的心事，看著自己的孩子在別的部族長大，那種痛苦曾不斷啃蝕她的心。

「真希望我們能多瞭解她一點。」石毛感傷地說，彷彿能讀懂火心的心思似的。「你很幸運，能和她一起生活，擔任她的副族長。」

「我知道。」火心難過地低下頭，看著僵躺在沙地上的灰色母貓。藍星的靈魂已經歸天，追隨星族去了，留下來的身軀看起來既瘦小又無助。

「我們可以和她單獨道別嗎？」霧足試探性地問。「只要一會兒就好了。」

「當然。」火心回答。他慢慢走出洞穴，留下石毛和霧足，讓他們第一次、也是最後一次和他們的母親分享舌頭。

他繞過高聳岩，聽見有貓穿過金雀花隧道的腳步聲。他趕緊衝過去，只見霜毛和斑尾正怯生生地走進空地。他們在隧道裡猶豫徘徊，不敢冒然前進。蕨毛和金花也帶著同樣小心翼翼的態度跟在後頭。

火心看見他的族貓竟然會如此害怕自己的家園，只覺得心痛。他睜大眼睛，努力搜尋其中一位戰士——沙暴，那是他至愛的淡薑黃色母貓；他必須確定她把野狗誘出營地後，依舊安然無恙。

之後火心看見他的外甥雲尾了，這隻白色的戰士正細心地護送無容回來。無容在野狗攻擊營地前，曾受了重傷。煤皮跟在他們後面，嘴裡叼著藥草，一跛一跛地穿過入口走進來。棘掌和褐掌急忙擠過她身邊，衝到最前面來；他們是新加入的見習生，也是虎星的孩子。

火心終於看到沙暴了，她挨著柳皮慢慢地走進來。柳皮的三隻小貓在他們身邊跳來跳去，完全不知道族裡剛剛遭遇了什麼危險。

火心朝沙暴跑過去，發出開心的呼嚕聲，並用鼻子抵住她柔軟的毛髮。淡薑黃色的戰士不斷舔著他的耳朵，他抬頭看她，只見她的綠眼睛充滿溫暖的光芒。

「我好擔心你，火心。」她低聲說，「真不敢相信那些野狗竟然有那麼大，嚇死我了。」

「我也是啊！」火心承認。「我一直在等妳回來，真怕牠們抓到妳。」

「抓到我？」沙暴把他推開，尾尖不斷抽動，火心以為他又惹她生氣了，直到看見她的眼神發亮，才知道自己多慮了。「火心，當我在森林裡奔跑時，心裡只想到你和雷族；我覺得我跑起來就像星族一樣快。」

她緩步走到空地中央，環顧四周，一臉凝重。「藍星呢？灰紋說她死了。」

「沒錯。」火心回答。「我想救她，但她掉進河裡太久。屍體就放在族長窩裡。」他猶豫了一會兒，才又說：「霧足和石毛現在和她在一起。」

沙暴轉向他，不安地豎起全身的毛。「我們營裡有河族貓，為什麼？」

「是他們幫我把藍星從河裡拖上來的，」火心解釋，「而且……她是他們的母親。」

沙暴愣了一下，兩眼瞪得斗大。「藍星？怎麼可能……」

火心用鼻子抵住她，打斷她的話。「我晚點再告訴妳，」他答應她，「現在我得先確定族貓們全都安全到家。」

在他們說話的同時，其他族貓也陸續從金雀花隧道現身，開始圍著火心和沙暴三三兩兩地坐下。火心看到蕨掌和灰掌，他們是率先誘引野狗追出營地的兩位見習生。「你們兩個做得很好！」他說。

年輕的貓兒發出得意的呼嚕聲。「我們照著你的吩咐躲在榛木叢底下，一看見野狗就跳出來。」灰掌說。

「沒錯，我們知道一定得把牠們引開營地。」蕨掌打斷他的話。

「你們兩個都很勇敢。」火心誇獎他們，再次想起斑臉跛行的身影。斑臉是他們的母親，被虎星給殺了。「我以你們為傲……你們的母親也會以你們為傲的。」

灰掌的身體不由得發抖，看上去就像隻脆弱的小貓。「當時我嚇壞了，」他這麼承認，「如果早知道野狗是長那個樣子，恐怕就沒勇氣了。」

「我們也很害怕。」塵皮出現，一邊輕舔著蕨掌。「我這輩子從沒跑得這麼快過，你們兩個表現得太好了。」

儘管他同時讚美自己的兩個徒弟，但那雙炙熱的目光一直停在蕨掌身上。火心差點笑了出來，這隻黑棕色虎斑貓喜歡他的女見習生，早就不是什麼祕密了。

「你也做得很好，塵皮，」火心喵聲說道。「族貓都欠你們一份情。」

塵皮看著火心好一會兒，才微微點頭表示敬意。等他轉身要走時，火心看見雲尾正小心帶著無容過來，於是他攔下他們問：「妳還好嗎，無容？」

「我很好，」年輕的母貓回答，不過她另一隻完好無缺的眼睛卻緊張地四處張望。「你確定這裡已經沒有野狗了嗎？」

「我親自檢查過營裡的每個角落了。」火心告訴她，「完全沒有野狗的蹤跡。」

「她在陽光岩的表現很勇敢，」雲尾喵聲說，鼻子輕觸無容的肩膀。「她一直幫忙我在樹上監看。」

無容很開心地說：「我的視力不像以前那麼好，不過聽覺和嗅覺都不錯。」

「做得好！」火心喵聲說。「你也是，雲尾，我知道我可以信賴你。」

「他們都做得很好。」那是煤皮的聲音，火心轉身看見她一跛一跛地往他這兒走來，後面跟著鼠毛。「就算聽到野狗狂吠，我們也表現得很鎮定。」

「大家都沒事吧？」火心焦急地問。

「他們都沒事。」巫醫的藍眼睛裡有欣慰的神色。「只是鼠毛在逃離野狗時，不小心傷到了爪子，其他貓都很好。走吧！鼠毛，我來幫妳敷藥。」

火心看著她們走遠，這時白風暴突然出現在他身邊。「我能跟你私下說句話嗎？」

「當然可以。」

「我很抱歉，」白風暴一臉悲痛。「當初我們逃離的時候，你要我好好照顧藍星；可是她趁我不注意時跳下陽光岩；她會喪命都是我的錯。」

火心瞇起眼睛，看著眼前這位年老的戰士。這是他第一次注意到白風暴有多蒼老。雖然白風暴是雷族裡最資深的戰士，平常看起來也總是那麼強壯威武，白色的毛光滑服貼，但此刻的他看起來，卻比今天早晨離開營地時老了許多。

「你別自責了。」火心堅定地說，「就算你注意到她不見了，也沒有辦法。她是你的族長——你總不可能叫她乖乖聽話，待在你身邊吧？」

白風暴瞇起眼睛。「那時我也不敢派別的貓去追她——到處都是野狗。我們只能坐在樹林裡的陽光岩附近等待，到處都是狗叫聲……」他突然打了一陣冷顫。「我應該想想辦法的。」

「你已經盡力了。」火心告訴他。「你待在族貓身邊保護他們的安全，藍星自己做了決定，是星族要她犧牲生命來拯救我們。」

白風暴輕輕點頭，但眼神仍充滿困惑。他低聲說：「是啊，雖然她已經不再相信星族了。」

火心很清楚這是為什麼，藍星生前那幾個月，已經對星族失去了信心。她發現虎星背叛了雷族，於是開始相信自己必須向戰士祖靈宣戰。幸好在煤皮的刻意掩護下，火心和白風暴才沒讓其他族貓發現族長出了問題。不過火心很清楚，藍星在死前已經不那麼想了。

「不，白風暴，」火心回答，他很慶幸自己還能說些安慰這位老戰士的話。「藍星死前已不再質疑星族了，她完全知道自己在做什麼，也知道為什麼要這麼做。她已經恢復理智，重拾對星族的信心。」

白風暴原本悲痛的神情，終於出現一絲喜悅。他低頭表示瞭解。火心知道藍星的死，對他是很大的打擊，畢竟他們是老朋友了。

其他族貓陸續走了進來，圍著火心坐下。他看見他們臉上還帶著害怕的神情，對未來感到惶惶不安。於是他先穩住自己的心緒，知道自己有責任安撫他們。

「火心，」蕨毛有些猶豫地問，「藍星真的死了嗎？」

火心點點頭，「沒錯，她……死了；她是為了救我和我們的族貓才犧牲自己的。」他本來以為他會哽咽到說不下去，但他強忍住悲傷，吞吞口水，繼續說道：「你們也都知道，最後一個等在小徑上，要把野狗引進峽谷裡的貓是我。當時虎星突然撲向我，把我打倒在地，好讓野狗的領袖追上我。牠本來可以殺掉我，讓野狗在森林裡大開殺戒，還好藍星救了我。她突然衝向那隻野狗，就在峽谷邊……然後他們倆就一起跌下去了。」

他看得出悲傷的氣氛在族貓之間蔓延開來，彷彿寒風橫掃過森林。

「然後呢？」霜毛靜靜地問。

「我也馬上跟著她跳了下去，但我救不了她。」火心閉上眼睛，那翻騰洶湧的河水還歷歷在目。當時他使盡力氣，想把族長拉出水面。

「還好有河族的霧足和石毛，在我們被衝出峽谷時趕來幫忙。」他繼續說，「當我們合力把藍星拖出水面時，她還剩一點氣息，可是已經來不及了，她的第九條命已經用完，離開我們到星族那兒去了。」

貓群中傳出一聲哀嚎。火心知道藍星在很多貓出生前，就已經是族裡的族長了。如今失去她，彷彿四喬木裡的四棵大橡樹一夜間被砍光那樣。

他提高聲量，盡量穩住語調。「藍星沒有離開我們，此刻的她就在星族俯看著我們……她的靈魂永遠與我們同在。」**或待在族長窩裡**，他這樣想，**和石毛、霧足一起分享舌頭。**

「我現在想見藍星。」斑尾喵了一聲。「她在哪裡？在她的窩裡嗎？」她轉身往洞口走去，花尾和小耳跟在她身邊。

「我和你們一起去。」霜毛也跟著站了起來。

火心突然警覺到，他本來要給霧足和石毛更多時間，與他們死去的母親做最後的道別，但這時除了灰紋和沙暴之外，其他貓並不知道營地裡有兩位河族戰士。

「等一下……」他開口想要阻攔，急忙穿過貓群。

但來不及了，斑尾和霜毛已經來到族長窩的入口。她們一看見陌生的貓，立刻寒毛直豎，尾巴膨成兩倍大。霜毛威嚇地大叫：「你們在這裡做什麼？」

第二章

火心一衝進藍星的窩裡，斑尾立刻跳起來，轉身面對他。她氣沖沖地看著他。「這裡有兩隻河族貓，」她怒吼道：「他們正在羞辱我們族長的屍體！」

「不！……他們沒有！」火心大聲吼道：「他們有權利待在這裡。」

他突然發現其他的貓也都跟在他後面擠了過來。他聽見雲尾發出質疑的聲音，四周的怒吼聲瞬間響起。

火心轉身面對他們。「你們退後！」他命令道。「沒有關係的，霧足和石毛是……」

「你知道他們在這裡？」這是暗紋的聲音。這隻深色虎斑貓穿過貓群，走到火心面前，惡狠狠地瞪他。「你竟然敢讓敵營的貓進到我們營裡……而且還進到我們族長的窩裡？」

火心深吸一口氣，先穩住自己的情緒。他沒辦法相信這隻深色虎斑貓，因為當族貓們正準備甩掉那群野狗時，他只想偷偷帶著虎星的孩子離開。雖然他發誓他不知道虎星想利用野狗來毀掉雷族，但火心並不相信。

「你忘了我剛才說的話嗎？」他問道。「是霧足和石毛幫我把藍星從水裡救上來的。」

「那是你自己說的！」暗紋啐了一口。「我們怎麼知道你說的是真是假？河族貓為什麼要幫雷族的忙呢？」

「以前他們就常常幫我們的忙。」火心提醒他。「上次火災過後，要不是河族收留我們，大部分的族貓恐怕都熬不過來。」

「那倒是真的。」鼠毛喵聲說。她和煤皮剛從巫醫窩裡出來，正巧聽見他們的爭執，於是上前一步，站在暗紋旁邊。「不過也不能因為這個理由，就把他們留在族長窩裡，單獨和藍星在一起啊。他們到底在那裡做什麼？」

「我們正在向藍星致敬。」石毛出聲為自己辯護。火心轉過頭去，只見河族副族長和霧足已經走到洞口。看來他們都被雷族貓的激烈反應給嚇到了，一發現自己被當成了入侵者，毛髮立刻豎得筆直。

「我們想和她道別。」霧足喵了一聲。

「為什麼？」鼠毛質問。

霧足對黑棕色的母貓說：「因為她是我們的母親。」一聽見這句話，火心的胃部一緊。現場一片寂靜，只聽見營地附近的黑鳥在叫。火心看見他的族貓神色驚慌、眼裡充滿敵意，情緒顯然亂到了極點。他望著沙暴，而她也是一臉詫異，彷彿很意外火心竟是在這種情況下，讓族貓們知道族長的祕密。

「你們的母親？」斑尾氣呼呼地斥責，「我才不相信！藍星絕不可能讓她的孩子在別族裡長大。」

「不管妳信不信，這都是真的。」石毛反駁。

火心上前一步，彈彈尾巴，警告石毛不要再說了。「這件事我來處理就好了，你和霧足可以走了。」

石毛向他微微點頭致意，便領著霧足穿過貓群，走向金雀花隧道。雷族貓雖然讓開一條路給他們過，但卻傳出一兩聲憤怒的嘶吼。

「我代雷族謝謝你們。」火心在他們身後喊著，聲音輕輕飄盪在高聳岩下。

霧足和石毛沒有回答。他們甚至沒有回頭，便消失在金雀花隧道了。

火心身上的每根毛都豎了起來，他好想轉身逃跑，不想面對這個沉重的責任。藍星將自己的孩子交給別族撫養……這件塵封已久的祕密，如今就要揭開了。他多希望能有更多時間想想該怎麼說，不過他也知道，這件事最好還是由他親口告訴大家，而不是在下次大集會時，從虎星的口中聽到。身為族裡的領袖，他必須面對這個問題，不管他有多不願意。

他朝煤皮點點頭，然後跳上高聳岩。他不需要再召集族貓了，因為他們本來就聚在下方，翹首等待他的解釋。這時的火心覺得自己幾乎不能呼吸，也沒辦法開口說話。

他清楚看到他們臉上的憤怒與質疑，也聞得到他們身上傳出來的恐懼氣味。暗紋正瞇起眼睛，等著看好戲，彷彿已經想好以後要怎麼告訴虎星似的。火心很清楚，虎星其實已經知道這件事了，他聽到奄奄一息的藍星在河邊對她的孩子們所說的話。不過那位影族族長肯定會很高興知道，雷族因為這個消息崩潰，還有他，火心，領導無方的笑話。想必他一定會利用這個機會再次報復雷族，竭盡所能地搶回他的孩子棘掌和褐掌。

於是火心深吸一口氣，開口說道：「沒錯，霧足和石毛的確是藍星的孩子。」他盡量保持冷靜地說，暗自祈禱星族能保佑他別說錯話，別讓族貓棄藍星而去。「河族的橡心是他們的父親。孩子出生後，藍星把他們交給他，帶回河族撫養。」

「你怎麼會知道？」霜毛吼道。「藍星才不會做這種事呢！如果這是河族貓說的，一定是他們在撒謊。」

「是藍星親口告訴我的。」火心回答。

他直視著這位眼神裡充滿憤怒的白色母貓。她咬著牙，不敢公然指控他撒謊。「你的意思是，藍星是背叛者囉？」她嘶聲吼道。

有一兩隻貓兒發出抗議聲，霜毛立刻轉過身來，毛髮直豎。這時白風暴站了起來，看著霜毛。雖然這位資深戰士也是一臉震驚，但聲音卻很鎮定。「藍星一直對部族很忠誠。」

「要是她這麼忠誠，」暗紋打斷他的話，「為什麼要讓別族的貓當她小孩的父親呢？」

火心知道這個問題很難回答。不久前，灰紋也曾在河族那裡找到他的另一半；如今他的孩子也都在那裡成長。當初雷族貓聽到這件事時，一樣很反感，灰紋一度以為他再也無法待在自己原本的部族裡。後來他雖然回來了，但有些貓兒就是不喜歡他，甚至懷疑他的忠誠。

「事情是這樣的，」火心回答。「小貓出生的時候，藍星本來要自己撫養，讓他們成為雷族的戰士，只是……」

「我還記得那兩隻小貓。」這次是小耳打斷他的話。「他們在育兒所裡失蹤了，大家都以為是狐狸或獾抓走了他們，當時藍星幾乎快崩潰了。難道你的意思……這全是一場騙局？」

火心低頭看著那隻灰色的老虎斑貓。「不是的，」他堅定地回答：「藍星失去孩子時，確實痛不欲生。可是為了做好雷族的副族長，她必須選擇放棄他們。」

「你是說，她情願拋棄自己的孩子，也要達成自己的野心？」塵皮問道。這位黑棕色戰士的語氣是疑惑，而非憤怒，彷彿他無法理解一向睿智的族長，怎麼會是這個樣子？

「不是的，」火心告訴他。「她這麼做，是因為部族需要她。她把雷族放在第一位……她一向如此。」

「這是真的，」白風暴低聲同意。「在藍星的心目中，沒有什麼事情比雷族更重要。」

「霧足和石毛也以她為榮——一直如此。」火心繼續說，「我們也應該這樣。」

他好不容易鬆了一口氣，因為不再有族貓發出質疑，雖然緊張的氣氛並未完全消褪。鼠毛和霜毛正在低聲交談，不時懷疑地盯著他。斑尾揚起尾巴，緩步走上前去加入她們。至於白風暴則在族貓之間穿梭，顯然正在說服他們相信他的話。小耳則是不斷點頭，似乎頗能認同藍星當初的痛苦抉擇。

在這片嗡嗡的低語聲中，突然傳來一個聲音。「火心，」褐掌尖聲地問：「你要當我們的族長嗎？」

火心還來不及回答，暗紋便跳了起來：「讓一隻寵物貓當我們的族長？有沒有搞錯啊？」

「這不重要，暗紋。」白風暴不客氣地說。他提高聲量，蓋過沙暴和灰紋的驚訝聲。「火心是副族長，他繼承藍星接任族長，本是天經地義的事。」

火心感激地看了他一眼。他肩上的毛原本已經豎了起來，此刻卻故意放鬆自己，讓毛平順下來。他不想讓暗紋看見他已經被激怒了，但也無法忍受他們對他的質疑。當初是藍星親自挑選他擔任副族長的，雖然當時她被虎星的背叛給氣得多少失去了理智，族貓們也被那場遲來的儀式給嚇了一跳；可是難道這樣就表示他沒有資格領導雷族嗎？

「可是他是寵物貓！」暗紋抗議，他那雙黃眼睛不懷好意地瞪著火心。「他的身上都是兩腳獸和牠們巢穴的臭味，難道要這種貓來當我們的族長？」

火心氣炸了，他六個月大時就和雷族生活在一起了，但暗紋總是想盡辦法提醒他，他不是在森林裡出生的。

他真的很想跳下來，把爪子狠狠戳進暗紋的皮肉裡，但這時金花站了起來，大步走向前，面對那位深色戰士。「你錯了，暗紋，」她生氣地說，「火心有多少次證明了他對雷族的忠心？就算是族裡出生的貓也不見得比得上他。」

火心感激得朝她眨了眨眼，沒想到竟然是金花挺身為他說話。其實她也知道，火心一直很擔心她的孩子棘掌，以後會變得像他的父親虎星一樣危險；他雖然收棘掌當見習生，也不表示他對那隻年輕的貓兒放心。金花非常清楚這一點，她極力保護自己的孩子，不讓火心對他們做出任何在她看起來不公平的事。所以此刻她會這樣挺身而出、幫他說話，讓火心驚訝極了。

「火心，你別理暗紋。」蕨毛也附和金花的話。「這裡的每隻貓都希望你擔任族長，除了他以外。你是最適合接任這個職務的貓。」

高聳岩下方的貓群全都發出同意的聲音，讓火心感動不已。

「而且我們憑什麼違抗星族的旨意？」鼠毛補上一句，「副族長本來就是族長的繼任者，這是戰士守則的傳統。」

「何況，火心知道的事情似乎比你多哦。」灰紋嘶聲說道，很不屑地用尾巴輕彈暗紋。他和火心一樣，很清楚這傢伙在野狗群攻擊之前，早已和虎星密謀過了。

火心舉起腳掌，要他的朋友別再說了，然後才向所有族貓說道：「我答應你們，我這一生都會貢獻給雷族，盡力做好雷族族長的工作。我相信在星族的協助下，我會做到的。」

他不自覺地望向沙暴，只見她露出以他為傲的表情，心底不免覺得暖洋洋的。

「至於你，暗紋，」火心啐了一口說道，完全不想掩飾自己的憤怒。「如果你不想聽命於一隻寵物貓，那麼要走要留，隨你決定。」

深色戰士快速地揮動尾巴，兩眼瞪著火心，一臉恨意。火心很清楚，**如果當初我沒進到森林，虎星現在就是族長，而你當然就是副族長了。**

他從來沒想過要跟暗紋撕破臉，但這次是他自找的。儘管雷族不能再失去任何一名戰士了，火心卻希望暗紋真的照他說的話做，選擇永遠離開雷族。不過他也知道，暗紋肯定會直接去影族那裡投靠虎星。火心告訴自己，把敵人拆開或許會比較好一點。暗紋若是留在雷族，威脅應該會比較小，至少可以隨時監視他。

這位黑灰色戰士又瞪了他好一會兒，才轉身驕傲地離開。但他不是走向金雀花隧道，而是消失在戰士窩裡。

「好了！」火心提高聲量，轉身面對其他族貓。「今晚我們要為藍星哀悼守夜。」

「等一下！」雲尾站起身，尾巴也膨了起來。「我們不攻擊影族嗎？是他們殺了斑臉，還把野狗群引進我們營裡——你們難道不想報仇嗎？」

他生氣得豎起一身的毛。雲尾剛到雷族時，還是隻無助的小貓，當時是靠斑臉的細心照顧，才得以平安長大。可是火心知道：現在不適合攻擊影族。

雲尾剛說完，貓兒們便跟著鼓譟起來，紛紛表示贊同；但火心卻用尾巴示意他們冷靜下來。「不行，」他喵道：「現在不是攻擊影族的時候。」

「什麼？」雲尾不可置信地望著他，「你就這樣放過他們？」

火心深吸了一口氣。「影族沒有殺斑臉，也不是他們引野狗來的，這一切都是虎星在背後搞鬼。小徑上的每隻死兔子都沒有其他貓的味道，只有他的。我們甚至不確定影族知不知道，他們的族長幹了什麼好事。」

雲尾不屑地冷哼一聲。火心嚴厲地瞪著曾經是他的見習生的雲尾，希望他現在不要拿這件事為難他。他知道這一切其實都得歸咎於他和虎星之間的新仇舊恨，所以影族族長才會巴不得想一舉消滅雷族、將雷族占為己有。虎星真正的目的不是要把野狗群引進營地，他真正的目標是火心。唯有殺了火心，他才算報了一箭之仇。他恨火心洩露他想謀殺藍星的計畫，害他被逐出雷族。

火心知道，他遲早都得獨自面對虎星，拼個你死我活。他暗自向星族祈禱，願那個時刻來臨時，他能有足夠的力量與膽識去為森林除害。

「相信我，」他對著全體族貓大聲說道：「虎星會付出代價的，但雷族並不需要和影族開戰。」

火心鬆了一口氣，因為雲尾總算坐下來，雖然那雙藍眼睛裡依舊憤憤不平；他低頭在無容耳邊輕聲嘟囔。一旁的金花蹲伏下來，防備地用尾巴圈住棘掌和褐掌，彷彿他們還是小貓似的。她曾經要火心親口告訴她的小貓，虎星曾做過什麼，也一直很害怕族貓們會把他們父親的罪過怪到她孩子頭上。當火心決定不採取攻擊行動時，她顯然放心多了，而這兩名見習生也稍稍移動位置，不再挨著他們的母親。棘掌瞇起琥珀色的眼睛，看了火心一眼。火心忍不住想，那眼神裡是否懷有恨意。

他暫時拋下棘掌的問題，把注意力放回貓群身上。營地裡的陰影愈來愈長，火心知道時間不早了，該是向他最尊敬的族長作最後一次道別了。「我們該去向藍星致意了。」他大聲宣布，「妳準備好了嗎，煤皮？」巫醫點點頭。「灰紋、沙暴，」火心繼續說，「你們去把藍星搬到空地來，好讓我們在星族的見證下與她分享舌頭。」

兩名戰士起身，消失在藍星的洞穴裡，不久後便扛著族長的屍體出來了。他們把她扛到空地中央，輕輕放在堅硬的沙地上。

「沙暴，妳先召集一支狩獵隊，」火心命令道，「等妳和藍星道別之後，就先出發去抓些獵物回來。鼠毛，等妳道別完後，也請妳組一支巡邏隊去蛇岩那裡巡邏影族邊界。我必須確定所有野狗都離開了，也沒有影族貓逗留在我們領土上。不過你們要小心點——千萬別冒險。」

「我會注意的，火心。」身形結實的黑棕色虎斑貓站了起來。「金花、長尾，你們要不要一起來？」

被她點名的兩隻貓，起身與她一起走向空地中央，和他們的族長做最後一次道別。接著是沙暴、塵皮和雲尾。煤皮站在藍星的前面，專注地望著那片靛藍色的天空。銀毛星群的第一批星星已經出現了。根據貓族的古老傳統，每顆星都代表一位戰士祖先的靈魂。火心很好奇，今夜的星空是否會因為藍星而再多出一顆星？

煤皮的藍眼睛裡有星族的奧祕在閃爍。「藍星是一位偉大的族長，」她喵地說。「謝謝星族讓我們曾經擁有她。她把一生都奉獻給了雷族，她的事蹟將永遠留傳在森林中。現在我們要恭送她的靈魂回到星族，願她在天上庇佑我們，一如生前那樣。」

巫醫說完，垂下頭表示敬意，族貓間開始響起輕柔的低語。奉火心的命令要出外巡邏的戰士們，如今都蹲伏在藍星的屍體旁，為她整理毛髮，並用鼻子輕抵她的身軀。過了一會兒，他們才起身後退，讓出空位，其他貓兒隨即補上，直到所有族貓都在儀式中與他們的族長分享過舌頭為止。

巡邏隊走了，其他貓也都安靜地回到自己窩裡，火心站在高聳岩下默默看著眼前一切。蕨毛離開族長的屍體後，火心上前攔住這位年輕的戰士。「我有個任務給你，」他低聲說，「幫我盯著暗紋。如果他打算穿過邊界去影族那裡，你一定要通報我。」

年輕的薑黃色公貓看著他，眼神顯得不安，但他知道他必須忠於新族長。「我會盡力的，火心，可是暗紋可能會不高興。」

「小心一點，他就不會發現了。不要做得太明顯。你可以找一、兩位朋友幫忙……鼠毛或是霜毛。」他見蕨毛仍有些遲疑，於是補充說：「或許暗紋並不知道野狗的事，但他肯定知道虎星在盤算什麼；所以我們不能信任他。」

「我也看得出來。」蕨毛回答，眼神仍有些困惑。「可是我們不能一輩子盯著他啊！」

「不會一輩子的，」火心向他保證。「只要暗紋能證明他究竟效忠哪一邊，這件事情就可以結束了。」

蕨毛點點頭，默默走回戰士窩。火心解決了這件事後，才穿過空地、走向藍星的屍體。煤皮仍坐在藍星前面，白風暴蹲伏在她身旁，低著頭，一臉哀悽。

火心向巫醫低頭致意，然後在藍星身邊坐定，仔細端詳她的臉，試圖尋找過去他所熟悉的她。但她雙眼緊閉，再也見不到那對亮如星火的眼眸，和那兩道令族貓敬畏的凜然目光。她的魂魄已經回到天上，與她的戰士祖靈們長相左右，共同庇佑森林中的族貓。

他輕輕碰觸族長柔軟的毛髮，感覺全身一陣暖洋洋的，好像又變成了蜷伏在母親身邊的小貓，好溫暖好安全。他暫時忘記了她垂死前帶給他的驚惶，也忘了自己剛扛起的重責大任。

請祢們接她回到天上，火心向星族默默祈禱。他閉上眼睛，用鼻頭輕抵藍星的毛髮。**請讓我有能力帶領她的族貓。**

第三章

火心覺得有東西在戳他的腰。他朦朦朧朧地發出抗議的喵嗚聲，眼睛猛然睜開，正好看到俯望著他的煤皮。

「你睡著了，」她低聲說。「不過你也該醒了，埋葬藍星的時刻到了。」

火心蹣跚地爬起來，活動一下四肢，伸出乾燥的舌頭舔舔嘴唇，覺得好像自己已經在空地上蹲伏了一個月。剛剛雖然睡得很舒服，現在卻覺得很有罪惡感。

「有別的貓看見我打瞌睡嗎？」他咕噥著問煤皮。

巫醫的藍眼睛同情地看著他。「別擔心，火心，只有我看見。不過在經歷昨天那麼多事情之後，就算你打瞌睡，也不會有貓怪你的。」

火心環顧空地，淡淡的曙光正透進樹梢。有長老在離他幾條尾巴遠的地方集合，準備扛藍星到墳地。其他族貓也各自從窩裡走了出來，分成兩行隊伍，從藍星身邊一路排到金雀花隧道前方。

長老們在煤皮的點頭示意下，扛起藍星的屍體，緩緩經過戰士們所排成的隊伍，貓兒們紛紛垂頭致敬。

「永別了，藍星，」火心低聲說。「我永遠不會忘記妳的。」

上次大火過後，地上的草坪仍有些焦黑，他看見她的尾巴一路拖在地上，劃出長長的痕跡，不禁覺得心痛。

等藍星在長老們的護衛下消失在盡頭，其他族貓才開始散去。火心巡視營地，發現營裡已經堆滿了新鮮獵物，心情不覺一振。如今他只要再派出晨間巡邏隊，就能去飽餐一頓、稍微休息一會兒了。他覺得就算睡上一個月，也消除不了他的疲累。

「好了，火心，」煤皮喵了一聲。「你準備好了嗎？」

火心轉過身，一臉困惑。「準備好什麼？」

「去月亮石那裡、向星族領取你的九條命啊！」煤皮的尾尖不斷抽動。「你不會忘記了吧，火心？」

火心不安地蹭著腳。他當然沒忘記新族長剛上任時，都得先通過這古老的儀式，只是他沒想到現在就要去做。他一想到事情還這麼多，就覺得頭昏腦脹；看來他是沒辦法休息了，彷彿又要被峽谷裡的急流給再次吞沒一般。

恐懼的心情油然而升，但他不能顯露出來，只能硬生生地壓下。從來沒有族長提過那個神祕的儀式，所以除了巫醫外，誰也不知道在那裡會發生什麼事。

火心曾經去過月亮石，看過藍星在睡夢中和星族分享舌頭，光是那次經驗就很震撼了。他無法想像如果是他自己躺臥在那座巨大的岩石旁，與他的戰士祖靈分享舌頭，又會發生什麼事。

除此之外，他也知道月亮石位在高岩山的地底下，離這裡有一整天的腳程；而且在儀式開始前，他得禁食，就連其他貓兒常用來增強體力的藥草也不能吃。

「星族會賜給你足夠的體力。」煤皮喵聲說道，彷彿看穿了他的心事。

火心含糊地答應。他用目光掃視四周，看見白風暴正要去戰士窩，於是輕彈尾巴，請那位資深戰士過來。

「我得去高岩山一趟，」他說，「可不可以請你暫代我的職務？我們得在黎明時分派出一支巡邏隊。」

「我會的，」白風暴答應他，隨即又補充一句：「星族會與你同在，火心。」

火心看了營地最後一眼，這才跟著煤皮往金雀花隧道走去。他感覺自己好像又要展開一趟遙遠的長途旅行，而且前途未卜。不過從另一個角度來說，這趟旅行也代表過去的他不會再回來了，因為回來之後，他勢必會有新的名字、新的職務，也和星族有了新的關係。

當他轉身離去時，身後傳來呼喚聲。灰紋和沙暴穿過空地，朝他飛奔過來。

「你怎麼可以不說再見就偷偷地走了？」灰紋氣喘吁吁，在他面前及時煞住腳步。

沙暴沒說話，只是纏住他的尾巴，緊挨著他。

「我明天就回來了，」火心回答。「聽我說，」他尷尬地補充。「我知道現在情況不一樣了，但我還是很需要你們——我是指你們兩個，你們是我最好的朋友。」

灰紋撞了一下他的肩膀，「我們知道啦！你這個笨毛球！」他喵了一聲。

沙暴與火心四目相對，綠色眼睛閃閃發亮。「我們也需要你，火心，」她低聲說。「你最好別忘記了！」

「火心，快點走吧！」一直等在金雀花隧道入口的煤皮朝他喊道。「我們得趕在黃昏之前抵達高岩山……而且別忘了，我的腳程沒你的快。」

「走吧！」火心很快地舔了舔他的朋友，然後跟著巫醫走進金雀花隧道。他追上她，滿是期待地爬上山谷頂端。從今以後，他或許得拋開過去的一切，但重要的東西，他也要帶走。

⚡⚡⚡

四喬木是四大部族每逢月圓時的集會場。當兩隻貓來到四喬木時，太陽已經爬上蔚藍的天頂，草地上的寒霜也早已融化。

「希望不會遇到風族的巡邏隊。」當他們穿過邊界、離開陰暗的森林，往空曠的高地走去時，火心說道。

不久前，藍星曾打算攻擊風族，因為她認為他們在雷族領土上偷捕獵物。當時火心違抗族長的命令，冒著被控背叛的危險，阻止了一場戰事。雖然風族族長高星最後決定和平解決，但火心可以想像風族貓對他們還是恨得牙癢癢的。

「他們不會阻攔我們的。」煤皮冷靜地回答。

「他們也許會試試，」火心反駁，「我情願別遇見他們。」

可是他和煤皮才剛抵達高地頂端，便看見下方幾個狐狸身長遠的石南叢裡，有一支風族巡邏隊正朝他們走來。他們在下風處，所以火心沒能先一步發覺他們的氣味。

巡邏隊裡為首的貓抬起頭來，火心一眼認出那是戰士裂耳。他也看見了自己的老敵人，泥爪，就跟在裂耳後頭，再加上另一隻不知名的見習生。火心的心不禁一沉。他和煤皮站在原地，風族貓穿過石南叢，一路朝他們跑來。現在已經沒有必要閃躲了。

泥爪收起下顎，發出嘶吼聲，但裂耳卻在火心面前止步，並低頭致意。

「你們好，火心、煤皮！」他喵聲說，「你們在我們的領土上做什麼？」

「我們要去高岩山。」煤皮回答，並上前一步。

火心看見風族戰士對他的巫醫態度恭謹，很替煤皮感到驕傲。

「該不會是有什麼壞消息吧？」裂耳問。因為貓兒很少會去高岩山，除非族裡發生重大危機，需要和星族直接溝通。

「最壞的消息，」煤皮平靜地回答，「藍星昨天死了。」

三隻風族貓全都垂首哀悼，就連泥爪也一臉肅穆。「她是值得我們尊敬的貓，」裂耳終於說。「所有部族都不會忘記她的。」

他再度抬頭，好奇地轉頭去看火心，眼裡充滿敬意。「所以現在你是族長了？」他問道。

「是的，」火心承認，「我要去接受星族賜與的九條命。」

裂耳點點頭，目光緩緩掃過這位戰士的薑黃色毛髮。「你很年輕，」他說。「但我感覺得出來，你會是一位很棒的族長。」

「哦……謝謝你！」火心嚇了一跳，所以有點結巴。

煤皮適時出聲幫助他。「我們不能再久留了，」她喵了一聲。「高岩山離這兒還好遠。」

「當然，」裂耳退後一步。「我們會告訴高星這個消息，願星族與你們同在。」他大聲地說，另外兩隻風族貓也跟著他離開了。

火心和煤皮來到高地邊緣，再度停下腳步，往下俯看，只見眼前景色已全然不同。前方不再是偶爾點輟著石南叢的光禿山腰和裸石，反而出現了兩腳獸零星散布在田野和樹籬間的巢穴；遠方的大地被轟雷路割出一條長線，再過去一點便是起伏的山陵，荒涼的山坡看起來灰濛濛的，有些險惡。火心吞吞口水，那片孤寂荒涼的地方正是他們的目的地。

他發現煤皮那雙藍色的眼睛正體貼地望著他。

「一切都變得不一樣了。」火心對她說。「妳也看到那些風族戰士，就連他們對我的態度也有了一百八十度的大轉變。」他知道這種事只能對巫醫說，就算是沙暴，他也不見得能對她吐露這種心事。

「好像每隻貓都相信我一定會很有智慧、一定可以當個偉大的族長。但我不是，我也會犯錯，就像以前那樣。煤皮，我真的不確定自己能不能當一個好族長。」

「你這個鼠腦袋。」火心聽見煤皮取笑的語氣時，著實嚇了一跳。

「火心，當你犯錯時——我不是說假如哦，而是說當你犯錯時——相信我，我一定會告訴你的。」她用比較嚴肅的口吻補充說：「但不論如何，我都會是你的朋友。這世上沒有不犯錯的貓，藍星也一樣！重要的是你要從錯誤中學習，要有勇氣誠實面對自己的心。」她轉頭舔了舔他的耳朵。「你可以勝任的，火心。我們走吧！」

火心跟著她走下斜坡，穿過兩腳獸的農地，一起穿過剛翻過土的泥濘地面；他們刻意避開兩腳獸的巢穴，也就是獨行貓大麥和烏掌住的地方。火心不斷朝那個方向看，卻沒見到他們的蹤影。他很遺憾沒看到他們，因為這兩隻貓都是雷族的好朋友，烏掌還曾經跟火心一起受過見習生訓練。遠處的狗吠聲讓火心想起被野狗群追逐的恐怖畫面，所以忍不住打了個寒顫。

他們沿著樹籬下方的陰影前進，最後終於來到了轟雷路。他們蹲在路旁，怪物呼嘯而過引起的旋風吹亂了他們的毛髮，火心的鼻子跟喉嚨裡都是這股惡臭味，眼睛也刺痛起來。

在他身旁的煤皮已經準備好了，等待可以安全通過轟雷路的空檔。火心有點擔心他的同伴，因為幾個月前當她還是自己的見習生時，就是在轟雷路上意外受傷，從此瘸了腿，再也不能快步行走。

「我們一起走。」他喵道，心裡有點罪惡感；他怪自己當時沒能阻止那場意外。「等妳準備好，我們就走。」

煤皮輕輕點頭。火心想她應該很害怕，但她不會承認。過了一會兒，一頭明亮的怪獸呼嘯而過，她喵了一聲。「我們走吧！」接著便一跛一跛地爬上堅硬的黑色路面。

火心快步走在她身邊，不願超過她，雖然他心跳得像打鼓似的，很想趕快跑過轟雷路，但他沒有這麼做。他聽見遠方怪獸的怒吼聲，但還好在怪獸衝過來之前，他和巫醫已經安全抵達對面的樹籬。

巫醫發出一聲長嘆。「感謝星族，總算過關了。」

火心低聲附和，不過他也知道回程時還得再來一次。

這時已經過了正午，轟雷路這頭的路況和景色對火心來說還很陌生。他們必須小心警戒各種危險，往高岩山的方向慢慢匍匐前進。還好一路上只聽見獵物在荒涼的草叢間窸窣作響，誘人的氣味流過他的鼻腔；真希望能停下來抓點東西吃。

等火心和煤皮抵達山腳下時，太陽已經落到山後頭了。黃昏的影子愈拉愈長，地上的空氣也變得冰冷。就在火心的頭頂上方，隱約可見突岩底下有個方形的缺口。

「我們已經到慈母口了，」煤皮喵了一聲。「先休息一下吧。」

她和火心在一座平坦的大岩石上躺了下來。這時太陽的最後一道光線正從天空中隱沒，銀毛星群開始現身天際，冷冽的月光漫過大地。

「時間到了。」煤皮開口。

不安的感覺再度襲向火心。剛開始他以為自己一定走不動，但還是站了起來，一步步地向前走。尖銳的石子戳著他的腳掌，直到慈母口的拱門底下。

幽暗的缺口下方，是一條又黑又長的隧道。火心從上次的經驗裡得知，要用眼睛看清前面的路，根本是不可能的事。這條通往月亮石的路，黑得沒有一絲光線。當他還在猶豫時，煤皮已經邁出一步。

「跟著我的氣味走。」她告訴他。「我會帶你到月亮石那裡。但從現在開始，直到儀式結束為止，我們都要保持安靜。」

「可是我不知道該怎麼做。」火心反駁道。

「到了月亮石後，你只要躺下來，用鼻子輕輕抵住月亮石就可以了。」她的藍眼睛在月光下閃閃發亮。「星族會催眠你，好讓你在夢中跟祂們交談。」

火心有很多問題想問她，但再多的問題都沒辦法幫助他克服心中的恐懼。他垂下頭，沒有作聲，乖乖跟著煤皮走進黑暗裡。

隧道一路往下，蜿蜒曲折，火心很快就失去了方向感。有時候兩旁的穴壁窄到不斷擦過他的毛髮與鬍鬚。他的心開始撲通撲通狂跳，張大嘴巴、吸進煤皮的氣味；一想到可能找不到她，火心便忍不住慌張起來。

終於，前方透出微弱的光影，他已經可以隱約看見煤皮雙耳的輪廓。這時其他氣味也開始傳來。清新冷冽的空氣迎面拂來，他的鬍鬚微微顫抖；又過了一會兒，他們轉了個彎，光線突然變得明亮。火心緩步向前，瞇起眼睛，感覺到隧道已經結束，前方豁然而開，別有洞天。

就在他頭頂上方，剛好有個缺口可以看見外面的夜空。月光透了進來，直接灑在洞穴中央的一塊岩石上。火心緊張地深吸一口氣。他見過月亮石一次，但早已忘了它有多壯觀。它約有三條尾巴那麼長，頂端又尖又細，水晶般的外表反射著月光，彷若星星墜落凡間。白色的耀眼光芒點亮了整座洞穴，連煤皮也變成美麗的銀光色。

她轉身面對火心，用尾巴示意他坐在月亮石旁邊。

他說不出話來，只覺得有口難言。他乖乖聽命，躺在月亮石旁邊，頭就擱在前掌上，好讓鼻頭可以碰觸到平滑的岩石。石頭的冰冷嚇得他縮了一下身子。不久後，他才瞇起眼睛，專注地凝視月亮石深處的閃爍星光。

然後他閉上眼睛，等待星族召他入夢。

第四章

一切都漆黑而且寒冷，火心從來沒這麼冷過。他只覺得身體裡僅存的元氣與暖意全都流失了。他的四肢不停抽動，彷彿被什麼東西夾到，覺得自己好像變成了冰塊，只要一動就會裂開來。

但是沒有夢境，也沒有星族的蹤影或聲音。只有徹骨的寒冷與無邊的黑暗。**一定出了什麼差錯**，火心想著，心裡恐慌起來。

他大膽地睜開雙眼，瞇成一條細縫，卻馬上被嚇得瞪大了眼睛。

眼前不是地下洞穴裡熠熠生輝的月亮石，而是一大片的短草地。夜的氣息包圍著他，一片綠意浸淫在露珠的濕氣裡，溫暖的微風拂過他的身體。

火心坐了起來，這才發現他是在四喬木的山谷裡，就在巨岩下方。高聳的橡樹枝葉茂盛，低垂的枝椏輕輕刷過他的頭，銀毛星群在樹梢間的夜空裡閃閃發亮。

我怎麼會在這裡？他覺得奇怪。

難道這就是煤皮所說的夢境？

他抬頭望向夜空，只覺得從沒見過這麼清澈的星空，銀毛星群看起來比以前還要接近地面，只比橡樹頂端的枝椏高一點而已。火心盯著它們，突然看見某樣讓他熱血沸騰的景象。

星群在動！

他不可置信地看著它們在他眼前不停旋轉，並且朝著森林、朝著四喬木、朝著他開始下降。火心的心狂跳起來。

星族的貓兒一個個從夜空中緩步走下，腳下拖曳著霜白的銀光，雙眼炯炯有神，身上跳躍著白色的火光，空氣裡則隱約傳來冰與火，以及夜空下荒野的氣味。

火心在祂們面前匍匐蹲下。他無法直視祂們，也無法將目光移開。他只想沉浸在這一刻裡，讓自己的身心靈完全合一，直到永遠。

不知究竟過了幾個季節，還是只有一瞬間，星族的祖靈們全部降臨地面。祂們在火心身旁站成一圈，四喬木的山谷到處都是祂們發亮的身影與炙熱的目光。火心蹲在中央，附近全是祖靈。他突然發現那些離他最近的，都是他過去最熟悉的貓。

藍星！喜悅如電流般穿過他全身。**還有黃牙！**然後他聞到了熟悉又甜美的氣味；他轉過頭去，只見他朝思暮想的玳瑁色身影和溫柔的臉龐。

斑葉——哦，斑葉！他摯愛的巫醫也來了。火心真想馬上跳起來，向全世界宣布他的喜悅，但敬畏的心情令他不敢妄動，只是繼續蹲伏在原地。

「歡迎你，火心。」聽在火心耳裡，那很像是群貓一起發出的聲音，但也像是一個聲音。「你已經準備好要接受你的九條命了嗎？」

火心四處張望，根本不知道是誰在說話。「是的！」他回答，盡量不讓自己的聲音發抖。「我已經準備好了。」

一隻金色的虎斑貓站起身，充滿威嚴地朝他緩步走來。火心認出那是獅心，當火心還是見習生時，祂曾是藍星的副族長，後來戰死在一場和影族的戰役中。火心認識祂的時候，祂的年紀已經很大了，但現在的祂看起來又變得年輕有活力，全身閃著淺色的火光。

「獅心！」火心倒抽一口氣。「真的是祢？」

獅心沒有回答，祂一走近，便俯身用鼻頭抵住火心的頭，彷彿最滾燙的火燄和最寒冷的冰霜同時傳進他的身體。火心本能地想逃開，卻動彈不得。

「這條命將賜給你足夠的勇氣。」獅心低語。「請好好利用它，保衛你的部族。」

這時，一股能量像閃電般穿過他全身，他頓時毛髮直豎，耳裡轟隆作響、眼前一片漆黑，腦海中瞬間閃過各種戰役與獵殺的混亂畫面，利爪劃過毛皮、尖牙撕裂血肉的感覺栩栩如生。

痛苦過去了，火心精疲力竭，全身顫抖。黑暗褪去，他發現自己又回到虛幻的大地上。如果這算一條命，那麼他還有八條命得接受。**我怎麼受得了呢？**他沮喪地想。

獅心已經轉身回到星族的隊伍裡。另一隻貓站了起來，朝火心走來。一開始，火心認不出對方是誰，但看到那一身深色的、帶有花紋的皮毛，和那條濃密的紅色尾巴，他便知道這一定是紅尾。火心從沒見過這位雷族副族長，當年他以寵物貓身分進入森林的第一天，紅尾就被虎星害死了。不過後來他想盡辦法，終於找出紅尾死亡的真相，證明虎星陰謀背叛。

紅尾就像獅心一樣，低頭用鼻子抵住火心。「這條命將賜給你正義與公平，」祂喵了一聲，「請利用它正確判斷其他貓的作為。」

他再次承受到那椎心刺骨的痛，拼命咬住牙，不讓自己哀嚎出聲。等他接下了這條命時，竟喘得像剛一路跑回營地一樣。他看見紅尾盯著他。「謝謝你，」前任副族長神情嚴肅地說。「你揭發了真相，這是別的貓做不到的事。」

火心費力地點頭致謝，紅尾則回到獅心旁邊坐下。這時第三隻貓從隊伍中走了出來。

但這次火心卻驚訝得下巴差點沒掉下來，因為他認出了眼前這隻美麗的虎斑貓。祂的身體閃耀著璀璨的銀光，祂就是灰紋逝去的摯愛——銀流，河族的貓后，因生小貓而喪命。當祂向他屈身時，腳爪好像沒有碰到地面。

「這條賜給你的命，將幫助你捍衛你所堅信的事物。」祂喵聲說道。火心不免好奇，莫非祂是指他曾經幫助灰紋看清自己的感情歸屬，即便那是段不被祝福的感情，即便它有違戰士守則，他還是對他們之間的愛情深信不移。

「請好好善用它，帶領你的部族走出困境。」銀流鼓勵他。

火心鼓起勇氣承受另一次難熬的痛苦，但這次當新生命竄進他體內時，竟不像以前那麼疼痛。他知道那是因為有愛的溫暖在其中，他似乎能更瞭解銀流這一生的使命——她愛她的部族，愛灰紋，也愛她以生命守護的孩子。

「銀流！」當銀灰色的母貓正要轉身離開時，他急忙低聲說道，「別走！祢難道沒有話要告訴灰紋嗎？」

銀流只是回頭看了他一眼，什麼話也沒說。那一眼裡有愛也有傷感，早已勝過千言萬語。

他閉上眼睛，準備接受另一條生命的賜與。等他再度睜開眼睛時，第四隻貓已經朝他走來。這次是追風，雷族的戰士，在轟雷路附近的一場戰役中被虎星所殺。

「這條命將賜予你源源不絕的活力，」祂喵了一聲，同時低下頭，輕觸火心。「請善用它盡好你族長的責任。」

當這條命傳到他身上時，他只覺得自己好像正在林間奔跑，腳爪輕掠過地面，風吹上他的臉、吹平他身上的毛。他感受到狩獵的快感與奔馳的喜悅，覺得自己可以追得上任何敵人。

火心一直望著追風，直到祂回到原來的位置。第五隻貓出現了，他感到一陣喜悅：那是斑臉，雲尾的養母，當初虎星為了讓野狗一嚐貓血的滋味而殘忍地殺了她。

「這條命將賜給你保護的能力，」祂告訴他。「請善用它來保護你的族貓，就像母親護衛自己孩子一樣。」

火心本以為這條命會像銀流賜給他的一樣溫暖，沒想到竟是如此狂暴地穿透他全身。他只覺得虎族和獅族等遠古祖靈的狂暴怒氣全在他身上沸騰爆發，沒有一隻貓可以在他面前欺負弱小，腳下有數不清面目模糊的黑影正跪地求饒，火心驚訝得全身顫抖。原來母親護衛孩子的心是如此強悍，他終於明白斑臉有多愛她的孩子——即便雲尾不是她親生的。

我一定要告訴雲尾，火心這麼想。但這時狂怒的感覺逐漸退去，他突然想起，儀式裡的經驗是不准對任何貓透露的。

斑臉走回去坐在星族貓身邊。這時另一隻貓接著站起，火心認出了那是誰，忍不住一陣愧疚：那是疾掌。

「對不起，」他看著那位見習生的眼睛，低聲地說。「祢會死都是我的錯。」

當初疾掌因為怨恨藍星不升他當戰士，於是衝到營地外的森林裡去追蹤獵殺貓兒的兇手，想要證明自己的能力，結果被野狗群咬死了。當時火心怪自己為什麼不多努力一點，說服藍星改變心意。

但疾掌並沒有露出怨恨或責怪的表情，眼裡有超出祂年齡的智慧光芒；祂用鼻頭輕抵火心。「這條命將賜給你教學相長的能力。請好好善用它，訓練你族裡的年輕貓兒。」

疾掌賜給他的這條生命，讓他在瞬間經歷到極大的痛苦，痛到他以為自己的心臟馬上會停掉。最後是在極度的恐懼和一道血光下，整個過程才宣告結束。火心知道他剛剛經歷的是疾掌生前最後一刻的恐怖畫面。

痛苦漸漸褪去，火心氣喘吁吁。他覺得自己像是地上被大雨填滿、水花飛濺的洞。他以為自己再也無法承受剩下的三位戰士祖靈所要賜給他的生命。

第一個來的是黃牙。老巫醫還是像以前那樣桀驁不馴、深藏不露，這些都是在黃牙生前，火心最覺得佩服和自覺不如的地方。他還記得最後一次見到她是在大火過後，她奄奄一息地躺在窩裡。當時她絕望地猜想星族不會接她回天上，即便她曾大義滅親，殺了自己的兒子碎尾、成功地阻止了一場血腥計畫。如今祂屈身用鼻頭輕抵住火心，黃眼睛裡再度露出過去常見的詼諧眼神。

「這條命將賜給你憐憫心，」祂大聲說道。「請善用它來照顧你族裡的長老、病患以及所有弱者。」

雖然火心知道疼痛難免，但這一次他卻閉上眼睛，渴望吸取這條命，因為他想得到黃牙的每一項優點，包括她的勇氣、她對非原生部族的忠誠。他覺得這條命有如一道光在他身體裡竄流，他感覺到她的幽默、她的口才、她的熱情、她的榮譽感。這一刻，他的心與她緊緊相扣。

「哦，黃牙……」火心喃喃低語，再次睜開眼睛。「我真的好想祢。」

但巫醫已經離開，取代祂的是一隻年紀較輕、腳步輕盈，眼裡和毛髮閃著熠熠星光的母貓斑葉。這隻美麗的玳瑁貓曾是火心的初戀。他曾好幾次夢見祂，卻從來不曾像這次那麼真實。當祂屈身向他時，他深吸一口氣，嗅聞祂身上甜美的氣味。在這麼多貓兒中，他最想和祂說話，因為他們相處的時間是如此短暫，根本沒有機會互訴衷情。

「斑葉……」

「這條命將把愛賜給你。」她用輕柔的語調說道。「請善用它去愛你的所愛——尤其是沙暴。」

當這條命注入身體時，火心並不覺得痛苦，反而感覺得到綠葉季裡的溫暖他全身的陽光。這是最純真的愛；同時，火心也覺得自己好像是膩著媽媽的小貓一樣，充滿了安全感。他抬頭看向斑葉，只覺得非常滿足。

祂離去時的眼神似乎在告訴他，祂以他為榮。他雖然希望祂能多停留一會兒、陪他多說點話，但他還是很高興祂接受了他現在的對象。如今他不必再擔心愛上沙暴，是否表示他不忠於斑葉。

最後走向火心的是藍星。祂不像先前那樣蒼老頹喪，為了部族裡的種種難關而失去理智。此刻的藍星神采奕奕，像頭獅子一樣威嚴地穿過空地，緩步朝他走來，身上閃爍著璀璨的星光。

火心覺得一陣暈眩，但還是強迫自己抬頭迎向祂。

「火心，我的見習生、我的戰士、我的副族長，歡迎你來到這裡，」祂這麼開口說道。「我從以前就知道，有一天你一定會成為偉大的族長。」

火心垂下頭，藍星則低頭用鼻子抵住他，繼續說下去。「這條命將賜給你高尚的情操與自信，請善用它來領導你的族貓，恪守星族的意旨與戰士守則。」

斑葉賜給他的生命太溫暖美好了，以致於火心根本沒料到藍星賜給他的生命會如此痛苦。他可以感受得到她在放棄自己孩子時所承受的椎心之痛，以及為了效忠部族所經歷過的每一場可怕戰役。他甚至感受得到當她失去理智、不再信任星族時的那種惶惶不安。痛苦愈來愈強烈，直到火心以為自己再也承受不住；當他正想大叫出聲時，痛苦卻開始消退了，最後只剩下平和的心情與無盡的喜悅。

空地上響起輕柔的長嘆，星族的戰士們起身站立。藍星在空地中央，用尾巴示意，要火心也站起來。他全身顫抖地聽命行事，只覺得體內溢滿各種生命，深怕自己一個不小心，就會把這些生命潑灑出來。但此刻的他也因為剛得到這些生命而顯得精神奕奕。

「現在，我要賜與你新的名字——火星，」藍星大聲宣布。「你再也不是過去的自己了，從現在開始，你擁有了族長的九條命，星族會賜與你力量去保衛、捍衛雷族。請照顧幼者與長者，尊重你的祖靈和戰士守則的傳統，並以最有尊嚴的方式去善用每一條命。」

「火星！火星！」星族祖靈們像林中貓兒一樣開始大聲歡呼火星的名字，大到連空氣也為之震動。

「火星！火星！」

這時突然傳來驚恐的嘶吼聲。歡呼聲突然消失，火星繃緊肌肉，知道一定出事了。藍星發亮的眼睛緊盯在他身後，火星趕緊轉身，頓時嚇得說不出話來。

空地另一頭是像小山一樣高的白骨堆，只離他幾條尾巴遠。白骨堆閃著怪異的螢光，每副白骨邊緣都彷彿著了火，有貓的、有獵物的，全堆在一起。

火星狂亂地環顧四周，希望得到其他貓的協助或解答，但空地一片幽暗，星族早已不見蹤影，只剩下他和這堆白骨。火星驚恐萬分，卻感覺到藍星就在他身邊，溫暖的毛髮輕拂過他；黑暗中雖見不到祂的身影，卻能清楚聽見祂在他耳邊低語。

「火星，可怕的事就要發生了。四化為二，獅虎交戰，血浴森林。」

祂的氣味和毛髮的觸感隨著聲音的消散而慢慢隱去。

「等等！」火星大喊，「不要走，告訴我這是什麼意思？」

沒有任何回答，沒有貓兒能為他解釋這個可怕的預言。反倒是那堆白骨的紅光愈來愈亮，火星驚恐地望著它，看見鮮血從骸骨堆裡汩汩淌出，匯集成河，然後慢慢地漫向火星；鮮血沾上他的毛髮，他想逃開，卻四肢僵硬，動彈不得。短短一瞬間，黏稠的紅潮開始在他四周奔流，發出死亡的氣味。

「不！」火星大叫一聲，但森林裡沒有貓兒回應，只有血河紅浪輕輕拍打他毛髮的聲音。

第五章

火星嚇醒了。他還是躺在高岩山的洞穴底下，鼻頭輕抵著月亮石，但月光已經消失了，洞裡只剩昏暗的星光。他雖然醒了，卻沒有如釋重負的感覺，空氣中仍聞得到血腥味，毛也還是黏黏熱熱的。

他的心狂跳不已，費了好大的力氣才站起來。他穿過洞穴，終於找到了煤皮。她起身用尾巴焦急地向他示意。

火星的第一個念頭，就是想把夢境裡看到的一切通通告訴她，但他突然想到她曾交代過，洞穴裡不准出聲，除非離開慈母口。他的腳掌因為匆忙而在洞穴地面打滑；他趕上巫醫，逕自往隧道口衝去。

火星跌跌撞撞地往外跑，循著來時的氣味，沿著幽暗的隧道一路往上爬，這條路似乎比他進來時還要長上兩倍。

火星身上的毛一路擦過穴壁，一想可能被活埋就驚慌不已。這裡的空氣沉重得難以呼吸，他的恐慌隨著隧道裡無止盡的黑暗而不斷膨脹；火星開始以為自己再也走不出去了，他將被永遠困在這片黑暗與血腥裡。

接著他隱約看見出口處的光亮，連忙一鼓作氣朝洞外的夜空衝去。這時月亮正躲在烏雲後方，當火星感到渾身一陣冷顫時，便用爪子輕戳著邊坡鬆軟的泥土。

過了一會兒，煤皮趕到了，她緊緊靠住他，直到他能控制住發抖的身軀、穩住呼吸為止。

「怎麼了？」她輕聲問道。

「妳不知道嗎？」

煤皮搖搖頭。「我只知道儀式被打斷了——我聞到了血腥味；可是我不懂為什麼。」她凝視他的雙眼，關切地問道：「告訴我……你得到你的九條命和新名字了嗎？」

火星點點頭，巫醫這才鬆了口氣。

「那就好，其他的事可以以後再說。我們先走吧！」

火星本來已經累得走不動了，可是他不想離慈母口和洞穴裡的可怕景象太近。他渾身發抖，步履蹣跚，慢慢地爬下山丘。煤皮緊跟著他，有時候還上前幫忙推他一把，提醒他挑平穩一點的路走。火星很感激有她幫忙。

等他們離開隧道一段距離後，火星才覺得嘴巴和鼻子裡的血腥味漸漸淡去，可是殘留在毛髮上的那個味道，就算用力洗刷身體一個月，恐怕也洗不掉。他雖然覺得自己變強壯了，但還是很疲累。等到他們走出多岩的山丘，來到青草地時，他終於一下倒在山楂叢裡。

「我得休息一下。」他喵道。煤皮挨著他在草地上坐下。兩隻貓都沒有出聲，只是安靜地互舔對方。

火星想告訴煤皮他所看見的景象，但不知怎地，就是不想開口。一方面他也是想保護她，不願讓她經歷他所看見的一切——就算她有辦法解釋藍星的預言，就算她可以預知那個可怕的未來，又能改變什麼呢？另一方面，他又暗中希望如果他不說出口，這件事或許就不會成真。或是……他的領導權已經受到詛咒，任何事都改變不了這個結果？藍星曾在死前告訴他，他是預言中可以拯救部族的火。但如果夢境中的滔滔血水把火撲滅了，預言還會成真嗎？火星以前也曾作過傳達預言的夢，因此他早已學會正視這些預言。他不可能視而不見，尤其是在這麼重要的時刻，而且他也已經收到九條命和他的新名字。

煤皮打斷他的思緒。「如果你現在不想說，那也沒關係。」

火星用鼻頭抵住她的毛髮，感激她的體諒。「我得先想清楚，」他緩緩說道。「真的……太可怕了。」他一想到那幅景象，不禁發起抖來。

「煤皮，」他繼續說，「我從沒跟其他貓說過，但其實……以前我也會作一些預言未來的夢。」

煤皮驚訝地抽了一下耳朵。「這很不尋常，通常都是部族的族長或巫醫才會與星族交流，從沒聽過普通戰士也會作有預言的夢。這個情況持續多久了？」

「當我還是寵物貓的時候，就作過了，」火星坦承。他還記得夢到自己在森林裡捉老鼠的事。「可是我……不確定那些夢是不是來自星族。」畢竟在他進入森林以前，並不知道有關星族的事。難道祂們從那時起便注意到他？

巫醫的眼神若有所思。「無論如何，所有的夢都來自星族，」她喃喃說道。「那些夢最後都成真了嗎？」

「沒錯，」火星回答。「只不過不見得都跟我想的一樣。有些夢好猜，有些很難懂。」

「那麼，你在解讀這次夢境時，就該把這點謹記在心！」煤皮舔舔他，想安慰他。

「火星，你一定要記住，你並不孤單。現在的你已經是族長了，星族會和你交換許多情報，而我也會幫忙你詮釋這些預言。你想告訴我多少，都沒關係。」

火星雖然很高興有她安慰，但這番話卻也讓他更加毛骨悚然。他和星族之間的全新關係，將會把他推向另一條路；那是他不想走的路，他好希望自己只是一位平凡的戰士，只要和灰紋一起狩獵、陪沙暴躲在窩裡分享舌頭，那該有多好。

「謝謝妳，煤皮。」他喵了一聲，勉強自己站起來。「我答應妳，只要我有需要，一定會找妳。」雖然這是他的真心話，他卻打從心底懷疑她能幫上多少忙。火星總覺得這是一件他必須獨自面對的問題。他深吸了一口氣。「好了，我們走吧！」

不管火星有多想趕快回家，他的體力都已經耗盡。從發現野狗群，一直到以自己當餌、引誘野狗衝向峽谷，他都沒有吃過東西；除了剛剛作了一場夢外，也不曾睡過覺。再加上來回高岩山的長途跋涉、接受九條命時的種種折磨，以及可怕的夢境，他的體力已經用光了。

火星的腳步愈來愈蹣跚。他們剛好在大麥的農莊附近，巫醫用力推推他的肩膀，堅定地告訴他：「夠了，火星，我是你的巫醫，所以我有責任告訴你，你現在需要好好休息。我們去看看大麥和烏掌在不在家。」

「好主意！」火星發現有地方可以休息，頓時鬆了口氣，不再堅持，於是兩隻貓小心翼翼地往兩腳獸的穀倉走去。火星擔心可能有沒被綁住的狗，還好牠們的氣味都很淡、很遠，倒是貓的氣味很強烈。快到穀倉時，火星瞄到一隻壯碩的黑白花公貓，正費力擠過門板上的缺口。

「大麥！」他喊道，「真高興見到你，你認識煤皮吧？我們的巫醫！」

大麥愉快地向兩隻貓點頭。「很高興見到你們，火心。」

「他叫火星！」煤皮糾正他。

「現在是族長了。」

大麥驚訝得瞪大了眼睛。「恭喜啊！但這表示藍星死了，真是遺憾。」

「她死得很光榮，一定會在天上保佑我們部族的。」火星對他說。

「我想這一定是個很長的故事吧！」大麥喵了一聲，轉身往穀倉走去。「相信烏掌一定很想知道，快進來吧！」

穀倉裡頭雖然昏暗，但是很溫暖，充滿乾草和老鼠的味道。火星聽見鼠輩竄逃的聲音，不免飢餓地轉頭去看。

「這裡是個睡覺的好地方，還有這麼多獵物可抓，」他說，「但最好別讓雷族知道，不然他們都會跑到這裡來，搶著當獨行貓了。」

大麥輕笑出聲。「烏掌，」他喊道，「快過來，看看誰來了。」

一隻黑色身影從附近的乾草堆上跳了下來，發出歡迎的呼嚕聲。烏掌還是見習生時，曾是雷族裡唯一知道紅尾死亡真相的貓——因為殺害紅尾的兇手，就是烏掌的導師虎星。當時虎星為了怕見習生洩密，曾想殺他滅口，還好火星幫他找到了這個新家。獨行貓的生活顯然比戰士生活更適合烏掌，不過他不曾忘記自己的原生部族，一直和他以前的雷族夥伴友善地往來。

「所以藍星死了。」他聽了大麥的傳達後，喃喃說道，眼裡飄來厚厚的愁雲。「我會永遠懷念她的。」

大麥發出安慰的呼嚕聲，火星感覺得到，好幾個月前，當那位驚慌失措的年輕見習生跑來投靠大麥時，一定受到很多照顧。

烏掌直起身，向黑白花貓投以感激的一眼。

「所以你現在是族長了，」他繼續對火星說，「星族做了正確的決定。」他帶著他們走向穀倉的另一頭。「你們要不要抓點東西吃？」

「太好了！」煤皮回答，但小心翼翼地看了火星一眼。「我幫你抓點東西吃，好嗎？」

火星雖然疲累不堪，但還是搖頭拒絕。如果他不能自己抓獵物，那算什麼好族長呢？他站起來，豎直耳朵，擺出狩獵的姿勢。他聽見乾草堆深處有輕微的窸窣聲，敏銳的聽力幫他找到了老鼠的位置；他馬上一躍而起，迅速取了小東西的性命。

當火星叼起獵物，走回來和其他夥伴一起進食時，心裡想著烏掌真的很幸運，這裡的老鼠幾乎有森林裡的兩倍大，而且在昏暗的穀倉裡也很容易抓到。他囫圇吞下那隻老鼠，頓時覺得體力恢復不少。

「再多吃點，」烏掌鼓勵他，「這裡還有好多老鼠。」

等火星和煤皮再也吃不下時，他們才躺在柔軟的乾草堆上，和這兩個朋友一起分享舌頭，細訴族裡最近發生的事。烏掌和大麥仔細聽著，當火星一提到野狗群，他們嚇得瞪大了眼睛。

「我早就知道虎星不會手軟，」烏掌喵了一聲。「但我沒想到他竟會想出這種方法來毀掉雷族。」

「感謝星族庇佑，沒讓他得逞，」火星答道。「不過他差點就成功了。只希望以後不會再發生這種事。」

「你一定得想辦法，阻止虎星再想出其他詭計。」大麥直話直說。

火星點點頭。他猶豫了一會兒，最後承認：「可是現在藍星走了，我真的不知道自己該怎麼辦。總覺得前途好像一片黑暗……防不勝防。」他沒有提到月亮石的星族儀式被打斷的事，也沒提到他在夢中見到的可怕景象，但他看見煤皮露出同情的眼神，相信她知道他在想什麼。

「別忘了雷族會支持你，」她喵了一聲。「他們不會忘記，是你和藍星把我們從野狗群裡救了出來。」

「也許他們對我的期望太高了。」

「胡說！」煤皮堅定地說。「他們知道你一定可以成為一名偉大的族長，只要他們有一口氣在，絕對會支持你到底的。」

「我也是，」烏掌開口，把火星嚇了一跳。這隻烏亮的黑貓看見火星轉頭看他，顯得有點不好意思。「我知道我不是戰士，可是如果有需要我幫忙的地方，儘管告訴我。」

火星眨眨眼睛，表示感謝。「謝謝你，烏掌！」

「我可以去營地嗎？」烏掌問道，「我想去跟她致敬。」

「當然可以，」火星回答。「藍星已經賜給你進入雷族領土的權利，現在也一樣。這件事不會改變的。」

烏掌低下頭說：「謝謝你。」當他再度抬起頭時，火星看見他眼裡充滿新的敬意。「火星，你曾經救過我一命，我一直沒有機會回報；所以如果虎星又來煩你，我願意跟雷族戰士併肩作戰，一起對抗他，就算犧牲生命也沒關係。」

第六章

火星和煤皮一路滑下營地前的山坡，往入口走去。樹林間已是深深的黃昏顏色，他們先是在穀倉裡和大麥、烏掌睡了一覺，直到太陽升起，吃了一頓老鼠大餐後才起程回家。火星雖然累，但還好可怕的夢境已經逐漸從他的記憶中散去，他現在只想著見到自己的同伴。

在新族長和煤皮出現在金雀花隧道口時，一開始並沒有貓兒注意到。白風暴和蕨毛正結伴坐在蕁麻地附近，剛吃完他們的新鮮獵物。見習生窩外有三個見習生在玩角力遊戲。

火星先瞥見深色的虎斑身影，那是他的見習生棘掌。他提醒自己得盡快讓作息回復正常，開始進行嚴格的見習生訓練，不能因為當了族長就荒廢那些訓練課程；畢竟，藍星也曾費心傳授和教導他。

他正要往白風暴那兒走去，突然聽見有貓兒大聲喊他的名字；他轉過身，只見灰掌正從長老窩那裡，穿過空地朝他跑來，灰色的長毛興奮得豎了起來。

「火心——哦，不，應該是火星！你回來了！」

被他這麼一喊，其他族貓也注意到火星回來了，一下子全擁了上來，稱呼他的新名字，歡迎他回家。火星很想大方地接受族貓們的熱情歡迎，卻也注意到他們的眼神似乎都透露出一絲敬畏。他突然覺得心一緊，因為他知道自己和族貓之間已經有了新的距離。

「你真的看見星族了嗎？」蕨掌問，眼睛睜得大大的。

「真的看見了，」火星回答。「可是我不能告訴你們儀式的內容。」

蕨掌並沒有顯出失望的神情，反而帶著欣羨的眼神轉身向塵皮說：「我敢說他一定會成為偉大的族長。」

「這是當然的囉！」塵皮回答。他太喜歡蕨掌了，根本不會想反駁她的話。不過火星也很清楚，塵皮從以前就不怎麼欣賞他。黑棕色戰士會對他點頭致敬，那是因為他忠於戰士守則，所以自然也會效忠身為族長的他。

「真高興你回來了，」灰紋擠過一群戰士，走到火星身邊，黃眼睛裡滿是友好的神色，而非當初藍星在死前指名他接任族長時，流露出的那種畏怯目光。「你看起來好像一隻死氣沉沉的狐狸，有這麼累嗎？」

「當然有！」火星在灰紋耳邊低聲地說，但還是被雲尾聽到了。

「火星，那是你太相信古老的傳統，覺得一定得來回高岩山一趟，才能當上族長。可是我覺得，你早就證明自己是這裡的族長了。」

火星瞪了他的外甥一眼。雖然他很欣賞雲尾的絕對忠貞與支持，但一想到這隻年輕的貓並不像他一樣全心信仰星族，就覺得很傷腦筋。他真希望能把自己所經歷的一切都告訴這位白色戰士，讓他明白為何要敬畏星族，但他又不能說。

「噓！古老的傳統還是很重要的，」無容剛走上前，便馬上輕聲反駁雲尾。她一邊舔他的耳朵，一邊說道：「星族一直在看著我們。」

雲尾也回舔她，他的舌頭輕輕滑過她受過傷的半邊臉。火星已經不再那麼惱怒了，老實說他還真的很欣賞雲尾對無容的感情；他完全不在意她臉上可怕的傷疤。他的外甥也許個性古怪、脾氣暴躁，對戰士守則又愛理不理，但他卻曾在緊要關頭救了這隻年輕的貓兒一命，並給了她活下去的勇氣。

等到歡迎他回來的貓群全都散開後，火星才見到白風暴。白風暴向他打招呼，然後退後兩步，等他開口。

「營地裡都好嗎？」火星問。「我不在的時候，有沒有發生什麼事？」

「完全沒有。」資深戰士稟報。「我們巡視過整片領土，沒有發現野狗或影族的蹤跡。」

「很好，」他看了那堆豐盛的獵物一眼，又說：「已經有貓狩獵回來了？」

「沙暴之前去外頭巡邏了一圈，鼠毛和蕨毛也打發見習生們做事去了，」白風暴答道。「棘掌是個厲害的狩獵者，帶了好多獵物回來，多到連我都數不清。」

「很好，」火星很高興聽見白風暴稱讚他的見習生，但他一想到棘掌與虎星的父子關係，還是覺得不大舒服。虎星曾是很棒的狩獵者，卻掩飾不了他也是謀殺者和背叛者的事實。

煤皮再度走到他身邊。「我要回我的窩裡去了，」她說。「有需要就隨時叫我。對了，你應該沒忘記在今晚月亮當空之前，要指定副族長的事吧？」

火星點點頭。也許還有更急迫的事情在等他，但現在的確得先好好想想這件事才行。當初虎星的背叛與被放逐，讓藍星深受打擊，因此晚了一天指派火星擔任副族長，而且沒有舉行任何儀式。當時族貓們都很擔心星族會因此而生氣，火星也不能順利執行副族長的職務。所以他決定：這次絕不能讓同樣的錯誤，發生在自己的副族長身上。

火星看著煤皮一跛一跛地穿過空地，往巫醫窩走去，這才突然想到，目前為止，還有兩隻貓兒沒來和他打過招呼，一個是暗紋，另一個是沙暴。暗紋不理他，這一點並不意外，但奇怪的是沙暴也沒來找他。難道他做錯了什麼，又惹得她不高興了嗎？

這時他看見了沙暴，站在離他幾條尾巴遠的地方，用一種很奇怪的羞怯神情看著他。那雙綠眼睛閃爍飄忽，於是他朝她走去。

「沙暴，」他喵了一聲。「妳還好嗎？」

「我很好，火星，」她沒有看他的眼睛，反而低下頭去，盯著自己的爪子。「很高興你回來了。」

火星知道一定有什麼事不對勁。他一路長途跋涉，還不就是想趕快回家、和沙暴躺在戰士窩裡一起分享舌頭，告訴她路上的所見所聞。不過他再也不能這麼做了，因為從現在起，他得獨自睡在藍星的舊窩裡——現在是他的窩了——就在高聳岩底下。

他終於明白沙暴在心煩什麼了。儘管他離開前她還自信滿滿的，現在卻顯得很不安。

「鼠腦袋，」他親暱地喵了一聲，用鼻尖碰碰她的鼻尖。「我還是跟以前一樣啊，什麼也沒變。」

「亂講，什麼都變了！」沙暴堅持，「你現在是族長了。」

「但妳還是最棒的狩獵者，也是族裡最美麗的貓！」火星向她保證道。「在我心目中，妳是最特別的。」

「可是你……你現在高高在上，」沙暴說，在無意間道破了火星心中的恐懼。「煤皮會比任何貓都親近你，只有你們倆知道戰士們所不知道的星族祕密。」

「煤皮是我們的巫醫，」火星回答。「而且她也是我的好朋友，但她不能代替妳，沙暴。我知道現在和以前不一樣了，族裡有好多事情等著我去做……尤其在虎星引來野狗的事件之後。但只要再過幾天，我們就可以像以前一樣，一起出去狩獵了。」

他感覺到沙暴似乎比較不緊張了，眼裡的疑慮也消退，於是鬆了口氣。「你下午最好派一支巡邏隊出去，」她回答的語氣很乾脆，彷彿又變回以前的那個沙暴似的，不過火星也猜得出來，她想假裝自己已經沒事了。「要不要我幫你召集一些貓？」

「這個主意不錯。」火星故意配合她那付公事公辦的語氣。「那就交給妳吧，先去陽光岩那兒巡邏，免得河族又想偷偷跑過來。」河族的族長豹星一向野心勃勃，搞不好會趁雷族痛失藍星這段脆弱的期間，又來占領那塊垂涎已久的土地。

「好！」沙暴快步走向蕁麻地，蕨毛和長尾正在那兒吃東西。蕨毛抬頭叫來他的見習生褐掌，四隻貓往金雀花隧道走去。

火星慢慢走向族長窩。他還是沒辦法相信，這裡是就是他要住的地方了。其實他還比較懷念以前在戰士窩裡的那個舊床鋪。他還沒走進族長窩，便聽見有貓在叫他；他趕緊轉身，看到灰紋朝他跑來。

「火星，我有話要跟你說——」他欲言又止，好像難以啟齒似的。

「有什麼問題嗎？」

「嗯……」灰紋遲疑了一會兒，最後一股腦兒地說了出來：「我不知道你是不是有在考慮指定我當副族長，但我想告訴你，你不必想太多。我知道我才回雷族沒多久，有些貓兒到現在都還不信任我，所以就算你選其他貓當副族長，我也不會介意的。」

火星也覺得很遺憾。他本來是想選灰紋當他狩獵和作戰的左右手：副族長忠於族長，而灰紋也支持他。但灰紋說得沒錯，他才剛從河族回來，所以不能選他當副手。雖然火星相信灰紋對雷族的忠誠，但灰紋還是得靠自己去證明這件事，重新讓族貓接受他。

火星往前用鼻頭碰了碰灰紋。「謝謝你，灰紋，」他說。「幸好你能體諒我。」

灰紋聳聳肩，表情有點尷尬。「我只是想跟你把話說清楚。」然後便轉身消失在戰士窩的灌木叢裡。

火星覺得更難過了。他用力甩甩頭，沿著高聳岩慢慢地走向族長窩，這時卻聽見裡頭有聲響——原來是最資深的見習生，刺掌。他一聽見火星進來，立即轉過身來。

「哦，火星！」他大聲地說。「白風暴要我幫你送新的床鋪過來，還有一些新鮮獵物。」

他的尾巴輕輕往裡面彈，一隻死兔子正擱在青苔和石南鋪成的床鋪旁。

「太好了，刺掌！」火星喵了一聲。「謝謝你，也幫我謝謝白風暴。」

金棕色見習生低頭致意，正準備離開，卻又被火星叫住。

「提醒鼠毛明天過來找我，」火星提到了刺掌師父的名字。「也該為你舉辦戰士命名儀式了。」這件事也拖得夠久了，他想。刺掌早就以實力證明了他的戰士資格，要不是當初藍星不再信任自己的族貓，刺掌早在幾個月前，就應該獲得戰士資格了。和他同期的見習生還包括疾掌和無容，他們也都沒有得到戰士資格。

刺掌的眼睛興奮得發亮。「知道了，火星！謝謝你！」他急忙跑了出去。

火星在青苔床鋪上坐了下來，嚐了幾口兔肉。白風暴真是周到，還幫他換了新床鋪，只不過他到現在還能聞到藍星留下的氣味。也許這氣味永遠不會散去，不過這樣也好！一想起她，他便覺得心痛，卻又景仰她的領導智慧與膽識。

光線漸漸變弱了，黑暗逐漸聚攏。自從火星加入雷族以來，這是他第一次覺得孤單：身邊不再有其他貓與他一起溫暖地入睡，也沒有朋友分享舌頭，發出溫柔的呼嚕聲，更聽不見貓兒們輕微的打呼聲。他突然覺得好寂寞。

但這時他告訴自己，別這麼鼠腦袋了，他還有重要的決定得做，這對雷族很重要，所以他不能做錯。他挑選的副族長肯定會影響雷族的未來。

他先來到青苔床鋪上，心想是不是該睡個覺，到夢中問問斑葉誰適合當副族長。他才剛閉上眼睛，便聞到斑葉的甜美氣味。但沒有出現任何影像，眼前是一片昏暗。

這時他聽見耳邊傳來斑葉溫柔而俏皮的聲音。「不行哦！火星，你得自己決定！」

火星嘆了口氣，再度張開眼睛。「我知道啦，斑葉！」他大聲回答。「我會自己決定的。」

顯然是不可能選灰紋當副族長了。幸好老朋友先幫他做了決定，讓火星現在不必為難。他開始考慮其他的貓。新的副族長必須要有經驗，而且要對雷族忠心耿耿。沙暴勇敢又聰明，如果選她當副族長，等於保證了她在他心中無可取代的地位，以及他希望有她陪伴的心意。

但副族長不應該是這樣選的。再說，戰士守則上也明確規定，副族長必須當過導師。沙暴到現在都還沒收過見習生，所以火星不能選她。他突然覺得很對不起沙暴，因為這都是他的錯，當初是他把褐掌指派給蕨毛當見習生的，而沙暴才是最適當的選擇。但他會那麼做，也是為了保護她。萬一讓她當虎星孩子的見習生，恐怕會被那位嗜血的父親給謀害。後來，沙暴過了很久才肯原諒他。火星只希望她永遠不知道，她這次不能當他的副族長，都是因為他過去犯下的錯。

可是沙暴真的是最好的選擇嗎？不，還有另一隻貓符合所有的條件：白風暴夠資深，有智慧，而且很有膽識。以前火星被指派擔任副族長時，白風暴坦然接受、毫無怨言，每一隻貓都很清楚。他打從一開始就很支持火星這位族長，也是火星需要建議時，第一個會想要徵詢意見的戰士；他雖然老了，但還是老當益壯，充滿活力，至少要好幾個月之後才會退休去當長老。

沒錯！火星想，**就讓白風暴擔任副族長吧！**他滿意地伸展身子，只需要向族貓宣布這件事就大功告成了。

火星等了一會兒：他把兔子吃完，又打了一會兒盹兒，但沒完全熟睡，怕錯過月亮當空的時刻。

月亮終於冉冉升起，銀色的月光滲進窩裡。他站起身，甩甩身體，抖掉毛上的青苔屑，緩步走出空地。

已經有幾隻族貓在空地邊緣的蕨葉叢間徘徊走動，顯然在等他召集。沙暴和夜班的巡邏隊已經回來了，正在一旁分享新鮮獵物。火星彈彈尾巴，向薑黃色母貓打招呼，但沒過去和她說話，反而跳上高聳岩，大吼一聲：「請所有已成年的貓都到高聳岩下方集合。」

他的召集令迴盪在空氣裡，更多的貓陸續現身。他們從各自的窩裡爬了出來，從空地邊緣的陰暗處往月光下走去。火星看見暗紋慢慢走進空地，坐在離高聳岩幾條尾巴遠的地方。他用尾巴圍住腳爪，露出一副不屑的表情。蕨毛小心翼翼地跟在他身後，找了個附近的位置坐下。

棘掌從見習生窩裡走出來，火星正猜想他會不會去坐在暗紋旁邊，卻發現他和他姐姐褐掌一起坐在貓群外圍。兩名見習生警覺地東張西望，這時鼠毛經過他們身邊，似乎厲聲對褐掌說了什麼，褐掌轉頭不理她，好像不想聽她的話。火星想，褐掌一直聰明又有自信，如果她現在就已經會頂撞資深戰士，也不令人意外。

沙暴和灰紋一起坐在靠近高聳岩的地方，就在雲尾和無容附近；長老們結伴走出來，坐在空地中央。

火星看見白風暴從蕁麻地那裡和煤皮一起出來，他停下來和蕨掌、灰掌交談了幾句，就在高聳岩旁邊坐下，絲毫看不出來他是否在期待什麼。

火星努力克制住自己緊張的情緒，開口說：「已經到任命副族長的時候了，」他停了一下，覺得藍星就在他身邊，因為他記得這些都是她曾說過的話。「我要在星族面前宣布此事，」他繼續說：「願我們的戰士祖靈聽見，並同意我的選擇。」

每一隻貓都仰頭望著他。他俯視著他們，在他們眼中看見閃動的月光；他感覺得出他們很興奮。

「白風暴將成為我們雷族新任的副族長。」他大聲宣布。

現場鴉雀無聲，白風暴眼睛眨呀眨地看著火星，臉上有欣喜也有訝異。火星就是喜歡他這一點，謙虛的白風暴從沒想過自己會被選上。

白風暴緩緩起身。「火星，雷族的族貓，」他喵了一聲，「我從沒想過自己能有這個榮幸；我向星族發誓，一定會竭盡所能地服務族貓。」

他一說完，貓群中開始傳出聲響，有快樂的喵嗚聲，也有此起彼落、高呼「白風暴」的聲音。族貓們開始擁上前去向他道賀，火星知道他的選擇是對的。

他在高聳岩上方看了一會兒，突然覺得樂觀起來，再度充滿信心與熱情。他已經得到九條命；他有一位很棒的副族長，還有一群誓死效忠的戰士。而且野狗群的威脅已經過去了，火星相信他們很快就能把虎星趕出森林。但就在他準備跳下高聳岩、向白風暴道賀時，卻突然瞥見暗紋的目光。他獨自坐著那兒，動也不動，一聲不響。他惡狠狠地瞪著火星，眼裡射出冰冷的怒火。

火星突然想起夢中的可怕景象：堆成小山的白骨和四處流淌的血河。藍星的話言猶在耳：

四化為二，獅虎交戰，血浴森林。

火星還是不明白這個預言的意思，但這些話卻已經預告了他們未來的命運……有戰爭、有流血。而在暗紋的凶惡目光下，火星似乎預見了那一觸即發的戰爭。

第七章

火星慢慢穿過高松林，濕冷的寒意迎面拂過他的身體。天空布滿厚重的烏雲，彷彿老天爺仍不確定究竟該下雨還是降雪。這裡曾是當初火災肆虐最嚴重的地方，地上仍滿布灰燼，本來已經長出來的零星植物再度因禿葉季的來臨而凋零枯萎。

這是火星向族貓們宣布副族長的第二天，他將營地交給新任副族長，獨自來到邊界巡邏，他希望獨處一會兒。他得習慣族長這個角色，想清楚未來的路該怎麼走。有時候他也忍不住覺得驕傲，心想自己竟然能蒙星族青睞，當上雷族的族長，但他也知道這不是件輕鬆的差事。失去藍星讓他悲痛不已，這一輩子恐怕都擺脫不了這個傷痛。他擔心虎星接下來的動作。雖然領土裡沒有影族的蹤跡，但火星還是無法像其他貓一樣放鬆心情。他知道虎星不會善罷干休，除非他能除掉眼中釘——而火星當上雷族族長的消息，肯定會令他更想報復。

火星從兩腳獸附近的林子裡走出來，抬頭仰望公主的籬笆，想看看他的妹妹有沒有從兩腳獸的巢穴裡出來，在外頭散步。但是他沒看見她，他大口吸進空氣，只聞到很淡的氣味，便沿著林子邊緣繼續前進，來到一處他很少經過的地方。他認出小時候住過的兩腳獸巢穴，那已經是好幾個月以前的事了。他抗拒不了好奇心，突然衝了出來，穿過林子邊緣的空地、跳上籬笆頂端。

他低頭望著那一大片草地，草坪邊緣種滿了兩腳獸的花花草草，他想起小時候在這兒玩耍的事情，以及最近才發生過的事：藍星得到綠咳症，他跑到這兒來找貓薄荷。火星從他現在坐著的位置，可以清楚看見那叢貓薄荷，並聞到它誘人的氣味。

巢穴裡出現動靜，引起了他的注意；他看見他認識的其中一隻兩腳獸正從窗邊走過，然後消失不見。火星突然很好奇，當他離開他的兩腳獸，到森林求生時，牠們在想什麼。牠們一直對他很好，用盡兩腳獸所能想到的方法來關心他，火星也一直很感激牠們。他很想跟牠們說，他在森林裡過得很快樂，而且正在努力達成星族所交付給他的使命；可是兩腳獸不可能懂這些事的。

他鼓起結實的肌肉，正打算跳下來，回到森林裡時，一隻黑白身影突然出現在隔壁花園。他往下瞄了一眼，原來是史莫奇，他在當寵物貓時的好朋友。他看起來和以前一樣胖，寬扁的臉上有滿足的神情，正在和一隻漂亮的棕色母虎斑貓說話。火星不認識她，但隱約聽得見他們的喵聲，只是距離太遠，聽不出來在說什麼。

他差點想跳下來跟史莫奇打招呼，但他兇巴巴的樣子可能會嚇到他們。火星到森林之後沒多久，也回來過一次，並在森林裡遇見史莫奇；那時史莫奇沒認出他，還嚇得半死，如今他的森林生活離他們的世界又更遙遠了。

大門咿呀一聲打開，打斷了火星的思緒。他沿著籬笆躲進冬青樹叢裡，他認識的其中一隻兩腳獸走出屋外，大聲呼喚。不一會兒，漂亮的棕色虎斑貓便向史莫奇喵聲道別，穿過隔開兩座花園的籬笆，跑向那隻兩腳獸；兩腳獸伸手一撈，將她抱起，摸摸她的毛髮把她帶進屋裡，母貓發出快樂的呼嚕聲。

原來她是牠們新養的寵物貓！火星想。大門砰地關上的聲音讓他感到一絲妒意，但也只是一瞬間。那隻小虎斑貓不必靠自己狩獵來養活自己，她有一個溫暖的床鋪。她不必像森林裡的貓隨時可能戰死或遇上危險。她會和史莫奇及其他寵物貓成為好朋友，也會得到兩腳獸最好的照顧——她會擁有火星還沒成為部族貓之前所擁有的一切。

不過她也永遠不會瞭解，學會戰鬥技巧後的那種成就感，更不會懂和朋友並肩奔跑作戰的暢快滋味，也不可能知道什麼叫作終身遵守戰士守則和星族的意旨。

就算要我再選一次，火星想，**我還是會這麼做**。

下面的籬笆突然傳來爪子摳抓的聲音，他瞥見一團棕色的敏捷身影。才轉過頭，便驚訝地發現棘掌已經站在他面前了。

火星嚇了一跳，好不容易才恢復鎮定地問：「你在這裡做什麼？」

「我從營地那邊一路跟過來。我……我想知道你要去哪裡，也想順便練習一下我的跟蹤技巧。」

「你都已經跟得這麼遠了，可見技巧不錯。」火星也不知道自己是不是在生氣。棘掌不該偷偷跟蹤他，但能從營地那裡一路跟過來還不被他發現，著實不簡單；再說讓棘掌看見他站在兩腳獸的籬笆邊上、偷看兩隻寵物貓，害他有點不好意思。以前，火星還是見習生時，虎星也曾偷偷地監視他，結果逮到他和史莫奇說話，馬上回報給藍星，好讓大家懷疑火星對部族的忠誠度。

火星迎向棘掌的目光，只見他神情不再那麼緊張，反而顯得很鎮定，彷彿正在打量自己的導師。火星發現在那雙專注、閃著慧黠光芒的琥珀色眼睛裡，似乎看得到對自己的尊敬。所以他再一次跟自己說，棘掌這孩子只要能擺脫他父親的陰影，未來勢必會成為一名傑出的戰士。但問題是，他的父親仍在森林裡虎視眈眈，在這種情況下，棘掌仍會忠於自己的原生部族嗎？

「我可以相信你嗎？」火星突然開口。

這隻年輕的貓並不急著為自己答辯，反而嚴肅地看著他好一會兒。「那我可以相信你嗎？」他反問，雙耳朝兩腳獸花園的方向抽了一下。

火星身上的毛豎了起來。他本來不打算向這位見習生解釋他的行為，畢竟棘掌沒有資格質疑他的導師——何況他還是族長。但棘掌的疑問多少讓火星覺得有罪惡感，除此之外，他也不得不佩服這個年輕小伙子，竟然有勇氣敢質問他。

他深吸了一口氣。「你可以相信我，」他嚴肅地允諾。「當初我既然放棄了寵物貓的生活，不管未來如何，我都會把雷族放在第一位。」他想也該是時候跟棘掌說實話了。「但我偶爾還是會來這裡，」他繼續說。「有時候是來看我妹妹，因為我很好奇，如果當初我選擇待在這裡，會變成什麼樣子。可是每當我離開這裡的時候，我都很清楚，我的心永遠與雷族同在。」

棘掌輕輕點頭，彷彿很滿意他的答案。「我知道被質疑的感覺是什麼。」他喵了一聲。

火星聽到這句話，又覺得愧疚起來，哪怕他不是族裡唯一質疑棘掌的貓。「你和其他見習生相處得還好嗎？」他問。

「還好，但我知道有幾個戰士不喜歡我和褐掌，因為虎星是我們的父親。」

棘掌這麼誠實，令火星更感愧疚了。**原來我們兩個的遭遇竟然這麼像**，火星這麼想。**在戰鬥中，我們總是要比其他的貓更賣力表現，想在敵人和族貓面前證實自己是忠心耿耿。**

「那你應付得來嗎？」他謹慎地問。

棘掌眨眨眼。「我知道自己效忠什麼，總有一天我要證明給你們看。」

他不像在說大話，棘掌的模樣堅決而篤定，火星知道可以相信他。他誠懇告訴見習生自己為什麼要來造訪兩腳獸的巢穴，而他的見習生也對他坦承相見。火星知道棘掌相信他，他欠棘掌一份情。

「那褐掌呢？」他問道。

「這個嘛……」她的弟弟遲疑著，面露難色。「她有時候是難相處了一點——但她個性就是這樣，其實她也是很忠於部族的。」

「我相信她是。」火星回答。不過他也注意到，棘掌在談到自己姐姐時很不自在。看來他以後得多注意一下褐掌，確保她沒被欺負，好讓她也能成為族貓信賴的戰士。他最好找她的導師蕨毛談一談。

火星很滿意自己的見習生，於是又補了一句：「我得出發了，這樣才能趕在天黑前完成巡邏任務。你要和我一起來嗎？」

棘掌琥珀色的眼睛立刻亮了起來。「可以嗎？」

「當然可以。」火星跳下籬笆，等身後那隻年輕的貓爬下來。「我可以在路上順便訓練你。」

「太棒了！」棘掌熱切地回應。

他與火星肩併肩，一起回到森林裡。

火星在轟雷路邊緣停下腳步，大口吸進影族那裡傳來的氣味。虎星就在那裡，他想，**他現在究竟在打什麼鬼主意？他接下來又會做什麼呢？**

正當他陷入自己的思緒時，天空突然飄下一片一片白色的東西。**是雪花！**火星想。他仰頭望向天空，雲朵的顏色比平常要暗一些。他聽見棘掌驚呼一聲，於是轉過頭，看見一片雪花落在棘掌的鼻子上，慢慢融化。那個見習生趕緊伸出粉紅色的舌頭舔掉它，黃色的眼睛瞪得大大的，滿是驚奇。

「那是什麼，火星？」他問。「好涼哦！」

火星發出開心的呼嚕聲。「那是雪，」他回答。「禿葉季一到，就會開始下雪，如果它繼續下個不停，整片大地和森林都會被白雪蓋住。」

「真的？可是它們好小一片耶！」

「但它們很多啊！」

雪愈來愈多，也愈來愈大，他們已經幾乎看不見轟雷路對面的森林了，就連影族的氣味也不見了。怪獸的怒吼聲變得低沉起來，動作也變慢了，一雙雙發亮的眼睛彷彿沒辦法在雪中看清眼前的路況。

火星知道雪季只會為森林帶來更多麻煩。獵物不是因嚴寒而凍死，就是躲在洞裡不肯出來，狩獵者根本找不到牠們的蹤跡。如今要餵飽族貓，肯定比之前更困難了。

他的見習生正睜大眼睛瞧著漫天飛舞的雪花，火星看見他伸出一隻腳掌想碰碰其中一片，過了一會兒，他開始不斷地跳、旋轉身子，發出尖銳的快樂呼嚕聲，好像想趁雪花掉在地上之前抓住它們。火星愉快地看著他。看見年輕的小貓天真地玩耍，感覺很有趣；那位邪惡的虎星一定沒有玩過雪花吧？也或許他玩過，只是不知道從什麼時候開始，他就變了？變得只想著權力和欲望。

這個問題是沒有解答的，火星知道虎星已經不會回頭，他也一樣。他們已經踏上星族準備好的那條路，遲早得碰頭，一決生死。

第八章

等火星和棘掌回到營地時，雪已經停了，積雲也散開了，夕陽在鋪滿白雪的大地上灑下又深又長的藍色光影。他們帶了新鮮獵物回來，火星親眼見到他見習生高超的狩獵技巧，對他的專注力和追蹤技巧印象深刻。

他們才剛抵達山谷頂端，便聽見後方傳來呼喊聲。火星轉頭，只見灰紋穿過矮樹叢，一路跳了上來。

「嗨！」灰色戰士好不容易趕上他們，氣喘吁吁地打了個招呼。一看見他們捉到的獵物，立刻瞪大了眼睛。「你們的運氣比我好多了，我只找到老鼠。」

火星發出同情的呼嚕聲，領著他們往金雀花隧道走去。他注意到柳皮三個孩子中最愛冒險的小紅栗，已經溜出營地，正沿著山谷爬上陡坡；更叫火星驚訝的是，她和暗紋在一起，這位戰士正俯身對她說話。

「奇怪，」火星叼著松鼠，嘟囔著說：

「暗紋以前從來不會對小貓這麼好的。他在那裡做什麼？」

火星突然聽見灰紋大喊一聲，然後便刷地衝過自己身邊，沿著山谷邊奔去，爪子匆匆耙過白雪覆蓋的岩面。而一向強壯的小紅栗這時也突然腿一軟，小小身軀在雪地裡扭動掙扎著。火星嚇得丟下嘴裡的獵物，聽見灰紋的吼聲：「不！」然後就撲上那位深色的戰士。暗紋立即揮爪，用後腿還擊，但灰紋緊咬住他的喉嚨不放。

「怎麼回事——？」火星趕緊衝下坡，棘掌緊跟在後。他避開那兩隻還在扭打的貓，直接跑到小紅栗身邊。

小貓一邊抽搐，一邊在地上翻滾，呆滯的雙眼瞪得大大的，嘴裡發出尖銳的痛苦呻吟，口吐白沫。

「快叫煤皮來！」火星命令棘掌。

他的見習生聽命趕緊衝回去，一路上雪花四濺。火星彎身看著小貓，將一隻腳掌輕擱在她的肚子上。「沒事的，」他低聲地說，「煤皮馬上就來了。」

小紅栗張開嘴，火星才發現她含著嚼了一半的莓果，猩紅的汁液在森白的牙齒上看起來更是可怕。

「毒莓果！」他倒抽一口氣。

他頭上的岩縫裡，正好有一叢深色的灌木，葉叢裡垂掛著許多致命的紅色莓果。他還記得幾個月前，雲尾本來想吃它，幸好煤皮及時制止，警告他那個東西很毒。後來，黃牙就是用毒莓果奪走自己的兒子碎尾的性命，火星曾親眼見到這種莓果毒性發作得有多快。

他蹲在小紅栗旁邊，盡量挖出她嘴裡咬碎的莓果，但已經嚇壞的小貓根本痛苦到靜不下來，因此火星很難再從她嘴裡挖出什麼。她的頭不停地扭來扭去，身體抽搐，看起來愈來愈虛弱，把火星嚇壞了。他仍聽見灰紋和暗紋扭打在一起的聲音，但似乎從很遠的地方傳來；他的注意力全放在小貓身上。

這時煤皮趕到了，他鬆了一口氣。「是毒莓果！」他趕緊告訴她，「我已經盡量把它挖出來了，可是……」

火星讓出位置給嘴裡含著一團藥草的煤皮，她先擱下藥草，然後說：「做得好，火星，先幫我按住她，我檢查一下。」

小貓已經掙扎到沒有力氣再動了，因此在他們的通力合作下，煤皮終於將小貓嘴裡剩下的莓果全挖了出來。然後她很快嚼爛她帶來的葉子，塞進小紅栗的嘴裡。「快點吞下，」她命令道，然後才對火星解釋：「那是蓍草，可以催吐。」

小貓的喉嚨開始抽搐，接著嘔吐起來，火星看見那堆穢物裡好像有不少紅色斑點。

「很好，」煤皮放下心來。「非常好，妳會沒事的，小紅栗。」

小貓躺在地上喘著氣，全身發抖，火星看見她全身無力，雙眼緊閉，不禁擔心起來。

「她死了嗎？」他低聲地問。

煤皮還沒來得及回答，營地入口便響起一聲哀嚎。「我的小貓，我的小貓在哪裡？」是柳皮，她跟在棘掌後面衝上山谷，蹲在小紅栗旁邊，藍色眼睛發了瘋似地瞪得斗大。「發生什麼事了？」

「她不小心吞了毒莓果，」煤皮解釋，「不過我想我已經讓她全吐出來了，先把她帶回我的窩裡，我來好好照顧她。」

柳皮開始舔小紅栗，火星終於看見小貓的身體隨著呼吸輕微地上下起伏。她沒死，但他也看得出來煤皮很緊張，顯然小貓還沒脫離險境。

但火星這下終於可以喘口氣，去找灰紋了。這隻灰色戰士此刻正站在數條尾巴外的地方，一隻腳壓住暗紋的脖子，另一隻壓住暗紋的肚子。暗紋有隻耳朵在流血，他掙扎著想脫身，卻動彈不得，嘴裡不斷叫罵著。

「到底是怎麼回事？」火星問。

「不要問我，」灰紋咆哮著回答。在火星的記憶中，從沒見過他的朋友這麼生氣過。「你自己去問這個……這個敗類，問他為什麼想謀殺一隻小貓。」

「謀殺？」火星重覆這個字。這突如其來的指控令他有點反應不過來，一下子愣住了。

「就是謀殺！」灰紋重申一遍，「你去問啊！問他為什麼要餵小紅栗吃毒莓果？」

「你這個長著鼠腦袋的傢伙，」暗紋抬眼瞪著他的攻擊者，語氣冰冷。「我不是在餵她吃毒莓果，我是在阻止她。」

「我親眼看見的！」灰紋咬牙切齒地吐出這幾個字。

火星試著回想當時他在山谷上方看到的事。「讓他起來吧，」他勉強地對他的朋友說。「暗紋，告訴我，究竟發生什麼事。」

戰士站了起來，甩甩身子，火星看到他身上毛禿了好幾塊，顯然是被灰紋的利爪給扯掉的。

「我正要回營，」他開始說。「結果發現那個小笨蛋正在吃毒莓果，我打算阻止她，卻有個瘋子撲了上來。」他惡狠狠地瞪了灰紋一眼。「我幹嘛要謀殺一隻小貓啊？」

「這就是我想問的。」灰紋啐了一口說。

「哼，反正大家都知道偉大的火星會相信誰。」暗紋冷笑。「如今要在族裡找公道，我看是很難了！」

這項指控讓火星很不高興，尤其是他知道這事情一定不單純。他必須證明灰紋不是在說謊，但他得先有充分的證據才行。

「現在還不到說誰對誰錯的時候，」火星說。「等小紅栗醒來，自然會告訴我們真相。」這時，他似乎看見暗紋一閃而過的不安神情，可是他並不確定。深色戰士不屑地抽動雙耳。「好，」他喵了一聲說。「到時你就知道誰說的是真的。」他舉起尾巴，大步走回營地裡。

「我真的看見了，火星。」灰紋再次跟他保證。他的肚子兩側因為剛打完架，也因為喘氣而劇烈地起伏著。

火星嘆了口氣。「我相信你，但得向大家證明我們是公平的，所以我必須等小紅栗把事實說出來之後，才能懲罰暗紋。」

要是她死了怎麼辦？他在心中反問自己。他看見煤皮和柳皮輕輕地扛起地上小貓，往金雀花隧道走去。小紅栗的頭無力地垂下，尾巴拖在地上。火星一想到這隻本來在營地裡活蹦亂跳的小貓，就忍不住心痛起來。如果暗紋真的打算傷害她，火星一定要他付出代價。

「灰紋，」他低聲說，「你和煤皮一起去，我希望你可以和其他戰士輪流看守巫醫窩，直到小紅栗完全醒來。你去問問看沙暴和金花能不能幫忙，我可不希望小紅栗在開口說話前，又出了什麼意外。」

灰紋顯然知道他在想什麼。「好，火星，」他喵了一聲回答。「我這就去。」他跳下斜坡，追上其他的貓，一起消失在金雀花隧道裡。

這時山谷裡只剩下火星和棘掌。「我丟了一隻松鼠在那裡。」他對他的見習生說，歪著頭指向山谷上方。「麻煩你幫我拿去放好，然後就可以休息和吃東西了。你也累了一整天。」

「謝謝你，」棘掌說。他往山谷上方走了幾步，然後回過頭問：「小紅栗會沒事吧？」

火星嘆了一口氣。「我不知道，棘掌，」他承認。「我真的不知道。」

第九章

火星心事重重地走進營地，他四下張望，看見暗紋正在蕁麻地附近吞食一塊獵物。鼠毛、金花和霜毛也在旁邊吃東西，但他注意到他們都背對著暗紋，不想理他。

顯然灰紋已經把剛才發生的事說出去了，霜毛和金花因為曾照顧過小貓，所以一聽說族裡竟然有戰士想謀害小貓，自然特別驚恐。這樣也好，因為如果他們選擇相信灰紋說的話，就表示他的朋友已經漸漸被族貓所接納，又會像以前一樣受到歡迎。

火星正要往灰紋那兒走去，卻聽見戰士窩那兒傳出聲音。蕨毛正從枝椏間鑽出來，他慌張地四處張望，找到暗紋，正打算走過去，卻又立刻轉向，往火星這邊走來。

「我剛才聽到消息了！」他倒吸一口氣。「火星，真對不起，他把我甩掉了；一切都是我的錯。」

「你先冷靜下來，」火星把尾巴擱在這隻

激動的貓兒肩上，要他鎮靜。「你告訴我，究竟發生了什麼事。」

蕨毛深吸了幾口氣，設法控制住自己的情緒。「暗紋說他要出去狩獵，」他開始說。「我就跟著他去，可是我們一走進森林，他卻說他要方便，所以走到灌木叢後面。我在前面等他，等了好久，最後走過去看……才發現他已經不見了！」他瞪大眼睛，一臉頹喪。「如果小紅栗死了，我永遠也不會原諒自己。」

「小紅栗不會死的，」火星向他保證，儘管他也沒有十足的把握，因為那隻小貓顯然病得很重。但現在擔心也沒有用了，眼前還有其他事得先傷腦筋。聽蕨毛這麼說，暗紋肯定知道自己已經被盯上了。他會這麼俐落地甩掉監視者，**一定有他的理由**，火星這麼想。這隻深色虎斑貓究竟打算做什麼？他為什麼想殺死小紅栗？

「我現在可以做什麼嗎？」蕨毛心情沉痛地問。

「先別再責怪自己了，」火星回答。「我們遲早會知道暗紋效忠的究竟是誰。」

儘管擔心小紅栗的安危，火星並不遺憾暗紋因為這件非同小可的事而露出破綻。雖然他曾希望把深色戰士留在營裡，才好就近監視他是不是有背叛的念頭，但他現在知道，暗紋是絕對不可能效忠他或是雷族的。族貓不可能容得下這位企圖謀殺小貓的戰士，**就讓他去虎星那兒吧！**火星想。

「你還是繼續監視暗紋，」他對蕨毛說。「但你現在可以讓他知道，你的確是在監視他。你就告訴他，說我不准他離開營地，除非小紅栗能開口說話。」

蕨毛緊張地點點頭，趕緊走向蕁麻地，蹲坐在暗紋身邊，和他說了幾句話。暗紋生氣地罵了幾句，又回頭去撕咬他嘴裡的獵物。

火星看著他們，聽見背後的腳步聲，轉身看見是沙暴走來。這隻薑黃色的母貓用鼻頭抵住他的身體，發出低沉的呼嚕聲。火星深深吸了一口她的氣味，有她在身邊，讓他覺得很舒服。

「你要去吃東西了嗎？」她問。「我等你。灰紋告訴我剛才發生的事了，」她繼續說道，跟著他一起走向蕁麻地。「我告訴他，我待會兒過去接他的班，幫忙守住巫醫的洞口。」

「謝謝妳！」火星說。

當他們往獵物堆走去，經過深色斑紋戰士的身邊時，火星還刻意看了他一眼，但暗紋已經吃完東西，正準備起身回戰士窩，眼裡完全無視火星的存在，蕨毛堅定地跟在他身後。

就在暗紋快走到戰士窩時，塵皮剛好從窩裡出來。火星注意到這隻黑棕色虎斑貓突然轉向，走到見習生窩那兒去找蕨掌。雷族貓一向不喜歡掩飾，塵皮雖然曾是暗紋的見習生，如今卻不願再和他以前的導師有任何交集。

火星從獵物堆裡挑了一隻喜鵲，然後叼到蕁麻地去。「嗨，火星，」他一走近，鼠毛便開口說話。「刺掌說你要找我談他戰士加冕儀式的事，也是時候了。」

「沒錯！」火星同意。藍星當初拒絕升三名資深見習生成為戰士，結果疾掌死了，無容受了重傷。如今刺掌就要得到他的戰士名了，族裡的貓勢必會再想起那段往事。「我們三個明天一早出去巡邏，妳看如何？這樣子我也才有機會看看他的技巧……我不是在質疑他。」他急忙補充。

「我知道啦！」鼠毛回答。「你要親自告訴刺掌明天狩獵的事嗎？還是由我來告訴他？」

「我來跟他說好了。」火星很快地咬了喜鵲一口。「順便找蕨掌和灰掌聊聊。」

等他和沙暴吃飽後，薑黃色母貓往煤皮的巫醫窩走去，火星則走向樹樁，那裡是見習生們聚集用餐的地方。塵皮和蕨掌早已經和刺掌一起坐在那裡，灰掌和雲尾則從長老窩裡慢慢走出來，無容緊跟在雲尾旁邊。

「刺掌，」火星先向這位見習生點頭示意，才坐在他身邊。「相信你的戰士技巧應該都很熟練了吧？」刺掌坐直身子，眼睛一下子亮了起來。「是的，火星！」

「那麼明天一早我們一起去狩獵，」火星告訴他。「順利的話，日正當中時，便可舉行你的晉升儀式了。」

刺掌的雙耳顫抖，滿心期待，但眼裡的光芒卻也在這時忽然褪去，他低頭望著別的地方。

「怎麼了？」火星問。

「疾掌……還有無容。」刺掌低聲地說，尾巴指向那隻受過傷的母貓。「他們也應該和我一起當上戰士的。」

「我知道，」火星閉上眼睛，想起那段傷感的過去。「但別讓這件事阻礙了你，早在幾個月前，你就該當上戰士了。」

「我會支持你的，刺掌。」坐在雲尾身邊的無容說。「到時我要第一個向你道賀，叫你的新名字。」

「謝謝你，無容。」刺掌感激地低下頭。

「說到新名字，」雲尾打斷他們的話。「那她怎麼辦？」他朝無容點點頭。藍星賜給這隻受過傷的母貓一個新名字，但雲尾拒絕用那個殘酷的名字稱呼她。「我們把它改了好不好？」

「你可以隨便改一個戰士的名字嗎？」火星反問。「那有星族的見證！」

雲尾發出懊惱的嘆息。「我真想罵我的族長鼠腦袋！但老實說，你真的以為獨眼或半尾一開始就用那樣的名字嗎？他們本來也有自己的戰士名，這點我沒說錯吧！所以一定有某種儀式可以舉辦，而且我知道你一定要給她一個適當的名字，不然族裡的貓是不會接受的。」

「拜託你啦，火星。」無容滿懷期待地看著他。「我知道只要我的名字不要這麼奇怪，其他的貓就不會覺得和我說話不自在了。」

「當然，」火星懊惱自己竟然沒注意到這隻年輕的貓兒心裡所承受的壓力。「我待會兒就去找長老們商量這件事，獨眼應該知道這種事該怎麼做。」

他站起身，突然想起還有別的話要說。「灰掌、蕨掌，別以為我忘了你們，野狗那件事，你們表現得很好，但要成為戰士，年紀還是輕了一點。」火星說的是實話，但另一方面，他其實更希望能先把刺掌升為戰士。「相信我，我很快就會把你們升成戰士的。」他告訴他們。

「我們瞭解，」灰掌喵了一聲。「我們還有很多東西要學。」

「火星，」蕨掌緊張地問，「暗紋……到底怎麼了？如果他真的對小紅栗做出那種事，那我也不想再當他的見習生了。」

「如果真的是他做的，他也當不成你的導師了。」火星允諾。

「小紅栗？」雲尾質問，「小紅栗怎麼了？我們出去狩獵時，營裡發生了什麼事嗎？」

刺掌和灰掌立刻移到雲尾和無容身旁，小聲告訴他們事情的經過。

「那誰要來當蕨掌的師父呢？」塵皮問火星，好像已經認定暗紋就是兇手。「我可以同時教她和灰掌。」他滿心期待地提議。

蕨掌聽了很開心，但火星搖搖頭。「想都別想，塵皮，你不可能嚴格教導她的。」

塵皮露出懊惱的神色，但隨即不好意思地點點頭。「我想你說的沒錯。」

「別擔心，」火星一邊往長老窩走去，一邊答應他。「我一定會幫她找個好導師。」

⚡⚡⚡

長老們正坐在窩裡那棵坍倒的樹幹旁，準備睡覺。

「現在是怎麼回事？」小耳抱怨著從青苔床鋪裡抬起頭來。「想睡一覺都不行了嗎？」

花尾發出慵懶的呼嚕聲。「別理他，火星，這裡隨時歡迎你。」

「謝謝你，花尾，」火星說。「但我有事想請教獨眼。」

獨眼正蜷伏身子，躺臥在樹幹下方的蕨葉叢裡。她眨眨那隻剩下的眼睛，打了一個大哈欠。「我有在聽，火星，但麻煩你長話短說。」

「我想請教妳有關名字的事。」火星開始解釋雲尾想幫無容改名的事。

花尾聽見年輕貓兒想改名，趕緊走過來，跟著坐下來聽。無容剛受傷時，花尾曾照顧過她，兩隻貓兒之間早已發展出深厚的情誼。

「我不會怪雲尾想這麼提議。」火星才說完，斑尾便回答。「畢竟沒有哪隻貓喜歡被取那種名字。」

獨眼打了個哈欠。「他們把我的名字改成獨眼時，我已經很老了。」她喵了一聲。「所以老實說，我並不在乎他們叫我什麼，只要他們按時送吃的過來就好。但年輕的貓又不同了。」

「所以你可以告訴我該怎麼做嗎？」火星追問。

「當然可以。」獨眼抬起尾巴，示意他走近點。「你過來，現在仔細聽好囉……」

夜裡下過大雨。等到天剛露白，火星領著鼠毛和刺掌走出營地時，淺淺的積雪早已融化，草葉上全都掛滿了水珠，在曙光下閃閃發光。空氣冷到火星忍不住發抖，只得加快腳步。

他從刺掌發亮的眼睛裡知道這隻年輕的貓兒非常興奮，卻刻意壓抑下來，想保持冷靜，決心讓族長對他刮目相看。這三隻貓在山谷上方停下腳步，迎面吹來的風帶有強烈的老鼠味。刺掌望著火星，火星點了點頭。

「我們不是來狩獵的，」他輕聲地說。「但是遇到獵物也不必客氣，就讓我們看看你的狩獵技巧吧。」

刺掌的身體瞬間定住不動，全神貫注地瞄準躲在灌木下方、正在草叢裡窸窣作響的老鼠。他躡手躡腳地走向它、壓低身體，擺出狩獵的姿勢。火星很欣賞他的技巧，因為老鼠對腳步的震動聲非常敏感，而他看得出來，刺掌的腳幾乎像沒碰到地似的，然後就見他縱身一跳，隨即得意地回頭看看火星和他的師父，嘴裡叼著一隻動也不動的老鼠。

「做得好！」鼠毛喵了一聲。

「太棒了！」火星也同意。「先把牠埋起來，我們回程時再帶走。」

等刺掌用土把獵物埋好，火星便帶著這支巡邏隊繼續往蛇岩的方向走去。從那天早上火星在這裡發現虎星為引來狗群而故意沿途設下死兔子餌之後，他便沒再來過這裡。他鼓起勇氣，那天的血腥味還記憶猶新；但今天早上卻什麼也沒有，只有尋常的森林氣味。他們來到蛇岩時，四周靜悄悄的。洞穴裡不再傳來狗吠聲，一切都已經過去了。

「好，刺掌，」儘管對這個地方仍餘悸猶存，但火星盡量不表現出來。「告訴我，你聞到了什麼？」

見習生抬起頭，張開下顎，大口將空氣吸入體內。火星看得出來他很專注。

「狐狸，」最後他大聲回答，「不過味道很淡了……我猜應該是兩天前的。松鼠，還有……野狗之前留下的味道。」他瞄了火星一眼，火星知道這位年輕見習生多少知道他在想什麼。刺掌和其他貓兒都知道，這裡是疾掌喪命和無容受傷的地方。

「還有呢？」

「轟雷路，」刺掌回答。「還有……」他又嗅聞一次。「火星，好奇怪，我覺得有聞到貓的味道，但不是部族貓的，是從那個方向傳來。」他用尾巴示意。「你覺得呢？」

火星也深吸了一口氣，知道刺掌說得沒錯，風中隱約聞得到陌生貓的氣味。

「我們過去看看，」火星低聲說。「小心點，可能是迷路的寵物貓，不過也很難說。」

三隻貓兒小心翼翼地穿過矮樹叢，那味道也愈來愈強烈，火星現在確定那是什麼了。「不是無賴貓就是獨行貓。」他說。「我猜有三個，這氣味還很新鮮，我們沒來得及逮到他們。」

「可是他們來我們的領土做什麼？」刺掌問。「他們會不會是虎星的無賴貓？」刺掌指的是那群曾幫忙虎星攻擊雷族的野貓。他們不屬於任何部族，當時虎星剛被放逐，還沒加入影族。

「不是，」鼠毛回答。「虎星的無賴貓身上都有影族的味道，這幾隻應該是新的。」

「他們來這裡做什麼，」火星補充，「我當然也想知道，我們先跟蹤看看吧。刺掌，你在前面帶路。」

刺掌知道這下事情嚴重了，原本期盼戰士命名儀式快點來到的心情，現在已全被無賴貓的可能威脅給占據了。他專心地追蹤前方的氣味，但卻在沼澤地那裡失去了對方的蹤跡。就連火星也聞不出來他們往哪裡去了。

「我很抱歉，火星。」刺掌氣餒地說。

「這又不是你的錯，」火星安慰他。「氣味不見了，又有什麼辦法呢？」他抬頭望向來時的小路；看來這些陌生的貓是往轟雷路去了，或許是去了兩腳獸的地盤。無論如何，他們都是朝雷族領土以外的地方前進。他聳聳肩，「我會告訴巡邏隊這幾天小心點，希望不會發生什麼麻煩事。你追蹤氣味的能力很強，刺掌。」他轉頭看著年輕的貓兒，呼嚕地讚許他。「我們回營地去吧，得舉辦戰士命名儀式了。」

「請所有已成年的貓都到高聳岩下方集合！」

不一會兒，火星就看見刺掌從見習生窩裡出來，鼠毛跟在他身邊。兩隻貓兒都為了這場儀式精心梳理過自己。刺掌金棕色的毛在禿葉季灰濛濛的光線下閃閃發亮，看起來非常神氣。

就在等待其他族貓現身的同時，火星注意到從巫醫洞裡出來的煤皮。灰紋陪在她身邊，兩隻貓的頭挨在一起，正在低聲交談，火星忍不住猜想小紅栗不知怎麼樣了。他今天早上出外巡邏前，曾去巫醫窩裡看過小紅栗。當時小貓還在睡覺，煤皮也還不確定她身體裡的毒物是否已經排乾淨了。火星決定等儀式結束後，再去看看小紅栗。

這時他也注意到戰士窩裡走出來的暗紋，蕨毛亦步亦趨地跟著他。等他們倆在高聳岩下方坐定，四周竟自動空出一些位置，顯然沒有貓想坐在暗紋旁邊。這位戰士直視前方，一臉鄙夷。但火星猜想，他應該和其他族貓一樣，急著想知道小紅栗的情況。

火星望著其他族貓好一會兒。這將是刺掌永生難忘的一天，對火星來說又何嘗不是呢？因為刺掌將是他擔任族長以來，第一位由他命名的戰士。

他聲音宏亮地宣布儀式開始，內容就像以前他自己的、以及曾經見過的命名儀式。「我，火星，雷族族長，懇請祖靈庇佑這位見習生；他接受過嚴格的訓練，完全恪遵祢們崇高的守則，因此，我在此鄭重推薦他為戰士。」火星轉向那位見習生，繼續說道：「刺掌，你願意遵守戰士守則保衛這個部族，甚至不惜犧牲生命嗎？」

刺掌堅定而有自信地回答：「我願意。」

「那麼在星族的見證下，」火星大聲宣布，「我要賜予你戰士名。刺掌，從現在開始，你的名字是刺爪，星族將以你的忠誠和智慧為榮。歡迎你成為雷族的全能戰士。」

火星向前，用鼻子輕抵刺爪的頭，感覺到新戰士興奮得微微發抖。刺爪回舔他的肩膀，悲喜加交地迎向他的目光。火星知道他想起了他的好友疾掌，傷心他還沒嘗到當戰士的風光滋味，便離開了大家。

刺爪退後一步，回到戰士群裡，無容馬上跑了過來。「刺爪！」她喵了一聲，並用舌頭大力地舔他的耳朵。她答應過的，要當第一個向他道賀的朋友，她的語調熱情，一臉以他為傲的表情。

雲尾跟在她後面擠了過去，也向刺爪道賀，但同時也用質疑的目光瞥了火星一眼。

火星向他點點頭。他打算先給族貓們一點時間去向新戰士道賀，然後才用尾巴示意他們安靜。「在你們走之前，我還有話要說。首先，我要先稱讚一位本來也該在這裡和刺爪一起接受戰士命名儀式的見習生。我想你們都知道，疾掌是為了追蹤野狗群才喪命的。為此，雷族將永遠懷念他。」

貓群發出同意的低語。火星看著長尾，那位見習生過去的導師，他的臉上交織著驕傲與憂傷的神情。

「除此之外，」火星繼續說，「我也要代族貓謝謝蕨掌和灰掌，他們在對抗野狗入侵時表現出十足的戰士精神，雖然年紀還輕，不到接受戰士命名儀式的時候，但我們還是要在此稱讚他們的表現。」

「蕨掌！灰掌！」兩位見習生聽見來自四面八方的稱讚聲，不禁感動不已。塵皮的眼裡閃爍著欣慰的光芒。然而暗紋，蕨掌的導師，還是一臉嚴肅，冷冷地看著前方，根本沒回頭看他的見習生一眼。

火星等到歡呼聲停下，才又開口：「現在還要舉行另一項儀式。」他拍拍尾巴，示意無容出列。無容緊張地走上前來，站在他面前，雲尾則跟在她身後，保持著一條尾巴左右的距離。

驚訝的低語在貓群間響起，火星知道很多貓兒並不清楚接下來要做什麼。戰士更名的儀式已經有好幾季不曾舉行過了。

他還記得獨眼是怎麼說的，於是他開口道：「星族的祖靈們，祢們知道每一隻貓的名字。如今我懇求祢們取消眼前這隻貓的名字，因為它不再能代表她。」

他停了一會兒，看見這隻年輕的黃白花母貓全身顫抖。現在她是以無名氏的身分在星族面前謙卑地等候，火星希望她會喜歡他為她取的新名字，他絞盡腦汁，就是想取一個對的名字。

「我以族長的權利，」火星大聲宣布，「在星族祖靈的見證下，賜予妳一個新名字。從現在開始，她叫做亮心，因為她光芒耀眼，由內散發，雖然受過重傷，但她勇敢無懼的精神卻值得我們效法。」

他上前一步，走向剛改了名的亮心，然後就像他之前在戰士命名儀式的動作一樣，用鼻子抵住她的頭，她則像剛接受新名字的戰士那樣，回舔他的肩膀。

「亮心！亮心！」貓群間響起歡呼聲。亮心還是見習生時，就很有貓緣，她的受傷曾讓族貓們傷心不已。也許在現實世界裡，她再也無法當一位真正的戰士，但在雷族裡，卻永遠為她保留了一個位置。

火星帶著亮心走到雲尾那兒。「怎麼樣？」他問道。「公平了吧！」

雲尾根本沒空理他，因為他正忙著碰碰亮心的口鼻，交纏尾巴。「太棒了，亮心。」他低聲地說。

亮心的眼睛閃耀著欣喜的光芒，開心到不知該說什麼。她眨眨眼睛，向火星表示謝意。過去藍星誤解星族，意外誤了她一生，即便她不可能再成為全能戰士，現在也有了一個足以令她驕傲的名字。

火星吞了口口水，一陣哽咽；他覺得這一刻是當族長以來最值得紀念的一刻。

「聽我說，火星，」雲尾過了一會兒才出聲。「我打算和亮心一起練習，我們要研究出一種作戰技巧，好讓她這種只剩一隻眼睛和耳朵的貓也能靈活運用。等她學會了，你可不可以讓她離開長老窩，回到戰士窩裡，和我們住在一起？」

「這個嘛……」火星不太確定。亮心可能一輩子都當不成戰士，因為她不能獨自狩獵，在戰役中也可能會拖累其他貓兒。但看她意志如此堅定，實在很難拒絕；而且火星也希望她有能力保護自己，甚至一同捍衛族貓，也就沒有反對了。「雲尾，你還沒有收見習生，所以應該有時間陪亮心練習。」

「你是說我們可以一起練習囉？」雲尾追問。

「拜託你，火星，」亮心說道，「我希望能幫上雷族一點忙。」

「好吧！」火星同意了。他突然想到一件事，於是趕緊補充道：「如果你們兩個想出什麼新招式，也可以教給其他族貓。亮心不是第一個受過傷的戰士，相信也不會是最後一個。」

雲尾喵了一聲同意，兩隻貓才一起離去，這時白風暴也走了過來向她道賀；他曾經是亮心的導師。接著他才對火星說：「我在命名儀式前去看過小紅栗了。她醒了，煤皮想她會好起來。」

「這真是個好消息！」火星開心地說，這時他突然想起，白風暴就是小紅栗的父親，不是嗎？「你覺得她有力氣告訴我們事情的經過嗎？」

「這你得問煤皮，」白色戰士回答。「你去問她吧！我來處理巡邏隊的事。」

火星謝過他之後，便匆匆往巫醫窩走去。

煤皮在蕨葉隧道口遇見他。「我正打算去找你。」她喵了一聲。才剛聽到白風暴報好消息的火星，很驚訝巫醫眼裡竟然滿是焦慮。「小紅栗醒了，」她繼續說，「她會慢慢好轉，但你最好過來聽聽她說了什麼。」

第十章

小紅栗蜷伏在巫醫窩入口附近的青苔床鋪上，火星和巫醫進來時，她正好抬起頭來，但眼皮仍像有千斤重那樣。

沙暴正蹲伏在一旁保護她。「可憐的小東西，」她低聲對火星說道。「她差點就丟了一條小命，我們一定得想辦法懲罰暗紋。」

淡薑黃色母貓看起來和煤皮一樣焦慮，火星相信她應該已經聽過小紅栗說的話了。他點點頭。「暗紋我會處理。」他在小紅栗身邊坐下，溫柔地喵了一聲：「真高興妳醒來了，小紅栗，要不要告訴我，究竟發生了什麼事？」

玳瑁色的小貓眨眨眼看著他。「小煤灰和小雨在育兒室睡覺，」她用虛弱的聲音說。「可是我睡不著，媽咪又不在，所以我就跑去山谷那裡玩。我想抓老鼠，結果就看見暗紋。」她的聲音發抖，欲言又止。

「繼續說啊！」火星鼓勵她。

「只有他而已，可是我記得蕨毛應該跟著

他啊，那我……我就想他會去哪裡？所以我就跟著他——我記得他以前帶棘掌和褐掌出去過，我想……也許我可以學他們一樣去冒險。」

火星覺得很難過。他知道小紅栗一向好奇又機伶，膽子又大，常常惹麻煩，但今天這個小東西卻顯得怯生生的。火星只希望她在煤皮的照顧下，能盡早恢復以往活潑的模樣。

「我跟了他好久，」小紅栗繼續說，聽起來還頗為自豪的。「我從來沒離開營地那麼遠過哦，我有躲起來，沒讓暗紋看見——所以他不知道我在那裡，結果他遇見另外一隻貓——我從來沒見過的貓。」

「另一隻貓是誰？長什麼樣子？有什麼味道？」火星著急地問她。

小紅栗一臉困惑。「我認不出那個味道，」她喵了一聲，皺起鼻子。「可是那味道好臭哦！他是一隻很高很壯的白貓——比你還高還壯哦，而且他的爪子是黑色的。」

火星看著她，他知道那是誰。「黑足！」他大聲地說。「虎星的副族長；小紅栗，你聞到的味道是影族的味道。」

「暗紋想幹嘛？為什麼在我們的領土上偷偷見影族的副族長？」沙暴憤怒地說。「我一定要搞清楚這是怎麼一回事。」

「然後呢？」火星催小貓繼續說。

「我好害怕，」小紅栗承認，低頭看自己的爪子。「我就往營地跑，可是暗紋聽見我的聲音，結果在山谷那裡追上我。我以為他會很生氣我偷偷跟蹤他，可是他說我很聰明，要請我吃紅色的莓果。莓果看起來很好吃，可是我才吃下去，就覺得好不舒服……然後就什麼都不記得了。醒來之後就在這裡了。」

她說完便把頭埋進腳掌裡，彷彿說了這麼多話，已經耗盡了她所有的體力。

煤皮溫柔地嗅聞她，檢查她的呼吸。「那些是毒莓果，」她說。「以後千萬千萬別再碰它囉。」

「我再也不敢了，煤皮，真的。」小貓低聲回答。

「謝謝妳，小紅栗。」火星喵了一聲。他雖然憤怒，卻不意外是暗紋搞的鬼。但真正令他吃驚的卻是，黑足竟然出現在雷族領土，而且顯然是暗紋主動去見他。

「你打算怎麼處置暗紋？」沙暴問道。

「我會先審問他。」火星回答，「不過我相信他什麼也不會說的。」

「經過這件事之後，絕對不能留他在雷族裡了，」沙暴冷冷地說。「我看這下恐怕有很多貓想宰了他。」

「就把他留給我來處置吧！」火星咬牙切齒地說。

煤皮陪著小紅栗，她已經又睡著了，於是火星和沙暴一起回到空地上。儀式過後，仍有許多族貓聚在那裡沒有散去，繼續分享舌頭。白風暴正和金花、長尾，一起走向金雀花隧道。

火星突然跳上高聳岩，再度召集大家。巡邏隊員驚訝地回過頭，空地上的貓兒也都抬頭看他，一臉訝異。他搜尋著暗紋，卻不見他的蹤影。

「暗紋在哪裡？」他對著正往高聳岩走來的灰紋問道。

「他在戰士窩裡。」灰紋回答。

「叫他過來。」

灰紋領命消失在戰士窩裡，不一會兒，暗紋和蕨毛就跟在他身後走了出來。三隻貓來到高聳岩下方，暗紋坐定，抬眼很不屑地看著火星。

「到底有什麼事？」他問。「偉大的族長又有何指教了？」

火星冷冷地迎向他的目光。「小紅栗醒了。」

暗紋瞪著他好一會兒，然後才移開目光。「你召集大家，就是要講這個嗎？」他不屑地說，不過這個消息也足已令他不安地豎起一身的毛了。

「雷族的族貓們，」火星提高聲量。「我召集你們來的目的，是要讓你們親耳聽聽暗紋還有什麼話好說。你們都知道小紅栗昨天的遭遇，她已經醒了，煤皮說她會好起來。我剛剛問過她，她證實灰紋說的是實話：毒莓果的確是暗紋要她吃的，所以暗紋——」他的目光再度回到下方的深色戰士身上。「——你還有什麼話要說？」

「她在撒謊！」暗紋駁斥。但周遭貓兒已經開始發出生氣的怒吼聲，於是他又咆哮道：「不然就是她搞錯了，小貓總是不好好聽大貓在說什麼。她顯然沒聽清楚我叫她不要吃那個東西。」

「她沒有撒謊，也沒有搞錯。」火星回答。「而且她還說了一些更有趣的事。她看見你去找影族的副族長黑足，就在我們的領土上。你可以告訴我們為什麼嗎？」

族貓們發出更大的怒吼聲，甚至有貓從貓群後方大聲罵他「叛徒」，火星用尾巴示意大家安靜。過了好一會兒，憤怒的貓群才平靜下來。

暗紋一直等到大家都靜下來，才開口說道：「我沒有必要向一隻寵物貓解釋什麼。」他憤怒地吼道。

火星鋒利的爪子刮過岩面。「不管你願不願意，你都得告訴我。我要知道你和虎星到底在動什麼歪腦筋。」心裡雖然很驚慌，但他用力克制住。「暗紋，你不是不知道虎星曾企圖謀害我們，那群野狗差點就毀了我們部族；在經過那種事之後，你怎麼還會想和他暗中來往呢？」

暗紋怨恨地瞪著他，拒絕回答。火星記得野狗群來襲的那天早上，他曾逮到他打算偷帶虎星的孩子離開營地。暗紋早就知道虎星在密謀什麼，卻不顧族貓死活，根本不告知族貓有危險來襲。他對雷族的忠心是這樣的嗎？

火星希望行事公正，不希望讓族貓，甚至暗紋，覺得自己是在故意為難虎星以前的老友。但即便如此，火星還是擔心暗紋離開雷族、去找虎星之後，會再做出什麼壞事。但他已經沒有選擇了。暗紋犯下這種罪，除了放逐他，沒有其他辦法。

「你也曾是一位高貴的戰士。」他繼續對暗紋說。「我給過你不下一次機會，希望你能證明給我看，我也想相信你，但你——」

「相信我？」暗紋打斷他的話。「你從來沒有相信過我，你以為我不知道是你要這個笨蛋來監視的我嗎？」他朝仍坐在他身後的蕨毛啐了一口。「你以為我會願意這樣一輩子被你們監視嗎？」

「不。我在等著看你要怎麼證明對雷族的忠心。」火星蹲在岩石上，毫不畏懼地迎向暗紋兇惡的目光。「這是你的原生部族，這些貓都是和你一起長大的夥伴，難道這一切對你來說，一點意義也沒有嗎？戰士守則不是說，你必須用自己的生命來保護他們嗎？」

當暗紋站起身時，火星以為會看見他眼裡的恐懼。他心想，也許這位戰士從沒打算過要離開雷族，畢竟他怎麼能確定虎星一定會歡迎他去影族？當初他曾狠心拒絕陪虎星一起被放逐，而且他也沒趕在野狗來襲前，成功地將棘掌和褐掌送到他們父親那兒。所以虎星不可能輕易原諒他的。

但暗紋說的話裡竟沒有一點恐懼或悔意。「這不是我的部族，」他不屑地開口。周遭的戰士全都驚訝地倒抽一口氣。「早就不是了。現在的雷族族長竟然是隻寵物貓，這裡再也沒有值得我留戀的地方。我不再忠於雷族，在這座森林裡，只有虎星才是我的領袖。」

「那你就跟他去吧！」火星斥責他。「你不再是雷族的戰士了。今天太陽下山後，如果你還敢在我們的領土上逗留，我們就把你當敵人看待。」

暗紋憤怒地瞪著火星好一會兒，沒有回應。他從容地轉過身，往營地入口走去。附近的貓兒看他經過，全都往後退。

「如果你敢再回來，你看我們怎麼收拾你！」雲尾收起下顎，氣呼呼地咆哮。柳皮什麼話也沒說，但也啐了一口，一身的毛都豎了起來。

暗紋的尾巴才剛消失在隧道口，族貓之間便響起一陣低語，這時有個清楚的聲音傳來。「暗紋會去影族那兒嗎？」這句話是褐掌問的。

當火星審問暗紋、要他認罪時，褐掌並未加入族貓們的討伐行列。她一直靜靜地看著眼前的一切，目光緊跟那位深色戰士，直到他消失在金雀花隧道裡。她看起來很訝異、很不恥，但除此之外，還有某種火星說不上來的神情。

所以當她突然發問時，火星愣了一下。這位見習生知道她的父親是影族族長，但她究竟曉不曉得暗紋背叛的來龍去脈呢？

「我不知道，」他承認。「暗紋要去哪裡，都隨他。從現在起，他不再是雷族的一員了。」

「意思是說，如果我們看見他，可以把他趕出領土囉？」白風暴大聲地問。

「沒錯！」火星回答，然後又向所有族貓補充道：「如果你們聞到他的氣味，或是任何影族貓的氣味，都要告訴我或白風暴。還有一件事──今天早上，刺爪在我們領土裡聞到無賴貓的氣味，所以你們也要小心提防。有任何發現，記得隨時回報。」

下達命令幫助他冷靜下來。暗紋的離開真的讓他鬆了一口氣，再也不會有貓取笑他是寵物貓，再也不必擔心族裡的大小事情會被密報到虎星那裡。即使火星仍擔心暗紋可能暗中作怪，但他的離去至少是好事一樁。

「嘿，火星！」塵皮的聲音打斷了他的思緒。「那蕨掌呢？她現在沒有導師了。」

「謝謝你，塵皮，我馬上處理這件事。蕨掌，妳來高聳岩這兒。」

蕨掌離開身邊的塵皮，謹慎地繞過前面的貓兒，來到高聳岩下方。

火星先四下掃視了一圈，確定他要找的戰士還在空地上，才大聲宣布：「長尾，自從疾掌死後，你就沒有見習生了；你一直是位優秀的導師，我希望你能把技巧傳授給蕨掌，幫助她完成剩下的學業。」

長尾跳了起來，眼裡滿是驚訝與感激。火星用尾巴示意，希望隨著暗紋的離去，他和長尾之間的最後一絲敵意也能弭平。暗黑色條紋戰士會是雷族的好族貓。

長尾訝異地走向蕨掌，用鼻頭與她互觸。蕨掌低下頭致意，兩隻貓兒隨即退到塵皮和灰掌坐著的地方。

火星從高聳岩跳下來。事情都處理好了，他只覺得好累，彷彿剛和兇狠的獾打了一架似的。他現在只想和他的夥伴一起窩在戰士窩裡分享舌頭，然後好好睡上一覺。但身為族長的他，當然不能這麼做。

暗紋的背叛以及影族貓出現在雷族領土的事情，在在令他想起月亮石授命儀式中預言的事情。為什麼他會夢見成堆的白骨，為什麼有鮮血淌流成河？藍星的話究竟是什麼意思？

火星渴望知道答案，他決定去煤皮那兒走一走，看看巫醫有沒有從星族那兒得到暗示。

沙暴已經沒在擔任守衛工作了，這讓他鬆了口氣，他可不希望讓那隻薑黃色的母貓看見他這個樣子。小紅栗已經在床鋪上睡著了，岩縫裡隱約傳來煤皮在裡頭走動的聲音。火星走上前，看見她正在重新分配她儲藏的藥草和莓果。

「杜松快用完了……」她喃喃自語著，突然一眼瞧見火星。「怎麼了？發生什麼事了嗎？」

她一跛一跛地從窩裡出來，朝他走去，她聞到他身上的恐懼氣味，於是急切地嗅聞著他。

「火星，你怎麼了？」

火星甩甩頭，想甩掉不安的情緒。於是他從頭開始說，說出他所擔心的一切，把在月亮石那兒作過的夢全告訴了煤皮。說完之後，他覺得舒坦多了。

煤皮坐在他身邊靜靜聽著，一直盯著他的臉。

「藍星說：『四化為二，獅虎交戰，血浴森林。』，」火星最後說，「後來白骨堆裡還不斷流出鮮紅的血，淹沒了整座山谷，到處都是血……煤皮，這到底是什麼意思？」

「我不知道，」煤皮承認。「星族沒給過我任何指示。祂們有權力告訴我，也有權力不告訴我。我很抱歉，火星——但我答應你，我會好好想想這件事。也許再過不久，就會出現其他事情來解釋這個預言。」

她用鼻頭輕磨火星的毛髮，想要安慰他。儘管火星很感激她的關懷，卻不能忘卻夢中的驚恐畫面。眼前究竟有什麼可怕的命運在等著他？如果就連煤皮都無法回答這個問題，那麼雷族還有希望嗎？

第十一章

火星走出陽光岩附近的樹林，他停下腳步，嗅聞空氣。太陽高高掛在他身後，朝河的方向投下長長的樹影。自從暗紋離開雷族後，已經又過了好幾天，到目前為止，巡邏隊尚未聽見任何有關他的消息，也沒發現影族逗留的蹤跡。但那場夢境仍歷歷在目，火星不願相信來自轟雷路那頭的威脅已經結束。

灰紋和刺爪從他後方的樹林走出來。「有聞到什麼嗎？」灰紋問。

火星聳聳肩。「只有河族的貓味兒，在邊界附近，就跟我想的一樣。但我還是得確定他們沒靠近陽光岩。」

「我們會重新補上氣味記號的。」灰紋喵了一聲。「來吧！刺爪！」

火星的同伴消失在岩石間，但他仍待在原地不動，謹慎地將空氣吸進身體裡。儘管他很擔心影族，但也沒忘了河族的威脅以及那位野心十足的族長豹星；她不久前才打算攻占陽光岩，要是她想再試一次，火星一點也不會訝異。

不久後，他聞到新鮮的河族氣味。他立刻懷疑起來，於是繞著陽光岩慢慢走過去；然後他發現了霧足。她獨自蹲伏在河邊，火星看見她突然伸掌，從水撈了條魚上來，一掌打死牠。

「太厲害了！」火星喝采道。

霧足轉身瞧見他，慢慢爬上緩坡，走近邊界，火星也走到那兒和她碰面。那天她離開雷族的場面雖然不好看，但現在至少還算友善。不過他也注意到，霧足比他上次見到她時要瘦多了，他猜想是不是因為大家都知道藍星是她的母親，所以受到不公的對待。

「最近好嗎，霧足？」他喵了一聲。「希望妳沒遇到什麼麻煩事。」

「你是指我和石毛嗎？」霧足多少猜出了他的心思，她欲言又止。

「石毛把藍星的事告訴族貓了，」她還是開口了。「有些族貓聽了很不高興，有一、兩個甚至拒絕和我們說話；大部分的族貓和我們在一起時，都變得很不自在。」

「很抱歉發生這種事，」火星說。「那豹星呢，她怎麼說？」

「我感覺得出來她不是很高興，但表面上還是支持我們；不過我猜她也在監視我們吧，她想確定我們是不是仍效忠於河族。」

「你們當然效忠河族！」火星大聲地說。

「這是當然的，其他族貓遲早會了解的，更何況……」霧足再度欲言又止，最後才又繼續說道：「但這不算是眼前最棘手的問題。」

「妳這話什麼意思？」

「虎星……」霧足突然渾身顫抖。「經常來找豹星，我不知道其中原因，但我相信他們一定在密謀什麼。」

恐懼瞬間襲來。「密謀什麼？」

霧足抽動耳朵。「我不知道。雖然石毛是副族長，但豹星也沒告訴他，而且還有一兩隻影族的戰士長期待在我們營裡。」

「什麼！這怎麼可能，這不是違反戰士守則嗎？」

霧足聳聳肩，一付無可奈何的模樣。「豹星才不管呢！」

「他們在那裡做什麼？」

「豹星說他們是在這裡和族貓們交流訓練方法和切磋技巧，但我怎麼看也不像，反而覺得他們在監視我們……好像要挖出我們所有祕密，知道我們弱點在哪兒。」

霧足毛髮直豎，彷彿見到敵人就在眼前。「這也是為什麼我會來這裡，至少能暫時擺脫他們。」

「真可怕！」火星回答。「豹星到底在想什麼？」

「想聽聽我的意見嗎？我覺得她自認為是為族貓好，因為她覺得虎星是森林裡最強壯的族長，所以打算跟他結盟。」

「我可不認為虎星會交什麼盟友，」火星警告她，「他要的只是追隨者。」

霧足點點頭。「我知道。」她坐下來，舔舔其中一隻腳爪，再梳梳耳朵。

火星猜想，她是不是後悔在別族戰士前說太多話了。「狩獵還順利嗎？」他故意轉移話題。「至少這條河還沒結冰。」

「是還沒啊！不過獵物很少，也沒有新的獵物可抓。」霧足不屑地抽動耳朵。「畢竟現在是禿葉季，而虎星手下的那兩個戰士也不會幫忙，」她補充說。「他們只會吃飽沒事幹地待在營裡，從來沒見過他們帶新鮮獵物回來。」

灰紋的招呼聲打斷了她的話。火星轉身看見他的同伴跳下河岸，往他們這兒走來，刺爪跟在最後。

「嗨，霧足，」灰紋喘吁吁地說。「羽掌和暴掌最近還好嗎？」

「他們很好，灰紋，」霧足開心地歡迎她以前的夥伴。雖然灰紋只在河族待了很短的時間，但他們早已成為好朋友，所以霧足很願意告訴他有關他孩子的事。「羽掌的技巧愈來愈熟練了，等她當上戰士，你們雷族可就得當心囉。」

灰紋發出快樂的呼嚕聲。「嗯，對啊，那是因為她的導師太厲害了。」

火星後退幾步，讓灰紋和霧足有更多空間聊聊那兩位見習生的事。刺爪朝他走來，喵了聲說：「火星，我們已經重新加上氣味標記了，岩石附近並沒有新的河族氣味。」

「很好。」火星回答道，不過他並沒把心思完全放在這位年輕戰士說的話上，霧足剛才說的事還在煩擾著他。聽來河族和影族比以前走得更近了，如果虎星決定發動攻擊，雷族勢必腹背受敵。

哦，星族，火星喃喃低語，**請告訴我該怎麼做？**

⚡⚡⚡

自從那次和霧足的談話後，火星又多組了幾支巡邏隊，但還是沒有發現任何異常。日子像平常一樣一天天過去，大集會的日子又快到了。

太陽已經西沉到荊棘樹籬後方，火星和白風暴正坐在蕁麻地上一起吃東西，好準備在稍晚出發。

「你要帶誰去大集會？」白色戰士問道。

火星吞了一口松鼠肉。「我想你最好留下。」他回答。「我怕虎星可能會趁機偷襲，所以我希望你待在營裡；我會留幾位強壯的戰士給你。」

「你想的沒錯。」白風暴吃完田鼠，伸出舌頭舔舔嘴巴。「虎星的野狗伎倆沒有成功，一定會再使出別的詭計。」

「我會帶蕨掌和灰掌去。」火星決定了。

「還有刺爪，他一定很想參加，因為這是他第一次以戰士身分前去參加大集會。我也會帶沙暴、灰紋和霜毛去，剩下的都留在營裡；這樣一來，要是虎星偷襲這裡，應該有足夠的戰士可以對抗他們。」

「你認為他會違反協定？」白風暴問道。

火星抽動耳朵。「你覺得呢？他都敢引野狗來攻擊我們了，難道還會在乎星族意旨嗎？」

「星族？」白風暴哼了一聲。「虎星的作為根本沒把星族放在眼裡。」他停了一會兒，然後問道：「那兩個年輕見習生怎麼辦？我是說虎星的孩子，你要帶他們一起去嗎？」

火星搖搖頭。「我不會帶他們去的。你也知道可能發生什麼事，不是嗎？虎星一直想要這兩個孩子，上次大集會時，他就給藍星一個月的期限交出他們。期限已經到了，如果棘掌和褐掌這時出現，難保他不會強行帶走他們，我不可能坐視這種事發生。」

「我也是。」白風暴咕噥著同意。「可是你覺得我們應該留住他們兩個嗎？」

火星有些訝異。「你認為呢？」他本來認為雷族應該堅持立場，留住這兩個見習生，不過如果他的副族長認為應該放棄，那麼他會好好考慮一下。

白風暴點點頭。「他們當然是雷族的一分子。他們的母親是雷族貓，就連他們當初出生時，父親也還在雷族。就算虎星後來去了影族，也不能改變這個事實。只不過如果我們決定要留住他們，就得為他們而戰。」

「那麼我們就為他們而戰吧，」火星堅定地說。「更何況，」他補上一句，「如果我們乖乖交出他們，虎星只會瞧不起我們，說不定下次又會提出什麼更不合理的要求。」

「沒錯！」

火星又咬了一口松鼠肉。他瞇起眼睛，想到即將來臨的大集會。「白風暴，」他開口說道，「其實虎星也別想得逞，因為我打算在大集會上公布真相。你想想，要是我當場告訴他們，虎星是如何引野狗群來攻擊雷族，其他部族會怎麼想？就連碎尾也沒那麼狠毒。我想恐怕連虎星自己的族貓聽到這種事也會棄他而去，甚至把他逐出森林，這樣我們就能擺脫他了。」

白風暴的耳朵抽了抽，但表情卻出乎火星意料地不怎麼樂觀。「或許吧！」他說道，「但若是未能如你所願，也別太驚訝。」

火星看著他。

「難道戰士守則允許貓兒利用野狗去偷襲其他部族嗎？」

「不，當然不允許，但虎星可以否認到底，因為我們沒有證據。」

火星仔細想了一下副族長的說法，只有長尾親眼見過虎星餵野狗吃兔子，還有他自己曾被虎星攻擊、想將他逼進峽谷、與野狗同歸於盡；要不是藍星出現，救了他一命的話。

沒錯，霧足和石毛是曾親眼見過虎星那天出現在河邊，但他們自己的問題都解決不了了；就算他們願意反咬虎星一口，河族族貓恐怕也不會相信。更何況火星也不想再替他們添麻煩。

換言之，他所有的證據都來自於雷族族貓。而風族和河族早就耳聞過虎星和他原生部族之間的嚴重過節，因此被除去副族長的職務、離開雷族。所以虎星大可一口咬定，是雷族族貓撒謊陷害他。

「那就看看他們相信誰囉？」憤怒的火星堅持。「我就不相信大家都認定虎星是星族賜給貓族的寶物；他不可能永遠得逞的。」

「我們只能這麼希望。」白風暴站起來，伸直身子。「你今晚可有的忙了，我先去告訴那些今夜必須隨行的戰士，要他們先準備好。」

他緩步走開，火星則繼續蹲在蕁麻地旁吃他的松鼠。這次的大集會肯定不平靜，虎星一定會要求歸還他的孩子，火星甚至料準他一定會把藍星的祕密抖出來，指控霧足和石毛只有一半的河族血統。

但我也有話要說，他告訴自己，決定不理會白風暴的疑慮。**等我把話說完之後，森林裡的貓就不會再相信虎星了——包括影族在內。**

第十二章

火星率族貓前往山谷參加大集會，他們先在山頂停下腳步。當時夜色已深，遠方天際有烏雲密布，難道是星族想藏起月亮，不想舉辦大集會嗎？火星想道。

但下一刻月亮已經高掛雲端，貓的氣味從山谷下方飄送上來。

「目前只來了風族。」蹲伏在火星旁邊的灰紋低聲說道，「其他部族怎麼這麼慢啊？」

火星聳聳肩。「天知道！不過虎星要是不來，我也不介意。」

他用尾巴作信號，領著戰士們穿過灌木叢，衝下斜坡，進入山谷空地。就像灰紋說的，空地上只有風族的貓。火星一眼便瞄見他們的族長高星，正和他的副族長死足一起坐在巨岩下方。

「你好，火星，」高星喵聲說道，火星才走過去，他便很有禮貌地低頭致意。「裂耳說曾在你去高岩山的路上遇見你，很遺憾藍星死了。」

「我們也很難過，」火星低頭致意。「她是一位偉大的族長。」

「你會做得像她一樣好。」黑白公貓喵了一聲，語氣裡的善意令火星頗感意外。「你為你的族貓做了很多。」

「我……我希望未來能做得更好。」火星結結巴巴地回答。

高星再次點頭同意，然後跳上巨岩頂。火星跟著跳上去之前，先環顧了一下自己的族貓，只見他們早已散坐在風族戰士之間，聊起天來了。火星很高興見到這兩個部族彼此友好，即便之前曾發生獵物失蹤的事。他雖然很擔心影族和河族的問題，但一想到他或許可以和風族結盟，便覺得欣慰多了。

一鬚及他的見習生金雀掌正和沙暴坐在一起聊得起勁，火星先向他們搖搖尾巴，這才跳上巨岩，與高星共同坐在巨岩上。

他以前曾上來過這裡一次，當時大火剛被撲滅，藍星生病，他代替藍星前來開會；即便如此，現在的他還是不習慣從這麼高的地方俯視自己的族貓，也不習慣看見月光下族貓們仰望他時，眼裡所折射出來的淺淺螢光。火星一想到待會兒要面對的事情，不禁全身繃緊。月亮西沉前，他勢必會見到虎星。

「影族和河族都遲到了。」他說。

高星抽動雙耳，表示同意。「月亮就快被雲遮住了，」他說，神色閃過一絲焦慮。「也許星族生氣了。」

火星抬眼仰望夜空，只見先前看到的那團烏雲，正往整片天空擴散開來。

空氣裡有股潮濕的味道，他直覺地豎起毛髮。這是什麼意思？火星納悶：如果星族遮住了月亮，那麼虎星就能趕在下次大集會召開前，先暗中籌畫他的陰謀了。

「高星，」他決定趁此時將事情的始末告訴風族族長，聽聽他的意見。「我很擔心虎星可能正在——」

但他還沒說完，山谷頂端突然傳來洋洋得意的吼叫聲，不一會兒，影族和河族貓一起衝進空地，在下方呈扇狀散開。虎星三兩下便跳上巨岩頂端，豹星也跟在旁邊爬了上來。

「所有部族的貓兒們！」虎星一上來便大聲宣布，根本沒和高星、火星先打聲招呼，或討論一下誰先發言。「我有消息要向大家宣布，請注意聽我說，因為森林裡將有重大的改變了！」

火星一臉狐疑地瞪著影族族長。當虎星一提到有消息宣布時，他還以為他要說出霧足和石毛的真正身世，但那種事並不需要把場面搞得這麼大，還說有什麼重大的改變。

巨岩下方一片死寂，每隻貓都仰望著巨岩，眼睛瞪得大大的，等待虎星把話說完。火星身上的毛全都豎了起來，他不知道究竟是因為底下戰士們的緊張情緒，還是因為快要下雨的關係。

「重大的改變！」虎星重覆。「星族已經向我下達旨意，祂們告訴我，影族的責任就是要帶領森林裡所有貓兒們完成這項使命。」

「所有貓兒？」火星聽到高星嘴裡的喃喃低語。風族族長向前走了一步。「虎星——」

「星族告訴影族，」虎星繼續說，無視於高星的發言。「星族之所以特別託付影族，是因為我們從困境中活了下來。而我之所以能得到戰士祖靈的最大庇佑，也是因為我的使命就是要重建部族，讓它再度強盛起來。」

是哦？火星想。他才不相信星族在虎星做了那麼多傷天害理的事之後，還會給他什麼庇佑。火星俯視空地，尋找鼻涕蟲。那位影族貓曾在夜星掌權時從旁輔佐過他，無奈夜星的領導始終不見成效。火星知道，鼻涕蟲不見得高興虎星取代那隻老公貓的位置。他好奇要是鼻涕蟲聽見虎星剛剛的說法，不知道會怎麼想？可是不管他怎麼找，就是找不到鼻涕蟲的身影。

被留在營裡嗎？火星反問自己，**這樣一來，虎星的話就沒有巫醫可以反駁了。**

這時，他也注意到石毛沒有現身。他猜想這位河族副族長，是不是因為自己的身世問題而惹上什麼麻煩？而他對自己族長與虎星結盟這件事，又會有什麼看法？

不過火星倒是在空地上瞄到了某隻貓——暗紋。這隻曾經是雷族戰士的貓，此刻正坐在影族副族長黑足旁邊，一臉崇拜地仰望虎星。顯然在被逐出雷族之後，他便轉而投靠他的舊日盟友。

「大家都知道，」虎星繼續說，「改變的時候到了——這種改變是我們無力阻擋的；上一次禿葉季，森林有大半被洪水淹沒，雷族領土也曾被大火肆虐過。」當他提到大火時，目光迅速掃過火星，火星則恨不得在他帶疤的臉上狠狠劃上一爪。「兩腳獸比以前更肆無忌憚地進入我們的森林，日子愈來愈難過，隨著環境的改變，我們也得跟著改變，才能應付得了這場危機。」

下方傳來支持的聲浪，但火星注意到這些聲音大多來自影族和河族貓。雷族和風族戰士反倒訝異地相互對看，不了解虎星究竟想說什麼。火星也一樣，他本來以為，虎星只會在大集會上揭發霧足和石毛的身世之謎，然後要求雷族歸還他的小孩棘掌和褐掌，所以早就做好了這方面的萬全準備；沒想到碰到的竟是全然不同的場面。

「星族已經為我指引了方向，」虎星瞄了一眼夜空，大言不慚地說，此時烏雲則愈積愈厚。「要突破眼前的困境、繼續生存下去，我們就得團結一致。如果分成四個族，只會把力氣浪費在不必要的戰鬥上，唯有整合成一體，才能變得更強壯——所以我們必須團結起來！」

全場一片寂靜。火星彷彿聽見風聲在四棵老橡樹光禿的枝椏間穿梭，遠方的天空隱約傳來隆隆的雷聲。他驚訝地看著虎星，什麼叫做把森林裡的部族整合成一體？星族的律法不是要求四族分立嗎？

「豹星已經同意讓河族加入影族，」虎星宣布。「我們將共同領導這個偉大的部族，就是虎族。」

共同領導？火星才不相信虎星肯將他的領導權與其他的貓分享。

這時虎星轉向火星和高星。「我們是來邀請你們加入新部族的，」他一邊說，琥珀色的眼睛閃閃發亮。「讓我們一起和平友好地共治這座森林吧。」

但火星還沒來得及答腔，高星便上前一步，全身的毛髮豎直；但他不是要對虎星說話，而是轉身向下方空地上的貓群喊話：

「虎族是遠古時代的偉大部族之一，」高星渾厚的聲音響徹空地，彷彿還是那隻生龍活虎的年輕貓兒。「虎星沒有權利使用這個名字，也沒有權利改變森林裡部族的數量。無數個季節以來，我們都是靠四族共存的方式生存下來，並恪遵星族訂下的戰士守則。如果冒然捨棄自古以來的生存方式，只怕會帶來更大的災難。」他轉身向虎星嘶聲地說：「除非我死了，否則別想要我的部族加入你的。」

虎星緩緩地眨眨眼皮，火星雖然看見他眼裡的兇光，但那語調卻非常冷靜。「高星，我能理解，這是很重要的決策，像你這種年紀太大的貓兒的確需要多一點時間來想清楚該怎麼做，才有利於我們自己的部族。」

「我還沒老到昏了頭。在我眼中，你根本就是一坨狐狸屎。」

虎星壓低耳朵，但仍耐住性子，「雷族的新族長有什麼意見呢？」他不屑地問，話裡藏不住他對這位薑黃色戰士的熊熊恨意，就連空氣裡也聞得到濃濃的火藥味。

火星心跳加速，一想到未來，背脊不禁涼了起來。他和高星的領土剛好夾在虎星和豹星領土之間，現在影族和河族成了盟友，剩下的兩個部族勢必會被他們夾擊。

火星俯看下方，只見雷族和風族戰士之間瀰漫著不安的氣氛。沙暴站了起來，大聲吼道：「不要答應他，火星，絕對不可以答應他。」但有些風族貓卻著急地交談起來，彷彿正在考慮虎星的提議。火星知道這隻深色虎斑戰士一向詭計多端，畢竟他今天說的話有大半是真的——日子的確愈來愈難過，他舉的例子也都沒錯。也許有些貓兒真的認為，這些問題必須靠四大部族合為一體才能解決，但火星相信就算有四大部族，森林裡的貓還是可以完成該完成的使命。他過去也有過四大部族合而為一的念頭，但如果是由虎星擔任首領，他就反對到底。

「怎麼樣，火星？」虎星低沉地問，並火速瞄了一眼風雨欲來的天色。「你變啞巴了嗎？」

火星走了幾步，才來到高星身旁。「我不會讓你奪走我的部族。」他對虎星啐了一口。

「有本事，」高星挑釁地說，「你就放馬過來好了！」

「放馬過來？」虎星琥珀色的眼睛瞪得大大的，裝得好像被誣陷似的。「我是來這裡求和的，高星、火星，我希望你們認清什麼才是正確的選擇，自動認同我的想法。但千萬別讓我等太久。」他語帶威脅地補了一句。「星族可是沒耐心等你們一輩子的。」

火星滿腔怒火，他竟然敢胡說八道，把自己的野心說成是星族的意旨？

他跳轉過身，背對影族族長，大步走到岩石前方，俯看所有的貓兒；該是他開口的時候了。只要他說完，大家就會知道虎星的真面目——他是一個為達目的不擇手段、嗜血成性的兇手。他要讓豹星知道她錯信了這隻貓。

「風族、河族和影族的貓兒們，」火星大喊，「我沒辦法再保持緘默了，你們絕不能相信這險惡如獾的虎星。」

他瞥了一眼虎星，他正鼓起虎斑毛皮下的大塊肌肉，但隨即瞅了一眼天色，硬是克制住脾氣，以一種事不關己的態度聽他繼續說下去。

「我知道你們當中有很多貓兒都在納悶，虎星當初為什麼要離開雷族。」火星繼續說。「你們要知道真相嗎？因為這隻貓只想著權力，非常危險，他為了達到目的，不惜殺害其他的貓。」

天空瞬間擊下一道閃電，林間剎時亮如白晝，打斷了他的談話；天空傳來隆隆雷聲，淹沒了火星的聲音，聲音之大……彷彿連巨岩也為之震動。

「天意！天意！」虎星大喊著。他抬頭看向天空，雲層逐漸遮蔽住月亮，虎星的琥珀色眼睛在月光下閃閃發亮。「星族，謝謝祢們表現祢們的意旨；大集會已經結束了。」

他一聲下令，要族貓跟著他走，然後一鼓作氣地跳下巨岩。但就在他躍下的前一剎那，還刻意回頭瞇起眼睛，兇狠地瞪了火星一眼。「你的運氣太壞了，寵物貓！」他啐了一口，「還是好好考慮我的提議吧！這可是你最後一次拯救族貓的機會。」

火星還來不及回答，影族族長已經跳下巨岩，消失在山谷邊的灌木叢裡。影族貓兒尾隨在後，豹星也跟著跳下巨岩，召集河族戰士。

閃電再度騰空擊下，火星和高星面面相覷，一臉詫異，不知所措。大風瞬間颳起，火星快要站不住腳，接著大雨傾盆而下，暴風雨來了。

滂沱大雨幾乎整個遮蔽了火星的視線，他半爬半跳地下了巨岩，衝過空地，到灌木叢底下躲雨，同時大聲召集他的戰士。不一會兒，灰紋、沙暴全都來到山楂樹叢下，圍著他坐下。他抖掉身上雨水，四處張望想尋找高星，卻發現風族族長並沒有跟過來。

雨水嘩啦啦地打在地面上，水花四濺，四周霧濛濛地一片。四棵老橡樹頂著狂風暴雨，發出吱嘎吱嘎的恐怖聲響。暴風雨狂掃著，地上的草葉和羊齒植物被打得癱在地上。但眼前的景象再怎麼混亂，都比不上火星的心情。

「我真不敢相信！」他大聲地說，想要蓋過呼嘯的風聲。「虎星竟敢直接宣布接管整座森林。」

「那我們該怎麼辦？」灰紋問。「你根本來不及揭穿虎星的真面目。」

「是暴風雨的關係，怎麼能怪火星呢。」沙暴脖子上的毛都豎了起來。

「現在說什麼也沒用了，」火星告訴他們，「事情已經發生了，我們現在得想想下一步該怎麼做。」

「還能怎麼做？」沙暴吼道，綠色的眼珠子閃耀出戰鬥的火光。「當然是開戰囉！不管怎麼樣，我們都要把他趕出森林。」

火星點點頭。不過他也沒再說話，因為他想起藍星在月亮石夢境裡給他的預言。

四化為二，獅虎交戰。

「虎」一定是指虎族，那「獅」又是指什麼？火星不得不將這個問題先推到一邊，因為他又想起藍星那句不祥的預言。

血浴森林。

第十三章

大雨很快就停了，火星帶著群貓穿過森林，往回家的路上走去。清澈的夜空下，樹木與草叢間全是滴滴答答的水珠。銀毛星群高掛夜空，閃閃發亮，火星抬眼仰望，暗自祈禱：**偉大的星族，請指引我一條明路。**

他開始擔心虎星會不會趁他們離營時發動攻擊？至少這樣可以打擊雷族，逼火星不得不帶著傷兵向虎族求和。還好當他從金雀花隧道走出來時，營內一切安好，他才鬆了口氣。

正在戰士窩外擔任守衛工作的白風暴，起身緩步朝他們走來。

「怎麼那麼早就回來了？我還在想那些烏雲會不會遮住了月亮。」

「沒錯，而且比那還糟。」火星回答。

「還糟？」白風暴訝異地看著他，火星開始說起暴風雨前發生的事。這時，愈來愈多貓聚了過來，他們一聽見虎星的詭計，全都驚呼連連。

「暴風雨打斷了一切，」火星最後說道，「虎星說這是天意，證明星族站在他那邊，然後就和豹星離開了，大集會也只好結束。」

「也許這真是天意，」白風暴若有所思地說。「不過卻是在表達對虎星的憤怒與不平。」

「煤皮，妳怎麼想？」火星向巫醫請益。煤皮聽著這件事，藍眼睛顯得黯淡。

「我不知道，」她老實回答。「如果這是天意，那也代表星族不要你說出虎星的事，這一點我真的猜不透。」她聳聳肩。

「但有些時候，暴風雨就只是暴風雨而已，沒什麼特別的。」

「但這場暴風雨對雷族來說，的確來的不是時候。」長尾咕噥著說。

「讓我去就好了，」雲尾氣忿地說，「我一定會馬上宰了虎星，讓他再也不能作怪！」

「還好你沒去，」火星責備他。「在大集會上攻擊族長，星族不生氣才怪！」

雲尾瞇起眼睛望著火星，藍眼睛裡顯然在質疑他。「如果祂們那麼了不起，為什麼不顯點神蹟幫忙？」

「也許祂們會。」亮心溫柔說道。

「那我們該怎麼做呢？」鼠毛問，她的四隻腳不安地蠕動，似乎很想立刻衝出營地，找敵人對決。「你不會真想加入那個……虎族吧？」

「打死我也不願意，」火星向她保證。「但我們需要時間想想，也需要先休息一下。」他打了個哈欠，伸長身子。「而且我們得組更多的巡邏隊，有誰自願參加？」

「我去！」鼠毛立刻毛遂自薦。

「謝了！」火星喵了一聲。「記得去巡一下與影族的邊界；要是遇到虎星的戰士，我想妳應該知道怎麼做。」

「好，」雲尾急急揮打尾巴，「鼠毛，我也要去，我要扯一些影族貓的毛下來，墊在我的床鋪上。」

火星沒多理會這位年輕戰士的氣話。他知道不管雲尾有多不屑星族和戰士守則，也不會有貓兒質疑他對雷族的忠心。

白風暴點名蕨毛和刺爪加入巡邏隊，於是四隻貓兒決定先去休息一下，趁著天亮前出發。其他族貓也一一散去，回到自己窩裡。火星知道他們心煩意亂，而且沒有掩飾害怕的心情。

最後只剩下煤皮在他身邊。他嘆了一口氣。

「這些事情為什麼沒完沒了呢？」他低聲說。

煤皮用鼻子輕碰他的身體，安慰他說：「我也不知道，只有星族才曉得吧！」她瞇起眼睛，「有時候我真的覺得，只有等虎星死了，森林才可能恢復平靜。」

⚡⚡⚡

「好，」火星說：「現在攻擊我！」棘掌蹲伏在山坳處，離火星只有幾條狐狸尾巴遠；他正匍匐朝他走去，一雙琥珀色的眼睛轉呀轉地，彷彿在尋找最有利的攻擊點。突然間，棘掌猛地一躍，但火星迅速閃開，並趁他落下時輕輕一撞，年輕的貓兒立刻失去平衡，滾到地上，爪子沾滿了泥土。「你的動作要再快一點，」火星告訴他。「不要給敵人有思考的機會。」

棘掌爬了起來，吐了口口水，立刻撲了上來，長長的爪子抓住火星的半邊頭，將他推向一邊，並巧妙地躲過他下方的利爪，將火星扳倒在地，鼻子幾乎碰到族長的鼻子。

「你是說像這樣嗎？」他問道。

火星一把推開他。「讓我起來吧，你這個大塊頭！」他甩甩身上的沙子，才又說道：「沒錯，就是這樣，棘掌，你學得很快！」

見習生的眼睛閃閃發亮，火星錯以為那是年輕時候的虎星──但虎星以前的確也是這副模樣──強壯、勇敢、技巧高超，而且企圖心十足。但是棘掌的企圖心似乎只放在如何成為一名最棒的戰士，好為族貓效命。

火星忍不住發出得意的呼嚕聲。儘管雷族眼前困難重重，但能這樣暫時拋開一切，利用一點空閒時間教見習生一些技巧，真令人開心。

只不過棘掌的下一個問題，再度提醒了他那千斤重的責任。「火星，我想問你……為什麼大家都認為成為虎族一員不好呢？」

「你說什麼？」火星忍不住想發火，他不敢相信自己的見習生竟然提出這種問題。

棘掌畏縮了一下，但還是鎮定地看著他的導師，繼續問道：「灰掌告訴我虎星說的話。其實他說的也沒錯，日子的確是變得難過多了，大家都在抱怨獵物變少，森林裡的兩腳獸卻變多的事。而且，如果河族和影族連手，虎族就會成為森林裡最強大的部族，那麼加入他們，不是對我們比較有利嗎？」

火星深吸了一口氣，畢竟他剛進森林時，也曾問過同樣問題，當時他也一樣不懂，為什麼部族之間要彼此對立。於是他在棘掌旁邊坐下。「事情沒那麼簡單，」他說。「首先，森林裡本來就有四個部族，而且從另一方面來說，加入他們就等於消滅了雷族。」

「為什麼？」

「因為我們不能相信虎星所說的四族族長聯合領導這件事。」火星試圖婉轉地解釋，因為他知道他指控的對象是年輕貓兒的父親。只不過事實就擺在眼前，也沒什麼好隱瞞的。「虎星一定會把權力抓在自己的手上，到時我們什麼也沒有，雷族自然就被消滅了。」

棘掌沉默了一會兒，然後喵了一聲：「我懂了，謝謝你，火星，我就是想弄清楚這是怎麼回事。」

「那我們可以繼續上課了，」火星跳起來。「有個動作，我想應該對你很有幫助……」

但就在繼續上課的同時，他也發現自己對棘掌能否真正效忠雷族，開始不太有信心了。

ϟϟϟ

訓練結束後，火星派棘掌先去幫長老們狩獵，他則直接回營地去。但這時雲尾卻出現在山谷上方，亮心緊跟著他。「火星，我們要練習亮心的打鬥技巧，你想看看她的進度嗎？」

「好啊！當然要看──你們開始吧！」即便亮心的傷勢已經痊癒，但火星還是不敢相信她有辦法成為一名全能的戰士，他無法想像她和族貓併肩作戰。倒是改了名字之後，亮心似乎變得快樂許多，而且更有自信，所以他還是希望能多多鼓勵她。

雲尾和亮心跑到山谷中央，很快展開對峙。雲尾突然衝上前，伸出利爪連續揮向她眼盲的半邊臉，亮心被打得身體不斷晃動；火星緊張地想，若是敵人伸爪揮掌，那力道會帶來多大的傷害啊！不過亮心並沒有滾開，反而撲上前去，用爪子纏住雲尾的利爪，將他絆倒在地；火星豎起耳朵，興致勃勃地看著這兩隻貓兒在地上扭打，結果是亮心佔了上風，爪子緊緊掐住雲尾的脖子，將他箝制在下方。

「我從來沒有見過這種技巧，」火星朝他們走去。這時亮心放開雲尾，白貓跳了起來，甩掉身上的沙子。「亮心，我跟你打！」

亮心看著他，神情有點緊張。火星發現，接近她眼盲的部位其實並不容易，因為這隻年輕的母貓不斷地前後變換方向，害他也得跟著一直變換位置。最後他撲上前去，但她身子一滑，閃過他的利爪，用擊敗雲尾的同一招絆倒他。他們纏鬥在一起，直到火星終於將她壓在底下。

「要打敗她很難，對不對？」雲尾喵了一聲，愉快地走向他們。

「沒錯，亮心，妳很厲害！」火星鬆手讓亮心起來，那隻沒受傷的眼睛因為他的讚美而閃閃發亮。火星終於開始相信，也許有一天她可以成為戰士。

「繼續練習，」他告訴她，「盡快讓我知道妳的進度，也許還可以把這種打法教給其他族貓。」

那場暴風雨過後，天氣再度轉涼。每天早上起來，都會看見結霜的草葉；不久之後，又下了一場細雪。獵物還是很少，抓回來的都是又瘦又乾的小東西，飢腸轆轆的貓兒一口就吃完了，根本填不飽肚子。

「再不讓我好好吃一頓，我一定會餓死。」灰紋抱怨道。

他和火星正在四喬木不遠處巡邏，隨行的還有長尾和刺爪。火星本來希望可以在離營地較遠的地方多抓一點獵物，畢竟這裡沒有被大火肆虐過，但收穫還是有限。

「我要去河邊試試。」火星說。他走下斜坡，來到河岸邊的羊齒植物叢和灌木叢，停在那裡嗅聞獵物的味道，但味道很淡，根本聽不見草叢裡有任何動物發出的聲響。

這陣子獵物少到族貓幾乎每天都在挨餓。要捱過禿葉季已經很難了，卻還碰上來自虎族的可怕威脅。火星不免懷疑，族貓的體力若是不好，要如何保家衛族呢？

他本能地朝河邊走去，想蹲下去喝水。

他先刨開河邊的薄冰，再甩掉沾在爪上的冰涼水珠；正當他低頭要舔河水時，太陽突然出現在他後方。陽光穿過樹葉，在水面投下閃爍的光影，耀眼的金色光芒鑲嵌在火星的倒影上。這時他發現，水中自己的倒影變成了一頭怒吼的獅子；這是火星曾聽許多長老提起過的野獸，逆光下他毛色如火，光彩奪目，一如濃密的獅子鬃毛，眼裡光芒閃爍、充滿活力。

火星嚇得往後一彈，竟意外撞上一棵樹，跌進樹根間的草叢裡，發出一聲哀號；等他抬起頭張望時，卻見到斑葉正站在河對岸盯著他瞧。

那隻漂亮的玳瑁色母貓興致昂然地看著，發出愉悅的笑聲。

「斑葉！」火星倒抽一口氣。她從來沒在他清醒時找過他，不知道這代表什麼意思。他跳起來，正打算衝過河面去找她，卻見她用尾巴示意，要他待在原地別動。

「火星，好好想想你剛剛看見的影像。」她開口說，那張興致勃勃的臉如晨間薄霧般逐漸變得模糊。

「你知道該做什麼。」

「這是什麼意思？」火星著急地問。

但她的話剛說完，身形也開始散去，只剩目光仍眷戀地停在他身上，裡頭有滿滿的愛，直到河岸重現在他眼前。

「斑葉，別走，」他懇求，「我需要妳。」

她閃閃發亮的眼睛停留了一會兒，最後也消失了。

「火星！」是灰紋的聲音。火星甩甩頭，試圖讓腦袋清醒一點，才轉頭迎向他的同伴。灰紋正緩緩走下河岸。

「你還好吧？」灰紋問道。「你大吼大叫的，都快把這裡到四喬木的獵物給嚇跑了。」

「我沒事，」火星回答。「只是有個東西嚇了我一跳。」

灰紋看了他好一會兒，似乎不怎麼滿意這位族長的答案，隨後又轉過身去。

「好吧。」他喵了一聲，退回河岸。「來吧！看看長尾抓到的兔子——簡直跟狐狸一樣大耶。」

但火星仍待在原地不動，他還沒從剛剛的經歷回神過來，全身抖個不停。他記得他看見自已成了古老獅族的偉大戰士，藍星的預言在他腦海裡不斷迴響：**獅虎交戰**。

難道說會有新的部族——獅族形成，對抗虎族？而星族是要火星來領導這個部族嗎？

第十四章

「火星，」灰紋說，「我想問你一件事。」

火星正蹲伏在蕁麻地上吃東西，剛剛他見到蕨毛領著夜間巡邏隊離開營地，打算等一下自己也組一支巡邏隊去影族邊界巡視。

「好啊，」他答道。「什麼事？」

灰紋在他旁邊蹲了下來，但還沒開口說話，便見到褐掌從長老窩裡大步走出來，頭和尾巴抬得高高的，往金雀花隧道那兒走去。她的琥珀色眼睛裡怒氣沖沖，棘掌跟在她身後，嘴裡叼著一團青苔床鋪，一臉憂慮。

「褐掌！」火星喊道。「怎麼回事？」

他本來以為這個見習生會不理他，卻見她突然轉向，站定在他面前。

「那個小耳！」她啐了一口。「真希望有誰能去把他的毛扯一把下來——」

「不可以對長老這麼沒禮貌。」火星訓斥她。「小耳對雷族貢獻良多，值得我們尊敬。」

「那誰來尊重我呢？」褐掌氣到似乎忘了自己是在和族長說話。「就因為我晚一點去清理舊床鋪，小耳就說虎星以前也不喜歡為長老服務，還說我將來一定會變得跟我父親一樣。」她生氣地用爪子用力刨抓空地上的沙土，彷彿把它當成了那隻老貓的毛皮。「這已經不是他第一次這麼念我了，真不知道我為什麼得忍受這種事。」

當她這麼抱怨時，棘掌走了過來，把青苔擱在地上。「妳也知道天氣變了，小耳的關節疼得厲害。」他喵聲說。

「你又不是我導師！」褐掌對她弟弟吼道。「憑什麼來管我！」

「冷靜點，褐掌，」火星喵了一聲。他本來想說，大家並不認為她會像她父親一樣變成背叛者和謀殺者，但他也知道這話也不完全正確，因為有些貓確實這麼想。「妳是個好見習生，將來也會成為一名很棒的戰士，族貓遲早會知道的。」

「我也是這麼告訴她的啊！」棘掌說，然後繼續對他姐姐苦口婆心地說：「我們只能盡量忍耐，這樣族貓才會對我們有信心。」

「有些貓已經相信了。」灰紋插嘴說，棘掌投以感激的一瞥。

褐掌的毛不再豎得筆直，但眼裡還留有一絲怒氣。她扭頭轉身，拋下一句話：「我去找些新鮮的青苔回來。」便往金雀花隧道走去了。

「我很抱歉，火星。」等她走了，棘掌這樣說。「可是褐掌會這麼生氣，也不是沒有原因。」

「我知道，」火星安慰他。「如果下次讓我逮到小耳又胡說八道，我會好好說說他的。」

「謝謝你，火星。」棘掌低頭表示感激，然後拾起青苔，匆匆跟在他姐姐身後走了。

火星憂慮地看著那兩位見習生。他決定找小耳談談，而且愈快愈好。因為老是這樣冷嘲熱諷，並不能增加他們對雷族的忠誠。

他突然想到灰紋還等著要和他說話，於是他喵了一聲說：「好了，你有什麼事要跟我說？」

「是關於我孩子的事。」灰紋老實說。「自從大集會後，我一直很想念他們。霧足和石毛那天都沒來，所以我也問不到消息。如今虎星顯然已經取得河族的領導權，我真的很擔心他們的安危。」

火星咬了一口田鼠，若有所思地慢慢嚼了起來。「我想他們不會有危險，」他回答，並一口吞下那塊田鼠肉。「虎星會善待所有的見習生，因為這樣才能確保他背後擁有一支強大的作戰隊伍。」

灰紋看起來還是很不安。「可是虎星知道他們的父親是誰。」他點出這點。「他恨我，所以我擔心他會把氣出在羽掌和暴掌身上。」

火星知道灰紋說的沒錯。「那你想怎麼做？」

灰紋緊張地眨眨眼。「我希望你能陪我過河去，把他們帶回來。」

火星瞪著他的夥伴。「你瘋了嗎？你要你的族長跟你一起溜進河族領土，偷兩個見習生回來？」

灰紋在地上蹭著前爪。「嗯，如果你要這麼形容的話，也行啦……」

「那你要我怎麼形容？」火星努力壓下自己的火氣，只不過灰紋的提議實在太像碎尾當初的可惡行徑。要是他同意了，而又不巧被河族給逮到，那麼他們不就有理由可以光明正大地進攻雷族？再加上有影族當他們的後盾，火星根本不敢想會有什麼後果，他可不願冒這種險。

「我就知道你不會聽我說的。」灰紋轉身準備離去，尾巴喪氣地拖在地上。

「我有聽你說啊！你回來，我們把話說清楚。」灰紋停下腳步，於是火星繼續說道：「你並不確定羽掌和暴掌是不是有危險。他們現在已經是見習生了，不是小貓，所以他們有權利決定自己的將來。你有沒有想過，要是他們想待在河族呢？」

「我知道啊！」灰紋的語氣聽起來很絕望。「別擔心，火星，我知道這件事你幫不上忙。」

「我沒有說不幫忙。」火星暫時拋開自己的理智，因為他知道自己不能袖手旁觀，辜負他的朋友。

灰紋豎起耳朵，再度燃起一線希望，於是火星又說：「不過我們必須偷偷過去——只有我們兩個——先看看他們兩個過得好不好。如果他們過得很好，你就不必再擔心，萬一過得不好，我也會告訴他們，只要他們願意，雷族的大門隨時為他們打開。」

火星的這番話，令灰紋的黃眼睛又有了光采。

「太好了！」他喵了一聲。「謝謝你，火星，那我們現在可以走了嗎？」

「如果你不介意的話，可不可以先讓我把這隻田鼠吃完？你去幫我轉告白風暴，請他幫忙看一下營地，但別告訴他我們要去哪裡。」他急忙補充道。

灰紋輕快地朝戰士窩走去，火星則忙著把最後幾口田鼠吃掉，再用舌頭舔淨嘴巴。等他準備好了，灰紋也回來了，於是這兩個朋友一起往金雀花隧道走去。

不過才走到隧道口，便看見一個熟悉的黑色身影溜進空地。

「烏掌！」火星興奮地大叫。「真高興見到你！」

「我也是！」烏掌回答道，用鼻子輪流與火星、灰紋互觸。「灰紋，我好幾個月沒見到你了，你好嗎？」

「我很好啊，一看就知道你近況不錯。」他說，眼裡連忙打量烏掌那一身光滑柔亮的毛皮。

「我是來向藍星致意的，」烏掌解釋。「火星，你應該沒忘吧，你答應我可以來的。」

「當然可以。」火星看了一眼急著要走的灰紋。「烏掌，你可以直接去找煤皮，她會告訴你藍星葬在哪裡。灰紋和我正要出去，我們有事要辦。」

「聽起來好像又回到從前哦！」烏掌半帶羨慕地說。「你們要出去辦什麼事？」

「去河族探視我那兩個孩子，」灰紋匆匆告訴他。「我很擔心他們，因為現在是虎星在掌權了。」

烏掌露出驚訝的表情。這倒提醒了火星，烏掌並不知道森林裡最近發生的事。於是他很快說明了虎星上次在大集會上宣布的事。

「那不就慘了嗎？」烏掌才說完，就被他們噓的一聲要求小聲一點。「我幫得上什麼忙嗎？我可以和你們一起去。」

他的眼睛閃閃發亮，火星猜想他大概很想一起去冒險。他真的變了，和以前那副緊張兮兮的模樣完全不一樣，誰叫他當時有個老是威嚇他的導師虎星。

「好啊！」他喵了一聲，心裡認定找烏掌一起去應該是個不錯的點子。「歡迎加入我們。」

當他和兩個老友在樹林裡穿梭前進時，見習生時期共同受訓和狩獵的回憶又回來了，彷彿仍置身在過去那段快樂的時光一般，他的肩頭不再有沉重的負擔，又可以像以前一樣無憂無慮，年輕而有活力。

但他知道這是不可能的，他現在是族長了，他不可能拋開族貓，逃避自己的責任。

等到他們來到森林邊緣時，太陽已經西下。火星先要灰紋和烏掌等一下，然後自己悄悄穿過矮樹叢，直到看見河對岸為止。

他前面有幾塊踏腳石，那是通往河族領土最快的方法。火星看著冰冷灰濛的河水，突然聞到一股強烈的貓騷味——河族加上影族的氣味。有一支巡邏隊正沿著河對岸而行，但因為太遠了，看不出來究竟有誰在裡頭，不過霧足和石毛的藍灰色身影顯然並不在其中。

他覺得很失望，要是能見到他們其中之一就好了，至少灰紋可以直接問他們，那麼整件事或許就能就此打住。但現在看來，他們還是得潛入河族領土。

火星知道他們必須冒險進出，而且絕不能被發現。萬一被對方發現有族長擅闖其他部族領土，麻煩就大了。但他也知道無論如何，他都得幫灰紋這個忙。

灰色戰士悄悄爬近他身邊。「怎麼了？」他低聲問道，「我們在等什麼？」

火星用耳朵指了指那支巡邏隊。不久後，巡邏隊消失在蘆葦叢裡，味道才慢慢散去。

「好了，我們走吧！」火星說。

他在前方帶路，跳過一塊又一塊的踏腳石，穿過黝黑湍急的河水。他想到上次禿葉季鬧洪水時，他和灰紋曾為了救霧足的兩個孩子而差點溺死。火星知道豹星顯然已經忘了那件事，也忘了這兩位雷族戰士曾送過獵物給他們，使河族貓免於挨餓。

但現在想這些都沒用了。火星一抵達對岸，便立刻鑽進蘆葦叢裡，小心查探附近還有沒有其他貓兒。但他只聞到那支巡邏隊的味道，而且愈來愈淡。

他小心翼翼地往上游的河族營地走去，灰紋和烏掌則緊跟在後。

風中突然傳來一股新的氣味。火星停下腳步，鬍鬚不停抽動，眼睛瞪得老大，因為他聞到腐臭味，好像有什麼東西腐爛了好幾天，空氣裡盡是那股惡臭。

「噁！那是什麼啊？」烏掌大叫一聲，根本忘了得保持安靜。

火星努力忍下差點嘔出來的膽汁。「我也不知道，會不會是狐狸洞？但沒聞到狐狸的氣味啊。」

「好臭哦，不要管那是什麼了。」灰紋低聲說。「走啦！火星，我們得快點，免得被別的貓逮到。」

「不行，」火星回答。「灰紋，我知道你擔心你的孩子，但這味道太奇怪了，我們得先調查一下。」

就在幾條尾巴遠的地方，有條分岔的小溪支流。火星轉了個方向，沿著那條小溪前進，穿過蘆葦叢。臭味愈來愈濃，而且除了腐臭味之外，還有許多貓兒的氣味，而且跟那支巡邏隊一樣，有影族也有河族的氣味。他停下來，並示意同伴們停下腳步，然後豎耳傾聽可能的聲響，包括蘆葦叢裡的動靜和貓群的聲響。

「那是什麼？」灰紋壓低聲音。「這裡不是河族的營地啊！」

火星彈彈尾巴，要他安靜。至少這股臭味可以幫忙掩蓋他們身上雷族的氣味，方便他們躲藏。

火星比之前還要謹慎地匍匐前進，直到蘆葦叢愈來愈稀疏的空地邊緣。他緊貼住潮濕的地面，慢慢往前爬，然後朝外張望。

他緊咬住牙根，不讓自己發出任何一絲驚恐或憤怒的聲音。小溪沿著空地的一側流過，但此刻的地上卻零亂散落著許多已經發臭的獵物骨骸，甚至阻斷了水流。幾隻貓兒蹲在河岸上撕扯獵物；但這還不是最讓火星害怕的畫面。

在他藏身的對面，也就是空地的另一頭，有一座像小山丘一樣的白骨堆。夕陽餘暉下，這堆白骨有如被剝光皮的樹枝一樣發出微微的亮光，有些老鼠的白骨只和他們的牙齒一樣大，也有些動物的白骨像狐狸或獾那麼大。

火星背脊發涼，他以為他回到了四喬木的夢境。他記得鮮血從白骨堆裡流出來，忍不住想轉身逃走。眼前比夢境還要可怕，因為火星知道它就發生在現實世界裡。夕陽下，白骨堆上蹲伏著虎星的深色身影——聯合部族的新領袖。

火星強迫自己繼續鎮定地待在原地，他得查出虎星究竟想做什麼。灰紋和烏掌悄悄爬了過來，蹲在他旁邊。烏掌全身寒毛直豎，灰紋則像快吐出來了。

等到心情比較鎮定了，火星才開始仔細觀察眼前的情勢。那座白骨堆全是用獵物的骨頭堆起來的，不像夢裡還攙雜了一些貓的白骨。影族的副族長黑足就站在白骨堆旁邊，另一邊站的是豹星。她緊張地環視空地，火星懷疑她是不是開始對自己的族貓感到抱歉了？她只想著壯大自己的部族，才會看不清虎星的本性與他真正的意圖。不管這位前任的河族族長現在是怎麼想的，都已經太遲了。

「我沒看見我的小貓。」灰紋在火星耳邊低語。

火星發現霧足和石毛也不在那裡。雖然他看見河族的戰士泥毛和沉步，但空地上大多是影族貓。也沒見到巫醫的蹤影，火星忍不住猜想這是為什麼。

他還在觀察，一方面也是因為受到的驚嚇太大，不知道接下來該怎麼辦。這時虎星站了起來，白骨堆頓時嘎吱作響，深色虎斑貓的雙眼在漸漸消失的光線下發出螢光，嘴裡發出得意洋洋的吼聲。

「虎族的貓兒，請到白骨堆前準備開會！」

空地上的貓兒立刻往白骨堆前進，他們各個壓低身子，以示敬畏，其他的貓也從蘆葦叢裡陸續現身。

「他刻意把白骨堆得像高聳岩一樣高，」烏掌低聲說，「好讓自己能站在上面俯看族貓。」

深色虎斑貓等到所有戰士都各就各位，才大聲宣布：「審判的時間到了，把囚犯給我帶出來。」

火星和灰紋互換一個困惑的眼神。虎星從哪裡抓到囚犯的？難道他已經攻擊過風族了？影族的戰士鋸齒聽命消失在蘆葦叢裡，他曾經是碎尾手下的無賴貓之一。過了一會兒，他把另一隻貓拉了出來。一開始，火星還認不出來那隻骨瘦如柴的灰色戰士是誰，他毛髮凌亂，一隻破了的耳朵正在流血。鋸齒將他推到白骨堆下方的貓群中央，火星才認出那是石毛。

火星感覺到旁邊的灰紋身體一僵，他趕緊伸掌按住他的夥伴，要他先忍耐。灰紋不停抽動雙耳，但仍安靜地待在原地，靜靜地觀看。

蘆葦叢再度分開，這次火星立刻認出是誰走進了空地。那一身光滑的毛皮，高高抬起的頭，目空一切——是暗紋。**叛徒！**火星在心裡咒罵，滿腔怒火。

蘆葦叢裡繼續窸窣作響，另一隻影族貓走了出來，邊走邊趕著兩隻體型很小的貓，其中一隻是銀灰色的虎斑貓，另一隻有一身濃密的灰色毛髮，但都像石毛一樣瘦巴巴的，搖搖晃晃、步履蹣跚地走進空地。他們在白骨堆下瑟縮發抖，慌張地四處張望。

火星的背脊突然發涼。那兩隻小貓……不就是灰紋的孩子嗎？他們是羽掌和暴掌。

第十五章

灰紋發出低沉的怒吼，繃緊身子，打算跳上前去。

「不行！」火星嚇得趕緊壓住自己的同伴，不讓他離開蘆葦叢。「要是被虎星發現，我們就死定了。」

烏掌也從另一邊抓住灰紋的肩膀。「火星說得沒錯，」他嘶聲說。「我們根本打不過這麼多貓。」

灰紋用力扭動身子，好像沒聽見似的。「放開我！」他低吼。「我會把他們撕成碎片，挖出他們的黑心肝！」

「不行！」火星壓低聲音，又怒聲喝斥了一次。

「如果我們就這樣出去，一定會被宰掉。灰紋，我們不會不顧你的小貓，絕對不會，但得等到適當的時機出手才行。」

灰紋又掙扎了一會兒，然後才慢慢鎮定下來。於是火星鬆開手，並示意烏掌鬆手。

「聽著，」他低聲說道。「我們必須先搞清楚這到底是怎麼一回事。」

在他們安撫灰紋時，虎星也開口說話了，他的聲音蓋過了他們在蘆葦叢裡的窸窣聲響。

「虎族的貓兒！」他開口說道，「你們都很清楚我們眼前所面臨的困境。寒冷的禿葉季正威脅著我們，兩腳獸也一直進逼。森林裡還有兩個愚昧的部族竟然不願加入虎族，他們對我們來說也是威脅。」

火星的尾尖憤怒地抽動，轉頭看了灰紋一眼。虎星才是個禍害！雷族和風族只想和平地過日子，完全奉行星族的古老律法和戰士守則。

灰紋怒目圓睜，緊盯住他那兩個在白骨堆底下瑟瑟發抖的孩子，完全沒注意到火星的眼神。

「我們周遭都是敵人，」虎星繼續說道。「所以我們必須確保旗下戰士的忠誠度，虎族絕不容有二心的貓兒存在，也不准你們在作戰的時候態度搖擺不定，甚至反過來攻擊夥伴。虎族絕不容許有叛徒存在。」

卻容許被一個叛徒領導？火星冷笑著想，**而且還容許暗紋這個叛徒加入。那個傢伙曾經坐視自己的部族遭野狗入侵。**

空地上的貓兒全都發出同意聲浪，虎星故意等他們喧嚷了一陣子，才用尾巴示意他們安靜，然後繼續發言。

「我們尤其不能容忍帶有異族血統的貓兒，忠誠的戰士絕不會與異族貓在一起，汙染戰士祖靈為我們留下的純正血脈。雷族的藍星和灰紋就是如此，他們都找上河族的貓兒，蔑視戰士守則。這種與異族結合生下的小貓，就像你們眼前看到的這幾隻，一點也不可靠。」

他停頓了一會兒，這時他的副族長黑足大聲喊道：「沒錯！全是下流東西！」

暗紋也跟著大喊，一時間，貓群也開始跟著嘶聲吼叫、唾罵髒話。這次虎星沒有示意他們安靜，反而任憑他們盡情發洩，而且還得意地掃視全場。

他八成事先和黑足排練過了，火星不安地想。

他注意到喊得最大聲的都是影族戰士，河族則顯得意興闌珊。火星猜想他們可能不完全認同影族族長，卻又不敢反抗，只好保持沉默。

兩名帶有異族血統的見習生嚇得趴在地上，彷彿怕被貓群的憤怒之火給波及，石毛則是壓低身子護著他們，充滿敵意地瞪著周遭的貓群。

霧足呢？火星猜想。**虎星知道她也有異族血統，不是嗎？他把她怎麼了？**

虎星又說話了。

「從以前到現在，我們總是容忍這些雜種貓，但現在我們忍不下去了，這種兩邊通吃的雜種貓，虎族容不下他們。我們怎麼能相信他們？他們也許會洩露我們的祕密，甚至轉過頭來對付、謀害我們。如果我們繼續讓這些心術不正、血統不純的貓留在這裡，又怎能寄望星族跟我們站在一起呢？」

「當然不能留！」暗紋跟著大吼。他不斷屈伸自己的爪子，掃動尾巴。

「夥伴們，我們當然不能留下他們！我們要擺脫這些雜種，部族的血統才能再度純淨，再度得到星族的支持。」

石毛跳了起來，但因體力太弱，差點跌倒，不過他還是挺直身子，勇敢面對虎星。

「沒有貓敢質疑我的忠誠，」他憤怒地說。「你有本事就給我下來，當著我的面說我是叛徒。」

火星很想為那位藍灰色戰士的勇氣喝采。雖然虎星一巴掌就能摺倒他，但石毛卻無所畏懼。

「我和霧足幾個月前才知道藍星是我們的母親，」石毛堅持。「我們這一生都效忠於河族，要是有誰不同意我的說法，叫他站出來。」

虎星憤怒地朝豹星揮動尾巴。「妳真是瞎了眼才會選這種貓當副族長。」他咆哮道。「河族已經野草叢生了，一定要連根拔除才行。」

讓火星失望的是，豹星竟然低頭表示同意。這代表她已經承認，虎星的權力比她更大，這位曾經威風凜凜的河族族長，竟然無能到連保護自己的副族長都不想。

還好虎星的話讓火星燃起了一絲希望，因為那聽起來像是他打算放逐石毛和兩名見習生。如果真是如此，火星和他的夥伴就可以到邊界等他們，然後把他們帶到雷族，他們就安全了。

可是當虎星再度開口時，那語氣卻顯得陰森而冷漠。「石毛，我給你一個機會表現你對虎族的忠心。殺了這兩個雜種！」

空地上瞬間陷入死寂，只剩下灰紋憤怒的喘息聲。幸好虎族戰士都太專注於眼前的場面，根本沒聽見他們。

「火星！」灰紋低聲說道，「我們一定得做些什麼！」他的爪子緊戳著地面，繃緊肌肉，隨時準備跳上前去，但眼睛卻盯著火星，彷彿在等他的族長下令。

烏掌也憂慮地轉頭看向火星。「我們不能眼睜睜看他們受死！」

火星也跟著緊張起來，毛髮直豎。他知道他不能躲在這裡，眼睜睜地看著灰紋的孩子被殺。就算成功機會渺茫，他也得犧牲生命，把他們救出來。

「再等一下，」他低聲說。「我們先看石毛怎麼做。」

藍灰色戰士轉身面對豹星。「我只聽命於妳，」他大聲地說。「妳應該知道這件事是不對的，妳希望我怎麼做？」

豹星看起來有些猶豫，火星本來以為她會站出來阻止虎星，阻止河族的繼續沉淪，但火星低估了她的野心，更低估了虎星承諾給她的未來美景。「現在是非常時期，」她終於開口說道，「我們都得活下去，所以族貓的忠誠度很重要，決對不能有二心，你就照虎星的話去做吧！」

石毛瞪著她，火星還以為時間會就此定格，但這時卻見他轉身面對那兩名縮成一團、神色驚恐的見習生。

暴掌伸出舌頭舔舔他的妹妹，安慰她道：「我們打得過他的，」他說。「我不會讓他殺了我們。」

勇敢的孩子！火星難過地想。石毛是個厲害的資深戰士，就算他體力虛弱，這兩個經驗不足的見習生也絕非他的對手，更何況他們現在的情況也好不到哪裡去。

河族戰士向暴掌點點頭，就像導師在稱讚見習生勇氣可佳一樣；然後石毛轉過身，抬頭望向虎星。

「那你得先殺了我，虎星。」他啐了一口。

虎星瞇起眼睛，朝暗紋彈彈尾巴。「很好。那就殺了他！」他下令道。

黑灰色戰士壓低身子，毛髮興奮地微微顫抖，因為虎星剛賜給他一個表現忠貞的機會。他發出怒吼，往石毛撲去。

火星痛苦極了，因為他知道勝負已定。藍灰色戰士的身體太虛弱了，根本打不過暗紋。火星想跳出去幫石毛，但他知道這時候出去只是自尋死路，他只能忍住，希望找到機會救出那兩個孩子，哪怕機會渺茫。

但火星也萬萬沒有想到，除了眼睜睜地看著自己的朋友被殺掉之外，其實還有件更可怕的事隱藏在背後。

石毛的確很厲害，他快如閃電地縮起身子，讓原本打算襲擊他肩膀的暗紋給撲了個空，反而直接撞上他的四隻利爪，毛髮當場被扯落不少。

火星緊張得喉嚨一緊，他還記得以前他還在當見習生時，石毛的母親藍星也教過他那一招。**藍星，如果祢現在有看到這一切，請保佑他。**他暗自祈禱。

兩隻戰士在空地上扭打，其他貓兒趕緊後退，讓出空間，但都不敢出聲。他們的心思全專注在那場打鬥上，火星想這或許是救出那兩名見習生的最佳時機，無奈虎星仍高坐在白骨堆上，視線遼闊，一定會看見他們走近的身影。

石毛緊咬暗紋，試圖將他甩在地上，但暗紋長得比他高大，力量也比較大，他只得鬆開嘴；兩名戰士各自跳開，氣喘吁吁。暗紋左眼上方被抓傷，正在流血，身上還禿了好幾塊。石毛的毛更亂了，他抬起一隻前腳，將爪上的鮮血甩到地上。

「快動手啊，暗紋，」黑足揶揄他。「你打起架來怎麼像隻寵物貓？」

暗紋一聽氣得發出怒吼，又衝了上去，但石毛早就準備好了，巧妙地往一旁滑開，利爪劃過暗紋的腰；等到黑灰色戰士衝過身邊，立刻後腿一抬，用力一踢。石毛力道過猛，難免重心不穩，但等到暗紋站起身來時，他已經恢復守勢，而且立刻展開攻擊，猛力撞上暗紋，將他壓制在地，尖牙利爪抵住他的脖子。

火星聽見身旁的灰紋嚇得倒抽一口氣，黃色眼睛瞪得斗大，另一邊的烏掌則激動得將爪子插進土裡。火星燃起一絲希望：石毛或許會贏吧？

可是虎星存心不讓石毛有得勝的機會。正當暗紋還在石毛腳下苦苦掙扎時，那隻體型龐大的虎斑貓竟用耳朵朝黑足示意。

「去把他給我解決掉！」他下令。

影族副族長立刻加入戰局，他大嘴一張，咬住石毛肩膀，把他從暗紋身上拖開，同時低下身子，避開他那不斷揮舞的腳爪。暗紋這時跳了起來，壓住石毛的下半身，黑足則揚起利爪，刷地一聲割開藍灰色戰士的喉嚨。

石毛發出低沉的哀鳴，虎族的兩隻貓兒放開他，退後一步，石毛開始抽搐，鮮血從頸間流出。

圍觀的貓群發出微弱的驚呼聲，但最後竟然愈變愈大，成了勝利的歡呼。就連原本遲疑不敢出聲的豹星，也加入了他們的歡呼。只有那兩名見習生沉默不語，慌張地看著那位捨命救他們的戰士。

火星只能眼睜睜看著石毛的身軀漸漸失去生命，直到動也不動，嚥下最後一口氣。

第十六章

「不！」灰紋發出粗嘎的聲音。

火星趕緊靠過去，陪他一起哀悼石毛，氣憤這位勇敢的河族戰士在格鬥時所遭遇的不公平對待。

黑足得意洋洋地低頭看著石毛的屍首。

暗紋立刻轉過身，對著那兩名見習生。「虎星，」他嚷嚷著，「讓我來殺了他們。」

灰紋本來要跳出去了，火星根本抓不住他，但還好在灰紋衝出去前，虎星竟搖搖他那顆帶疤的大頭說：「是嗎，暗紋？光是囚犯就能打敗你了，你真的以為自己可以解決掉那兩名見習生？」

暗紋羞愧地低下頭。他的族長則冷酷地瞇起眼睛，瞪著那兩隻年輕的貓。小貓們縮成一團，全身發抖，似乎不了解他們正命在旦夕。

「不必麻煩了，」虎星終於說道。「我決定留下這兩條命，因為他們可能還有點用處。」

火星很快看了灰紋一眼，灰紋回看他，眼神裡同時交織著放心與憂慮的複雜神情。

虎星大聲召喚鋸齒。「把這兩個見習生帶回他們的牢裡。」

影族戰士低頭受命，把驚嚇過度的見習生趕進蘆葦叢裡。灰紋的目光緊跟著他們，直到看不見為止。

「會議結束。」虎星大聲宣布。

空地上的貓群立刻散去，虎星從白骨堆上跳下來，消失在蘆葦叢裡，黑足和暗紋緊跟在他旁邊，最後剩下豹星。她緩緩向前走去，站在她前任副族長的屍首前，低下頭，嗅聞石毛已經被撕裂的身體，彷彿在向他做最後的道別。火星聽不見她說什麼，但最後她還是轉過身，跟著虎星走進蘆葦叢裡。

「走吧！」灰紋跳起來，「火星，我們一定要把我的孩子救出來。」

「沒錯，但不必這麼急。」火星提醒他。「我們得先確定所有的貓都走了。」

灰紋因為強忍的情緒而微微顫抖著。「我不管！」他啐了一口。「要是他們敢阻止我，我就把他們撕成碎片！」

「至少小貓現在很安全，」烏掌低聲說。「沒必要衝出去冒險。」

火星小心翼翼地抬起頭，從蘆葦上方張望。現在暮色深沉，夜空中只剩銀毛星群的光芒和一點月光。影族及河族的味道正快速地散去，空氣中只剩下風灌進蘆葦叢裡的沙沙聲。

火星再度蹲下身子，低聲地說：「他們現在都走了，這是我們的機會。我們得先找到這兩個見習生被囚禁的地方，然後……」

「救他們出來。」灰紋打斷他的話。「不惜任何代價。」

火星點點頭。「烏掌，你確定要跟我們一起去？很危險的。」

獨行貓瞪大眼睛。「你覺得我在看過這些惡行之後，還可能丟下你們嗎？不可能的，火星，我要跟你們一起走。」

「很好，」火星感激地眨眨眼。「和我想的一樣。」

於是他以尾巴示意同伴，自己走在前面帶路，進入空地。

他一離開蘆葦叢的掩護，腳步立刻變得小心翼翼。他知道這麼做完全違反了戰士守則，但這是被虎星逼的。他不懂戰士祖靈怎能眼睜睜地看著石毛被殺，卻不出手相救。

三隻貓兒慢慢爬進空地，來到扔得一地都是的腐敗獵物區。火星很生氣，氣他們怎麼這麼浪費，尤其是在這個根本打不到獵物的季節。

「你們看！」他憤怒地發出嘶聲。

「但我們可以在上頭滾一滾，」烏掌提議。「利用這些東西來掩飾我們身上的味道。」

火星點點頭，儘管還是氣得不得了，卻也覺得這個點子很棒。看來烏掌的思考方式還是不離戰士本色。火星蹲了下來，在兔子腐臭的殘骸上沾了沾，灰紋和烏掌也依樣畫葫蘆。灰色戰士的雙眼這時正如黃色打火石一樣閃閃發亮。

等到他們身上都沾滿腐臭味後，火星便帶頭朝鋸齒剛剛押解兩名見習生的地方走去。只見結冰的泥地上出現一條窄窄的通道，應該是因為貓兒經常踩在這條路上的緣故，火星的神經開始緊繃起來。

他們離開河岸，往河族領土另一頭的農田走去。這裡的蘆葦比較稀疏，地面隆起，火星和他的夥伴們來到某個極隱蔽的角落，前方是一片綠草如茵的斜坡，長著幾叢金雀花和山楂。大約在半山腰的地方，有個黑色的洞穴，鋸齒就蹲在洞外。

「有腳印通到那個洞裡。」火星低聲地說。

灰紋抬起鼻子，嗅聞空氣，發出一聲輕微的作嘔聲。「我聞到奄奄一息的貓味，」他低聲說。「你說得沒錯，火星，就是這裡。」他露出利齒。「鋸齒就交給我了。」

「不行，」火星拍打尾巴，示意他的夥伴待在原地。「我們不能正面衝突，聲音太大會引來其他的貓，我們得用別的方法解決他。」

「這個我來就行了。」烏掌的爪子緊張地搓著地面，但表情卻很堅定。「他認得你們兩個，但他不認得我。」

火星猶豫了一會兒，最後點點頭。「你想怎麼做？」

「我自有妙計！」烏掌的眼睛閃閃發亮，於是火星知道這位獨行貓其實對這場冒險還挺樂在其中的，他似乎很想藉這個機會再試試自己的戰士身手。「別擔心，不會有問題的。」黑貓向他保證。他伸長身子，從蘆葦叢裡直接走了出去，爬上斜坡，頭和尾巴抬得高高的。鋸齒起身，往他這兒走來，頸上的虎斑色毛髮豎了起來。

火星聚精會神地看著，心想要是影族戰士發動攻擊，他得立刻跳出去幫忙。不過鋸齒雖然露出敵意，卻只是一臉狐疑地嗅聞烏掌身上的氣味。

「我不認識你，」他吼道。「你是誰？你要幹麻？」

「我是河族貓，你不知道嗎？」烏掌大膽地說。「虎星派我來傳話。」

鋸齒嘀咕一聲，又聞了一次烏掌，鬍鬚不斷抽動。「我的天啊！你怎麼那麼臭？」

「你自己也好不到哪兒去！」烏掌反唇相譏。「你到底要不要聽虎星要我帶的話？」

鋸齒猶豫了一下，火星和灰紋緊張地交換眼神，火星只覺得自己的心臟快要跳出來了。

「說吧！」影族戰士最後說道。

「虎星要你立刻去見他，」烏掌說道。「他派我過來代你看守囚犯。」

「什麼？」鋸齒甩甩尾巴，一副不相信的樣子。「只有影族才能看守囚犯，你們河族貓都太不中用了。虎星為什麼要派你來，不派我們影族的貓過來？」

火星的身體抽了一下。完了，烏掌犯了一個致命的錯誤。

但獨行貓似乎不以為意，他轉身打算離開，喵了一聲說：「我還以為我們都是同一族的。隨便你啦，我就跟虎星說，你不肯來。」

「等一下，」鋸齒抽動耳朵。「我可沒這麼說。你說虎星要找我……那他在哪裡？」

「在那裡。」烏掌用尾巴指指河族營地的方向。「暗紋和黑足都和他在一起。」

鋸齒終於決定了。「好吧，」他低聲說道。「可是你要待在外面等我回來，如果讓我聞到你跑進洞裡去，看我回來怎麼修理你。」

他衝下斜坡，烏掌看見他走了，這才緩步走上去，坐在洞穴外頭。火星和灰紋在蘆葦叢裡壓低身子，直到鋸齒走遠。匆忙走開的鋸齒，根本沒先停下來聞聞空氣裡的味道，便消失在小徑裡了。

他一走，火星和灰紋立刻穿過空地，去找烏掌。灰紋停下來嗅聞，喵了一聲：「沒錯，他們在裡面！」然後便進入洞裡。

火星走到烏掌面前，「做得好。」

烏掌舔舔自己的腳掌，抓抓耳朵，有些不好意思。「這沒什麼啦，只怪他太笨了。」

「沒錯，可是等他找到虎星，就慘了。」火星老實說。「幫我們守著，如果看見有貓來，立刻通知我們。」他朝身後望了最後一眼，也跟著灰紋鑽進洞裡。

火星一走進去，便發現原來自己身處在沙地下方。這是一條挖鑿出來的狹窄通道，才走了幾條尾巴遠，黑暗便從四面八方撲來，空氣裡還殘留著狐狸的氣味，但已經很淡了，可見這個洞的前任主人早就離開了。

黑暗中瀰漫著恐懼的氣味，而且愈來愈強烈，看來發出這味道的貓兒已經放棄活下去的念頭。

通道筆直往下，他還沒走到底，便聽見裡頭傳來扭打和驚訝的說話聲。其中一名見習生喊道：「父親，是你嗎？」

又過了一會兒，火星發現穴壁已經不再磨擦他身上的毛髮。他又往前走一步，剛好碰上一隻貓的後半身，認出那個味道是灰紋。兩名見習生的氣味愈來愈強烈，這時火星又認出了另一隻貓，這才覺得鬆了口氣。

「霧足！」他喊道。「感謝老天，我們總算找到妳了。」

「是火星嗎？」霧足的聲音粗啞，離他的耳朵很近。

「你們來這裡做什麼？」

「說來話長。」火星答道。「等一下再跟妳解釋，現在我們得先離開這裡。灰紋，你好了嗎？」

他的夥伴緊張地應和，火星雖然看不到他，但可以想像他應該是緊挨著羽掌和暴掌。

「我們走吧！」火星說，在狹窄的地洞裡勉強轉過身。「霧足，我們要帶妳回雷族，」他沒忘記石毛和那兩個見習生的虛弱模樣。「妳有辦法走那麼遠嗎？」

「只要讓我出了這個洞，多遠我都能走。」霧足堅定地回答。

「我們也是。」羽掌也說。

「太好了，霧足。但是很抱歉，我們沒辦法救出石毛……」火星開口，同時尋找適當的字眼，想告訴這隻母貓她哥哥的死訊。

「我已經知道了。」霧足悲傷地說。「見習生們告訴我，說他是英勇戰死的。」

「很英勇，星族以他為榮。」火星用鼻子頂頂霧足的毛髮，想要安慰她。

「走吧，我們不能讓他白白犧牲，虎星傷不了你們的。」

火星憂懼得心臟狂跳，趕緊爬出洞穴。到了洞口，他先停下來確定外頭沒有危險，才把他們帶出來，他總覺得那牢裡噁心的氣味恐怕很難洗得乾淨。烏掌跟在最後，一邊張望一邊看著他們爬下斜坡。

他們像影子一樣悄悄穿過蘆葦叢間的小徑，直抵剛才的空地。那裡空蕩蕩的，白骨堆在地上投下長長的陰影；月光下，石毛的屍首靜靜地躺在原地。

霧足朝她哥哥走去，低頭嗅聞他的毛髮。火星看見那剛從不見天日的洞穴裡走出來的霧足，全身骨瘦如柴、狼狽不堪，和那位剛喪命的戰士一模一樣，全都瘦到肋骨清晰可見，身上的毛髮都糾結在一塊兒，雙眼也因為這些折磨而變得呆滯。

「石毛，石毛，」她低聲呼喚他。「沒有你，我該怎麼辦？」

火星一直豎起耳朵，聆聽附近有無貓群走進的聲音，全身的毛都緊張地豎起，但他仍強迫自己給霧足一點時間哀悼死去的兄長。他們沒辦法把石毛的屍體搬走，為他舉辦守夜儀式，所以這將是霧足對他的最後一次告別。

曾經是石毛見習生的暴掌也挨近屍首。他用鼻子輕抵他師父的頭，然後才踱步回來，坐到他父親身邊。

火星忍不住想起藍星，她是如此深愛這兩個不在她身邊的孩子。他猜想此刻的她是否會來這裡接孩子回到星族的家？她和石毛都是英勇戰死，都是被虎星的陰謀野心所害。火星恨不得現在就與那傢伙對決，要他付出所有代價。

「火星，我們得走了。」灰紋發出嘶嘶聲，一雙眼睛在幽光下閃閃發亮。

他的話提醒了霧足。火星還沒答腔，她就抬起頭，看了石毛最後一眼，走向其他的貓。

火星加快腳步，走回溪邊。他覺得總算鬆了口氣，因為白骨堆和腐爛獵物的臭味總算淡了一些。灰紋沿路幫著兩名見習生，不斷輕推他們，呼嚕鼓勵。剛被放出來的霧足忍著身上的疼痛，一跛一跛地努力跟上，至於烏掌則走在最後頭，不時留意身後有無追兵。

夜靜悄悄的，只有潺潺的流水聲，還好總算到了河流。到目前為止，他們都沒遇到其他的貓。他們轉往下游，朝踏腳石的方向前進，火星只希望他們可以神不知鬼不覺地逃出這裡。

但這時遠方的蘆葦叢裡傳來一聲怒吼，六隻貓兒瞬間僵在原地。

「囚犯逃走了！」

第十七章

「快！快去踏腳石那兒！」火星嘶聲吼道。如果只有雷族的貓兒，那麼應該很快就能脫離險境，但他們怎麼可能拋下剛剛才逃出來的囚犯。灰紋跑到後面和烏掌一起壓隊，火星則忙著催促河族貓再走快一點。

「不要管我們了。」霧足上氣不接下氣地說。「免得全部被他們逮到！」

「不行！」灰紋吼道。「我們不會拋下你們的。」

他們沿著河岸奔跑，河族貓一路跌跌撞撞地跟上去，火星已經瞧見在水波裡盪漾的踏腳石，但後方的吼叫聲也愈來愈大；他轉頭大口吸進空氣，赫然聞到影族的氣味。

「天啊！」他低語道，「他們快追上來了！」

幸好在他們抵達踏腳石時，追兵還沒趕到，火星跳上第一塊石頭，然後是第二塊，並用尾巴示意霧足趕緊跟上。

「快點！」他催促道。

霧足屈起後腿，向前一躍，腳爪碰到濕滑的岩面，差點站不住腳，好不容易才穩住。兩個見習生隨後跟上，火星已經跳到河面中央，他停下腳步，等他們趕上。河水打濕他的腳，其他貓兒還在後頭奮力跨越每塊岩石。霧足第一個趕了上來，火星騰出位置，讓她先過，兩名見習生仍然落後。儘管火星想保持冷靜，但腳爪還是不耐煩地輕刮岩面。這時追兵的黑影從蘆葦叢裡鑽了出來，火星強迫自己不要大聲張揚。暴掌這時正打算奮力一跳，火星緊盯住這隻年輕的貓兒。「快點，」他鎮定地說道。「你辦得到的。」

但落在哥哥後方，幾塊岩石之外的羽掌，卻意外瞄到影族戰士正沿著河岸跑來。「他們追上來了！」她大喊。

暴掌一聽，突然失去平衡，沒抓準距離就掉了下去；他的前爪緊攀住岩面，下半身卻浸在水裡掙扎，湍急的水流不斷拍打他，用力拉扯他身上的厚毛，他費力想爬上去，卻還是動彈不得。

「我快滑走了！」他氣喘吁吁地說，「我抓不住！」

火星趕緊跳回前面的岩石，不過因為暴掌的爪子也緊攀住這塊岩石，所以能站的地方有限，害火星也差點失去失衡。眼見這名見習生就要撐不住，慢慢往水裡滑去，火星趕緊張嘴用牙齒叼住他的頸背。但沒一會兒功夫，火星也開始覺得自己的爪子正被暴掌的重量和水流給慢慢地往下拖。

這時他看見灰紋從他兒子身後游了過來，四隻爪子在冰冷的河水裡用力拍打。灰色戰士從下方用肩膀死命抵住暴掌，把他往上推，火星好不容易從水裡拉起了見習生，剛爬出水裡的見習生蹲在岩石上瑟縮發抖。

火星往河族岸邊望過去，只見烏掌正在催羽掌快跳上另一塊石頭，而他則為了讓出空間給她，自己的腳掌幾乎都打濕了。

身後的追兵已經趕到第一塊踏腳石了。黑足在前面帶隊，旁邊跟著鋸齒和三四隻貓——火星知道寡不敵眾，情勢不利於他們。

「快走！」他大喊。「快點！」他推推還在發抖的暴掌，「繼續走，跟著霧足！」

黑足蹲了下來，打算跳過去，一雙眼睛緊盯住前方的踏腳石，而烏掌就站在上頭，擋在羽掌和影族戰士之間。火星覺得肚子一緊。那位獨行貓就算再英勇，以前學過的打鬥技巧也已經很久沒用過了，根本不可能是那位戰士的對手，更何況他還是虎星的副族長……一名身經百戰的戰士。

灰紋開始往烏掌那兒游去，其他影族戰士則在岸邊一字排開，空氣瞬間被狂野的嘶吼聲劃破。

「繼續走！」火星對霧足大喊。「快帶暴掌離開，我先過去幫忙。」

但就在他移動腳步的同時，一陣尖銳的殺敵嘶吼聲從河這邊雷族領土的樹林裡傳了出來。火星突然看見三個影子衝出矮樹叢——是雲尾，後面緊跟著沙暴和刺爪。

「感謝星族……」他正要開口，雲尾已經往河邊衝了過來，眼神兇惡，利爪直接對準了霧足，而霧足才剛從最後一塊踏腳石跳上河岸。

火星連忙跳過剩下的幾塊岩石，及時攔下那位白色戰士，擋在他面前揮開他的爪子。「鼠腦袋啊你！」他罵道，「敵人在那邊啦！」

他扭頭往河中央一看，烏掌和灰紋正在中間那塊大岩石上和黑足扭打，暴掌正準備從最後一塊岩石跳上河岸，而羽掌也只離他有兩三塊岩石的距離而已。沙暴和刺爪一路跳過這些岩塊，衝上前去，迎戰影族戰士，兩個見習生趕緊縮起身子，讓他們先過。

雲尾向霧足咕噥了聲抱歉，也跟在他們後方趕了上去。火星鼓起肌肉跟上，但就在他要跳上岩石前，卻瞥見黑足滑下岩塊，被急流衝走了。他的頭一度淹沒在水裡，但很快又浮出水面，雙耳平貼，笨拙地游回河族的岸邊。雷族的三名戰士擠在同一塊岩石上，他們揮舞著爪子，朝剩下的追兵嘶聲怒吼。

「你們要是想活命，就別再給我過來！」沙暴吼道。

影族戰士在岩石上轉來轉去，有點不知所措。他們不習慣這條河，站在那裡危顫顫的，顯然不想去惹憤怒的雷族戰士。

「回來！」黑足好不容易爬上了岸，全身濕透地對著他們大吼道。「讓他們走吧！他們不過是雜種貓而已！」

他的戰士們似乎很樂於服從這項命令，不一會兒就全部消失在蘆葦叢裡。

火星忙著帶那兩名見習生過河，灰紋和烏掌緊跟在後。火星小心檢查大夥兒的傷勢，發現灰紋肩上少了一撮毛，烏掌的左耳正在流血，其他的貓似乎都平安無事。

「你們都做得很好。」他轉身向其他的雷族戰士說。「真高興看見你們從樹林裡跑出來。

對了，你們怎麼會來這裡？」

「還不是因為你！」雲尾氣喘吁吁地回答。「你不是命令我們多派幾支巡邏隊來巡邊境嗎？還好我們剛巧巡到這裡。」

總算鬆了口氣的火星，腿簡直快軟掉了。他由衷感謝起星族，適時派了巡邏隊過來。「好了！」他說。「我們最好快點回營，這三隻貓需要好好休息一下。烏掌，你最好也一起來，讓煤皮幫你看一下耳朵的傷。」

火星走在最後面，他怕影族最後又決定回頭過河。但還好身後的一切都靜悄悄的。過了一會兒，沙暴跑到後面找他。

「這到底是怎麼回事？」她問。「這些河族貓來這裡做什麼？」

火星停下腳步，快速舔了一下她的耳朵。「他們被關起來了，」他解釋。「如果不救他們，遲早會被虎星殺死。」

沙暴的綠色眼睛緊盯著他，一臉驚恐。「為什麼？」

「因為他們的父母不是同一個部族的，」火星說明，「虎星說這種帶有別族血統的貓兒不適合住在族裡。」

「可是他自己的小孩還不是一樣。」沙暴駁斥道。

火星搖搖頭。「不一樣，他們生下來的時候，虎星還是雷族的族貓。反正這全是藉口，妳不會真的以為，偉大的虎星只是想要血統純正的小貓吧？」

沙暴看著河族的貓兒，眼裡的訝異和不屑漸漸消失，取而代之的是同情。「他們真可憐，」她喃喃說道。「你會讓他們待在雷族嗎？」

火星點點頭。「不然怎麼辦呢？」

等火星和其他貓兒抵達營地時，月亮已經高掛夜空，整座山谷籠罩在銀色的月光下。這裡的一切詳和寧靜，很難想像血腥的白骨堆和虎星狂暴的野心，就在離他們營地不遠的地方。

可是當他從金雀花隧道出來，進入營地時，詳和的外表瞬間破滅。白風暴匆匆趕上前，後面跟著年輕的戰士蕨毛，神色慌張。

「感謝星族，你總算回來了，火星！」他大聲說道。「褐掌……她失蹤了！」

第十八章

「失蹤？」火星驚恐地說。「發生什麼事了？」

「我們也不太確定。」白風暴比蕨毛冷靜多了，但還是顯得很不安。「是棘掌先告訴我們找不到她，我還以為他只是大驚小怪。可是我們搜索了整個營地，都沒找到她，也沒有貓兒看見她離開營地。」

「都是我的錯！」蕨毛打斷白風暴的話。「我是她的導師。」

「不是你的錯，」白風暴安慰他。「是我派你去巡邏的，怎麼能要求你兩邊都顧到呢？」

蕨毛絕望地搖搖頭。

「去找棘掌來！」火星命令道。刺爪立刻往見習生窩跑去。

在等待棘掌的同時，火星特別交待烏掌和三隻河族貓一起去找煤皮。灰紋也跟著過去，打算跟煤皮解釋事情的經過，並確定他的小孩一切平安。這位剛從河裡爬上來的灰色戰士雖然全身濕淋淋的，渾身冰涼，但一顆心卻仍懸在他孩子身上。他們穿過空地往裡頭走，灰紋緊緊跟在一旁。

「我也不知道該怎麼想，」他們走了，白風暴這才開口。「也許是褐掌自己想到什麼，就跑去做了，就擔心她掉進陷阱或是傷到自己──」

「也有可能她是在影族那裡。」蕨毛打斷他，全身毛髮直豎。「是虎星把她帶走了。」

「可是虎星在河族那裡，」火星小聲地說，「黑足和暗紋也在那裡。」他看見白風暴一聽見這個消息，就震驚地不斷抽動雙耳；他知道得盡快向自己的副族長解釋一切才行。

「他可以派他的手下來！」雲尾插嘴說。

「你們有在營地附近聞到影族的氣味嗎？」火星問白風暴。「或是河族的？」

白色戰士搖搖頭。「只有我們自己的氣味。」

「那麼聽起來應該是她自己走的，」火星喵了一聲。「或許她只是想自個兒狩獵，改變一下。」但他始終忘不了他在離營前發生過的那件事。當時褐掌氣不過小耳拿她跟她的父親比，火星想也許他低估了她所受的傷害。

棘掌的出現打斷了他的思緒。「快告訴我，褐掌失蹤前做了哪些事？」火星問他。

「就像平常一樣，做見習生該做的事啊。」棘掌焦急地說，琥珀色的眼睛睜得老大，一臉困惑。「我們換了長老的床鋪，還把新鮮獵物送過去，然後我就去煤皮那裡拿老鼠膽汁，想幫小耳除身上的一隻蝨子。等我回來時，褐掌就已經不見了，然後我就再也找不到她了。」

「你去過哪些地方找她？」

「我跑去我們收集青苔的那個地方找過，可是她不在那裡，」見習生回答。「然後我又去訓練場那兒找。」

火星點點頭。「你有問過其他長老，她今天說過什麼話嗎？」

「我問了，」白風暴回答。「可是他們都不記得她今天有什麼不對勁的。」

「那金花呢？」火星繼續問，「褐掌有沒有跟金花說什麼？」

白風暴搖搖頭，「她快急瘋了，我派她和鼠毛一起到高松林那兒去找，他們還沒回來。」

「你們有試著追蹤褐掌嗎？」火星問道。

「當然有。」蕨毛回答。「我們追到了山谷上，接著就聞不到她的氣味了。」

火星遲疑著。他寧可相信褐掌失蹤的原因很單純；他希望她只是不小心受了傷，躺在森林裡的某個角落回不來，但星族不會高興他這樣想的。即便如此，也好過他最擔心的那件事……褐掌自願離開這裡，去找她的父親。

「我要再去找找看，」他下定決心。「可能有點晚了，但——」

「我和你一起去。」雲尾自告奮勇。

火星感激地點點頭，因為雲尾是族裡最擅長追蹤的貓之一。「好吧，」他說，「沙暴、刺爪，你們也一起來吧！」

火星領著他們再度走出營地。他已經很累了，四肢有些無力；夜已經很深了，可是他還沒有機會睡一下。他多希望此刻能躺在自己的窩裡，吃點東西，但這點願望恐怕還得等上一會兒才可能實現。

褐掌在山谷裡的氣味已經變淡了，但還是聞得到，可是到了山谷上就不見了，就跟蕨毛說的一樣。火星猜想這隻年輕的貓兒是不是故意在岩石間跳來跳去，一方面不讓自己的味道留下來，一方面混淆試圖追蹤她的貓兒。火星再次擔心地想：難道褐掌在雷族真的這麼痛苦，所以才決定離開？

山谷頂上，站在灌木叢間的雲尾突然大吼一聲，打斷了他的思緒。「這邊，她是往這邊走的！」

火星連忙跳過去，現在就連他也似乎聞到褐掌的氣味了。他和雲尾循著氣味走進森林，鼻頭緊貼著地面，想要聞出獵物以外的貓味；這裡只有褐掌的氣味，沒有其他貓的，代表她到這裡都還是單獨行動。

他們追到一處空地邊緣，氣味就消失了，連嗅覺最靈敏的雲尾也聞不出來。冷風吹開天上的雲朵，露出月亮的臉來，也吹動貓兒們身上的毛髮。火星最後環視了空地一遍，想嗅出她的氣味，卻發現天空已經下起冰涼的細雨來。

「可惡！」雲尾啐了一口，「這樣怎麼找下去啊？」

不得已，火星只好把沙暴和刺爪叫回來。「回去吧，我們已經盡力了。」

沙暴站了好一會兒，望著氣味可能延伸的方向。「她好像是往四喬木那兒去了。」

有道理，火星想。如果褐掌想見其他部族的貓，或者進入其他部族的領土，都得經過四喬木。他緊張地豎起毛髮，想著褐掌不可能只是跑出來狩獵而已。他從戰士們臉上的表情看得出來，他們也在想同樣的事：褐掌去了影族。

巡邏隊折回營地，蕨毛和棘掌仍在空地上焦急地等候。鼠毛以及褐掌的母親金花，也在他們旁邊。雨愈下愈大，四隻貓看起來很狼狽，也很絕望。

「怎麼樣？」火星一走近，金花便開口問道：「你們有找到什麼嗎？」

「沒有，」火星輕聲地說。「我們不知道她去哪兒了。」

「那你們為什麼不繼續找？」金花尖銳地問。

火星搖搖頭。「天黑加上下雨，我們已經沒辦法再找下去了，她可能在任何地方。」

「你根本不在乎，對不對？」金花提高聲量，憤怒地說。「你覺得她是自己要離開的，你從來沒相信過她！」

火星想要解釋，但他也知道她的指控有一半是真的；金花根本不等他回答，便憤而轉身，消失在戰士窩的枝椏深處。

「妳聽我說！」火星大喊，但她根本不理他。

「她不知道自己在說什麼，」沙暴同情地說。「我去安慰她。」她跟著金花鑽進戰士窩裡。

累壞了的火星，氣餒地轉身面對棘掌。他以為棘掌也會怪他，沒想到他的見習生只是靜靜地站著，琥珀色的眼睛裡有某種他讀不出來的神情。

「沒關係，火星，」他喵了一聲。「我知道你盡力了，謝謝你。」他低著頭，拖著尾巴，一路走回見習生窩。

火星看著他走遠，只覺得精疲力竭。早上灰紋提議去河族找他孩子的事，感覺好像發生在很久以前似的。天邊露出灰暗的曙光，火星只想好好休息，但此刻卻有另一件事等著他辦：他得先去找煤皮，看看河族貓是否都安然無恙。

當他穿過空地，往巫醫窩走去時，忍不住又懷疑起自己的領導能力來。被他放逐的戰士，跑去投靠他以前的敵人——甚至為了向對方展現忠誠而大開殺戒；現在又搞丟了一名見習生。整座森林都籠罩在憎恨與恐懼之中，火星根本不知道該跟誰打。他在河邊看見自己與獅族戰士的影像重疊，好像是很久以前的事了；如果星族真的選定他來完成大業，他也忍不住懷疑祂們是不是選錯了。

火星站在高聳岩上，俯看族貓們從窩裡一個個出來。這是他從河族領土冒險回來後的第一個早晨，他決定召開會議，老老實實地把事情經過告訴戰士們，並解釋為什麼有三隻河族貓在營地裡。

霧足和兩個見習生一起，與灰紋、煤皮坐在高聳岩下方。火星很高興他們沒什麼大礙，在飽食過一餐以及煤皮的細心照顧下，他們的精力似乎都回來了。

烏掌黎明時才離開營地，受傷的耳朵已經用蜘蛛網敷過，而且每次一想到踏腳石上的那場戰役，就忍不住露出得意的眼神。

「以前學過的東西都沒忘記耶。」他對火星這麼說。「我還記得那些打鬥技巧。」

「你做的很棒，」火星稱讚他。「你真是雷族的好夥伴。」

「現在虎星的勢力愈來愈大了，我想雷族也需要更多朋友。」獨行貓神情嚴肅地說。

烏掌在藍星的墳前待了一會兒，才啟程回高岩山附近的農場。火星猜想自己是不是還會需要烏掌的協助；若要將虎星逐出森林，勢必得和虎星敵對的貓一起合作才行——只不過火星也知道，最後的對決還是得由他親自上場。

他等到所有族貓都已經圍著高聳岩坐定，才開始說話。

「你們都聽說了我和灰紋、烏掌昨晚深入河族領土的事了。」他開始描述那座白骨堆以及空地邊緣散落的腐敗獵物，還有虎星是如何挑起戰士們的恨意，要他們敵視有異族血統的貓。當他提到石毛被殺時，聲音不禁顫抖起來，下方的貓群也跟著發抖。他們匍匐在地上，既驚恐又難過。

塵皮第一個生氣地大吼：「我們乾脆現在就攻打影族，報仇雪恨？」

「沒那麼容易，」火星回答他。「雷族不可能同時對付影族和河族，一舉擊敗他們。」

「我們至少可以試試看啊！」雲尾跳起來反駁。

「可是我們能攻擊哪裡？」火星反問：「河族營地裡有兩支部族的戰士，而虎星也不會讓影族營地空在那裡，一定有戰士看守。」

「我和你們一樣，」他繼續說：「也不喜歡虎星的作為，而且擔心他下一步會做什麼。我想知道星族對我們有什麼指示，但到目前為止，卻一直沒有接到星族的消息。煤皮，妳有嗎？」

巫醫抬頭看著他。「沒有，還沒有。」

雲尾生氣地彈彈耳朵，重新坐了下來。亮心趕忙蹭蹭他的肩膀，要他冷靜。

火星稍微停了一下。他在想剛剛自己說沒有得到星族指示，不知道算不算是在撒謊？他曾在河邊看見自己變成獅族的戰士，而這時他又想起藍星的預言：**四化為二，獅虎交戰，血浴森林。**

一個念頭突然出現，彷彿刺眼的陽光突然穿過了樹梢。火星一下子恍然大悟：是四族變為二族，那是不是代表雷族必須和風族結盟？

「火星，我們還沒散會呢！」塵皮打斷了他的思緒。

火星回神過來。「對不起，」他喵了一聲。「我召開這場會議的目的，還包括歡迎我們救回來的那三隻河族貓。你們都認識霧足，還有灰紋的孩子暴掌和羽掌，我想我們應該提供他們一個安身之所，直到他們能平安回家為止。」

當他提出這個建議時，空地上響起一片低語聲。火星看得出來，大部分的貓都同意他的看法，只有少數幾隻顯得遲疑。

長尾是第一個出聲質疑的貓。「火星，這個主意很好，我也很同情他們的遭遇，可是如果他們待在這裡，他們要吃什麼呢？現在是禿葉季，我們連餵飽自己都不容易了。」

「我會負責他們吃的東西！」灰紋跳起來面對族貓，「我會負責餵飽他們三個，以及大部分的族貓。」

「我們沒那麼不中用，」霧足說話了。「讓我們休息一兩天，等體力恢復，我們就能為自己狩獵，也能幫你們狩獵。」

這時鼠毛起身，直接對火星說：「這不是誰去狩獵的問題。今年的禿葉季因為大火的關係，比以往都來得難捱，大夥兒都在挨餓。如果我們要對抗虎族，就得有足夠的體力，所以我建議還是送他們回去。」

火星還沒來得及回答，沙暴便跳了起來。「他們不能回去，」她挑明了說，「妳剛剛到底有沒有在聽啊？如果他們現在回去的話，一定會像石毛一樣被殺掉。」

「難道妳要大家都以為，雷族是那種見死不救的部族嗎？」蕨毛也附和地說。

鼠毛低頭看著自己的腳掌，全身毛髮因憤怒而豎得筆直。

「我想我要提醒大家一下，」白風暴冷靜地說。「這三隻貓都有一半的雷族血統，所以他們有權利要求我們提供安身之所。」

火星從上頭看得很清楚，當族貓們轉過頭去看霧足時有多麼地震驚：她就像前任族長的分身站在那裡。火星想起當時讓霧足和石毛與死去的藍星分享舌頭時，有些貓其實並不諒解，所以他知道白風暴再次提醒大家這件事，並不一定有好處。

但這次顯然沒有任何一隻貓露出敵意，就連鼠毛和長尾也不吭聲了。或許是剛剛提到的白骨堆激起了族貓們對河族貓的同情心，讓戰士們逐漸軟化，不再那麼震驚，而現場響起的低語聲，顯然也都認同白風暴的說法。

火星低頭俯看正和灰紋、煤皮一起坐在高聳岩下方的河族貓。

「歡迎來到雷族。」他說。

霧足低頭表示感激。「謝謝你們，火星，我們不會忘記這個恩惠的。」

「我們只是在做對的事情。」火星喵了一聲。「希望你們可以盡快恢復體力。」

「他們沒問題的，火星。」煤皮回答。「只需要吃點東西，睡飽一些，養足體力就行了。」

「沒錯，那個可怕的洞穴根本沒地方可以睡。」羽掌的腳爪不安地蠕動，眼睛睜得又圓又大，一臉驚恐。

「妳別再想那些事了，」霧足舔舔她，安慰她道。「我們現在只要好好休息，等妳體力恢復，我們就可以再展開訓練。」

火星這才想到，霧足是羽掌的導師，不過在這片陌生的領土上，霧足要怎麼訓練自己的見習生呢？這時，灰紋又打斷了他的思緒。

「暴掌之前的導師是石毛，所以他也需要找個新導師，不知道可不可以讓我來教他？」

「這主意不錯，」火星喵了一聲。他看得出來，灰紋對他的兒子很引以為傲。「我們可以馬上舉辦儀式。」暴掌並不完全是雷族的族貓，所以火星並不確定需不需要這麼做；但在他心裡，其實是希望藉由這場古老的儀式來與星族溝通。

於是他從高聳岩跳下來，以尾巴向暴掌示意。暴掌走到他面前，四肢發抖，但頭抬得高高的。

「暴掌，你已經進行過見習生訓練了，」火星開口。「你的導師石毛品行高尚，對於他的逝去，雷族也很遺憾，但你現在必須在新導師的帶領下繼續接受戰士訓練。」然後他轉身對著灰紋繼續說道：「灰紋，就由你來繼續暴掌的訓練課程。你生來便具有戰士精神，希望你能將自己的所學傳承給這位見習生。」

灰紋嚴肅地點點頭，然後走向他的兒子，與他互觸鼻頭。這時火星捕捉到蕨毛的目光，這位年輕的公貓顯然很高興他的導師又收了一個見習生。

等到會議結束後，火星再次從高聳岩跳下來。他看看四周，發現沙暴就在不遠處。「沙暴，可不可以請妳幫個忙？」

薑黃色母貓抬眼看他。「什麼事？」

「是霧足的事。她要在這裡教羽掌，恐怕會遇到一些問題；她不知道訓練場在哪裡，也不知道這附近有什麼危險或是哪裡捉得到獵物。」

火星吞吞吐吐，不太確定自己的提議恰不恰當。不久前，他才挑蕨毛擔任褐掌的導師，沙暴當時很氣他竟然沒有選她。如今他提出這樣的建議，恐怕只會讓她更火大。

「所以呢？」沙暴喵聲說道。

「我……我想問妳，可不可以幫忙霧足訓練羽掌？我想不出來比妳更適合的人選了。」

沙暴打量了他好一會兒。「你以為像這樣對我施一點小惠，我就會感激你嗎？」

「不是啦——」

沙暴發出一聲輕笑。「好啦，你成功了。我當然會幫她，你這個笨毛球，我現在就去找她談談。」

火星馬上鬆了口氣。「謝謝妳，沙暴。」

但這時突然傳來一聲尖叫，把他嚇了一跳，空地上的貓兒也全都瞪大了眼睛，往金雀花隧道口望去。火星看不見那裡發生的事，不知道什麼事讓他們這麼驚慌；但他聞到血腥味和陌生貓兒的氣味。

他擠過貓群，來到入口。只見一隻全身是傷、根本認不出來的貓正從隧道裡一跛一跛地走過來，他身上的傷口既深又長，還在不斷淌血，毛髮糾結、渾身髒污，一隻眼睛完全睜不開。

火星好不容易從那身深色的身形認出了對方。他聞到風族的氣味，這位不速之客是泥爪。他精疲力竭、痛苦不堪，根本連站都站不穩。

「泥爪！」火星大喊。「發生了什麼事？」

泥爪跌跌撞撞地朝他走來。「火星，快幫幫我們！」他氣喘吁吁地說：「虎族在攻擊我們的營地！」

第十九章

火星從四喬木那兒跳上通往風族領土的斜坡，身後帶著一群戰士：灰紋、蕨毛、沙暴、雲尾、塵皮，還有塵皮的見習生灰掌。火星不敢帶太多戰士去救援，他要白風暴留下來看守雷族營地，並要求剩下的戰士提高警覺，以防虎星來襲。

他大步往風族營地奔去，腳爪不斷飛掠過高地上鬆軟潮濕的草地。冷風迎面吹來，吹平他身上的毛，隱約傳來遠方影族的氣味。雖然火星知道他們還離得很遠，卻覺得好像已經聽見虎星戰士襲擊風族的廝殺聲。

「我們可能來得太遲了，」灰紋在他身旁氣喘吁吁地喊著。「泥爪要花多久時間才能抵達我們的營地啊？他都傷成那樣了。」

火星根本懶得回答。他知道灰紋說得沒錯，這不是第一次，雷族跑來幫助風族抵禦影族與河族的連手襲擊，但至少那時候比較早得到通知，還來得及趕走敵人；但這次等到他們趕到風族時，戰鬥恐怕早就結束了。儘管如此，火星知道他們還是得試一試。因為戰士守則……因為他和風族過去的情誼……再加上他必須與風族聯手，共同對抗虎族，各種原因加起來，都讓他必須帶領他的戰士，義無反顧地奔來支援。

他們愈來愈接近目的地。影族的氣味夾雜著河族的，混合成某種全新的、火星知道那就是虎族的氣味。他們已經很接近了，應該可以聽見戰士們廝殺扭打的聲音才對，但前方卻是一片靜寂。火星的心一沉：戰鬥應該結束了。他放慢腳步，和隊員們一起爬上通往營地的最後一道斜坡，一想到可能看見的景象，火星不由得緊張起來。

火星悄悄爬上山脊，想要俯看營地。空氣中瀰漫著強烈的風族氣味，以及血腥和恐怖的味道。火星正準備鼓起勇氣，從山頂俯看虎星的暴行時，一聲毛骨悚然的哀號突然響起。

風族的營地位在四周布滿金雀花叢的山坳，這時刺木叢間雖然仍有美麗的黃花綻放，但營地中央的貓兒們卻都縮成一團，動也不動。火星正在張望，一隻玳瑁色的貓后抬起頭，發出淒厲的哀號。

「晨花！」火星大喊。

他輕拍尾巴，要戰士們跟著他，穿過灌木叢一路衝下營地。他才跑進空地，便遇見風族族長高星，這隻黑白花公貓身上的毛被扯得東一塊、西一塊，全身髒污，長長的尾巴垂在地上，顯得精疲力竭。

「火星！」他粗啞的聲音充滿了痛苦。「我就知道你會來。」

「很抱歉，沒來得及趕上。」

風族族長無助地搖搖頭。「你已經盡力了。」他轉身面對那群仍蹲伏在空地上的貓兒，各個不是驚魂未定就是傷得動不了。「這就是虎星幹的好事。」

「到底是怎麼回事？」灰紋追問。

高星抽動耳朵，「你們應該看得出來，虎星和他的戰士偷襲我們。先前一點預警也沒有，而且多到我們根本打不過。」

火星慢慢往前走，覺得胃都要翻過來似的。風族戰士沒有一個不帶傷的，副族長死足躺在地上動也不動，又深又長的傷口還在流血；旁邊躺著母貓流溪，她身上淺灰色的毛打結成一團，眼神呆滯，彷彿不敢相信剛剛發生的事。

火星也不敢相信。這根本是偷襲，上次大集會時一點預警也沒有。虎星顯然不是要為自己的部族掠奪更多領土，只是要讓風族貓害怕罷了。

「嘿，火星！」有個微弱的聲音傳來。火星轉頭，看見他的老友一鬚，這位棕色虎斑戰士正側躺在地上，喉嚨和肩膀都有很深的傷口。風族的巫醫吠臉此刻正忙著為他們敷上蜘蛛絲，但鮮血仍在不斷滲出。

「一鬚……」火星的聲音愈來愈小，因為實在不知道該說什麼。

一鬚痛得睜大了雙眼。「其實我還好。」他咕噥著說。「你應該看看其他貓，他們傷得更重。」

「真希望我們能及時趕到。」火星喵了一聲。

「我也希望，你看那邊。」

一鬚轉過頭去，卻被吠臉出聲制止：「不要亂動！」

火星順著他的目光望去，只見玳瑁色的貓后晨花正對著一具動也不動的貓兒屍首嚎啕大哭。那是一具黃白相間的小小軀體。

「哦，不……」火星的喉嚨一緊，後面那句話差點兒說不出來。「金雀掌！」

「虎星殺了他。」一鬚憤慨地說。「他把他壓在空地中央，叫他的戰士圍成一圈，好讓我們阻止不了。他……他說，他要殺一儆百，讓大家知道拒絕加入他們的下場是什麼。」

火星閉上眼睛，不願去想像那幅血腥的場面：虎族領袖壓住無助的見習生，恐嚇風族的戰士。他忍不住全身發抖，突然想起當初他和灰紋是如何找到被影族趕走的風族，然後帶著他們一路回家。當時還是小貓的金雀掌就是由他負責護送、穿過轟雷路的。

而殘暴的虎星讓過去的一切努力都白費了。火星不禁懷疑，虎星是不是故意挑中金雀掌，因為他知道火星和這名年輕的見習生曾是朋友。

火星睜開眼，離開一鬚，緩步朝晨花走去，他用鼻頭輕觸她的肩膀當作問候。

她抬起頭，美麗的眼睛裡滿是哀愁。「火星，」她低聲地說，「我孩子的命當初是你救回來的，誰知道最後竟會這樣慘死。星族為什麼要這樣對待我們？」

火星蹲在晨花旁邊安慰她，鼻頭輕觸金雀掌的身體。「他本來會是一名很棒的戰士。」

這時，另一隻貓的聲音驚動了他。他轉過頭，發現是灰紋低著頭，也在輕觸金雀掌的身體，輕聲向晨花表達慰悼之意。

「火星，你看我們該怎麼辦？」他抬起頭問。「我們不能把他們丟下不管。」

火星最後一次輕舔晨花的耳朵，然後站起身，回去找他的同伴。「先以兩到三個隊員為一組，組成巡邏隊，」他下令。「最好帶一兩名風族貓隨行，如果他們還有體力的話，因為他們更清楚風族的邊界在哪裡。你們先去巡邏一圈，看附近還有沒有虎族的戰士逗留，如果有，你們知道該怎麼做——把他們趕走，必要的話，殺了他們也行。還有盡量多帶點新鮮獵物回來，風族需要食物補充體力，他們沒辦法自己狩獵。」

「沒錯。」灰紋回答。他朝沙暴、雲尾和塵皮喊了一聲，然後請高星准許他們代勞巡邏邊界。高星感激地答應，並命令傷勢較輕的網足和他們一起去，告訴他們哪裡有獵物可以抓。

「我們得談一談。」風族族長看著巡邏隊離開後對火星說道。「虎星留了話給你。」

火星豎直耳朵。「留話給我？」

「他要我們兩個明天正午時分，到四喬木那兒和他碰頭。」高星回答。「他說他沒耐心再等下去了，他要知道我們究竟要不要加入虎族……他已經展示拒絕他的下場了。」

他用尾巴指指那群受傷的貓兒和那具見習生的屍體，悲痛盡在不言中。

火星迎向他的目光，兩位族長都很清楚，對方的眼神代表什麼。

「我死也不會加入虎星的部族。」火星終於大聲說了出來。

「我也是，」高星附和。「很高興聽你這麼說。藍星的眼光果然沒錯，當初她挑你擔任副族長時，很多貓都覺得你太年輕，經驗不夠，但你的表現卻讓我們刮目相看；森林裡的確需要像你這樣的貓。」

火星低下頭，謙虛地接受這意外的讚美。「所以——我們明天四喬木見。」他喵聲說道。

高星沉重地點點頭。「火星，勸你一句話：明天多帶幾個戰士去。我們拒絕之後，我不認為虎星會輕易讓我們離開。」

火星全身顫抖，他知道這隻老貓說得沒錯。「如果是這樣，我們可以並肩作戰嗎？」

「我們並肩作戰，」高星允諾。「我們兩族一定要合作，像獅子一樣擊退那隻妄想染指我們森林的老虎。」

火星錯愕地看著他。高星不可能知道藍星的預言，也不可能知道他在河邊見到過的景象。但他說出來的話卻完全符合那個預言。**四化為二，獅虎交戰，血浴森林。**難道星族也告訴他了？火星知道風族族長不會說的——部族族長不會把他們和戰士祖靈之間的交流內容洩露出來。但這番話也點醒了火星，他們現在是聯合領導了，兩支強大的部族就是他們的後盾。

火星堅定地看著這隻情操高尚的黑白花貓，然後說道：「我向星族發誓，我的部族一定會和你們一起對抗那個惡魔。」

「我也一樣。」高星鎮重地回答。

火星抬起頭，嗅聞空氣。空氣中仍留有淡淡的敵營氣味。他知道這個誓言將在他們的血液裡流動，直到虎星被逐出森林、直到他們努力到失去第九條命為止。

第二十章

西沉的太陽曬上了河岸，河水看起來就像一片移動中的火海，而且把火星全身曬得暖烘烘的。他站在陽光岩上，眺望河族的領土。

「真不知道明天會發生什麼事？」他喃喃自語。

他的身邊站著沙暴，沙暴搖搖頭，沒有說話，只是用溫暖的身體靠著他。

從滿目瘡痍的風族營地回來之後，火星便邀請這隻淡薑黃色的母貓一起出外巡邏。他覺得他必須暫時拋開其他族貓，才能做好準備，從容面對虎星；但他又不想自己獨處，於是找了沙暴陪他。

他們繞過蛇岩，沿著轟雷路走到與影族的交界處，然後抵達四喬木，沿路更新氣味記號，最後再沿著河族邊界折返。

這裡沒有虎族闖入的跡象，邊界還算安全，但火星知道，一旦戰事開打，就不再只是邊界的問題了，而是他和虎星的正面對決，這是他從跨進森林以來便逃避不了的終極命運。

火星在岩石上來回踱步，盡情享受與沙暴獨處時的愜意與自在感。「虎星已經下定決心要統治整座森林了，」他說。「我們非打不可。」

「雷族已經做好最壞的打算了。」沙暴回答。「風族明天可以支援我們多少戰士呢？」她的聲音聽起來很擔心，但火星知道，不管有沒有風族戰士，雷族貓們都會勇敢迎戰。

刺眼的陽光消失了，火星轉身眺望他最愛的森林，黑紫色的夜空亮起第一顆星星。

那是妳嗎，藍星？火星在心裡默默地問。**妳還在守護著我們嗎？**

他好希望他的前任族長仍在守護她摯愛的部族。

如果他們明天和虎星碰面後，能僥倖活下來、粉碎虎星權力的野心，那也是因為有星族庇佑：祂們知道這座森林必須有四個部族。

一切都很安靜，沒有風，也沒有獵物在岩間窸窣作響。火星覺得整座森林此時好像都屏住了呼吸，等待下一個的黎明。

「我愛妳，沙暴。」他輕聲地說，鼻頭抵住她的身子。

沙暴轉頭迎向他的目光，綠色眸子閃閃發亮。「我也愛你。」她說。「而且我相信你一定會帶領我們走過明天，不管發生什麼事。」

火星真希望自己也像她那麼有信心，但他還是接受了她的信心鼓勵。「我們回去休息吧。」他喵了一聲。

等他們抵達山谷時，夜晚的寒氣已經降臨了。草地上和岩石表面都覆上了一層晶亮的白霜。火星從金雀花隧道走出來，一個白色身影突然從黑暗中竄出。

「我正在擔心你們呢，」白風暴說。「還以為你們遇到了什麼麻煩。」

「沒有，我們沒事，」火星答道。「連隻老鼠也沒碰到。」

「真可惜，要是有幾隻老鼠也好。」白風暴簡單說明了一下巡邏隊所帶回來的消息，以及他看守營地的報告。

「你們先去睡一會兒吧！」他最後說道。「明天還有得忙呢！」

「我知道。」火星同意。「謝謝你，白風暴。」

白色戰士再度隱身在黑暗中。「我先去瞧瞧那些守衛。」他邊走邊說。

「你真是選對副族長了。」沙暴等他走遠了，才這麼說道。

「我知道，要是沒有他，我真不知道該怎麼辦。」

沙暴看著火星，綠色的眼珠子裡有憂慮，也有慧黠的光芒。「或許明天你就知道該怎麼辦了。」她喵了一聲。

「不光是副族長，還有其他貓兒也一樣，因為如果虎星逼我們開戰，一定會有貓喪命。你很清楚，火星。」

「我知道。」但他其實還沒有認真想過這個問題，直到現在。不管是在他身邊熟睡的貓兒，還是他摯愛的夥伴，亦或深得他信賴的戰士，一定會有貓因為這場戰事而喪命。不管是輸是贏，都會有貓再也回不來。他們將因為他的一聲令下而戰死沙場。

他突然覺得心痛，痛得他幾乎想要狂嚎出來。「我知道，」他又說了一次。「但我能怎麼辦呢？」

「走吧！」沙暴輕柔地說：「你是族長，有你必須承擔的責任。你已經做得夠好了。」

謙虛的火星不知道該說什麼。過了一會兒，沙暴用鼻子抵住他的鼻頭。

「我最好也去睡一下。」她說。

「等等！」火星發現他今晚真的不想獨自睡在族長窩裡。「今夜我不想自己睡，妳陪我好不好？」

薑黃色母貓低下頭。「如果你希望的話，當然好。」

火星快速舔了舔她的耳朵，帶她穿過空地。雖然族長窩前的地衣簾幕在大火過後仍未重新長出來，但窩裡仍然很昏暗。

火星的嗅覺告訴他，已經有見習生幫他留了一隻新鮮獵物在窩裡，是一隻兔子。他和沙暴一起吃了它，而且是餓得大口吞下。

「吃得真飽，」沙暴快樂地說。她伸長前爪，拱起背，伸了一個舒服的懶腰，然後打了個哈欠：「就算要我睡上一個月也行。」

火星整理了一下他的床鋪，騰出空間給她，然後沙暴便在上頭圈起身體，閉上眼睛。

「晚安，火星。」她說。

火星用鼻子輕抵她的毛髮。「晚安。」

沒多久，沙暴均勻的鼻息傳來，她已經睡著了。火星的心還亂糟糟的，不想躺下。他坐著看外頭的月亮升起，淡淡的月光穿過洞口灑進窩裡，也灑在沙暴身上，銀白色的一片。她真漂亮！火星想。她是他的摯愛，但也可能在明天死去。

難道這就是身為族長所必須付出的代價？他突然頓悟。他不知道他能否承受喪失摯愛的痛苦，即便他很清楚黎明降臨時，他還是得勇敢地接下星族交付給他的任務。

星族，求求祢們保佑我，幫助我熬過這一切。他在沙暴身旁的青苔床鋪躺了下來，靠在她溫暖的身體旁，終於沉沉地睡著了。

第二十一章

火星醒來時，洞裡已經有曙光照進來了，身旁的沙暴還在睡，地上的青苔因為她的呼吸而微微顫動。火星不想吵醒她，於是小心地起身、伸了個懶腰，緩緩走出洞外，迎接寒涼的清晨。

空地上空蕩蕩的，但不一會兒，白風暴就從戰士窩裡走了出來。

「我已經在黎明時派出巡邏隊了，」他報告。「有蕨毛、鼠毛和灰紋。我要他們快點巡視一下影族那裡的邊界，然後回報給我們。」

「很好，」火星回答。「虎星可能會趁和我們在四喬木碰面的時候，派手下偷襲其他地方。這也是為什麼我要你留在營地的原因，我會盡量多留點戰士給你。」

「你一定要帶夠多的戰士一起去，」白風暴說。「我們不會有事的。自從亮心和雲尾一起練習後，已經成了很厲害的戰士，再加上那些長老，如果他們被激怒，身手也還不弱。」

「在這一切結束之前，他們肯定會有被激怒的機會的。」火星這麼預言。「謝謝你，白風暴，你真是我的好幫手。」

白風暴點頭致意，再度消失於戰士窩裡。火星看著他走遠，這才慢慢穿過空地，進入煤皮窩前的蕨葉隧道。

他一走近巫醫窩，便聽見岩縫裡傳來她的聲音。

「杜松果、金盞花葉、罌粟籽……」

火星往裡面探看，只見瘦小的灰色母貓正沿著岩壁盤點成堆的藥草和莓果。

「嗨，煤皮，」他喵了一聲。「東西都齊了嗎？」

巫醫轉身看他，藍眼睛顯得憂心忡忡。「已經盡量準備齊了。」

「妳想一定會開戰嗎？」火星問她。「星族有任何指示嗎？」

煤皮走到洞口，站在他身邊。「沒有，一個字也沒有。」她回答。「但從常理判斷，應該會開戰。火星，我不需要星族的指示，也知道會發生什麼事。」

她說得沒錯，火星不是不懂，但她的話還是讓他心裡發毛。眼前即將有這麼重大的事情發生，為什麼星族一點指示也沒有？難道戰士祖靈決定在最後一刻放棄他們？如今就算他想去高岩山聽取星族的指示，恐怕也來不及了，他忍不住這樣想。

「妳知不知道為什麼星族什麼都不肯說？」他大聲地問煤皮。

巫醫搖搖頭。「但我確定一件事，」她說，彷彿讀出他的心思似的。「星族並沒有遺忘我們，祂們從很久以前便訂下律法：森林裡必須有四支部族。所以祂們不會坐視不管、任憑虎星亂來一通。」

火星謝過她，轉身出去，開始召集戰士；他希望自己也能像她一樣有信心。

火星領著戰士爬上四喬木的斜坡。寒風迎面襲來，把草原吹出一層波浪，貓的氣味也隨風飄來。每刮起一陣風，積雲的天空便捲來一波雨。

火星在斜坡頂端停下腳步，蹲伏在灌木叢裡，俯看下方。接著，雲尾出現在他身邊。

「我們為什麼要停在這裡？」他問。「我們現在就下去狠狠打一架吧！」

「等我先搞清楚狀況再說。」火星告訴他。「我們可能會被偷襲。」他轉身面對戰士們，提高音量，好讓他們全都聽見他要說的話。

「你們都知道我們為什麼來這裡。」他開口。「虎星要求我們加入虎族，而且不接受拒絕。我當然希望我們能全身而退，但我沒有把握。」

他才剛說完，雲尾便用尾巴輕點火星的肩膀，指指山坳的另一側。火星轉頭望去，只見高星正從風族領土那兒走來，後面跟著他的戰士。

「很好，風族也來了。」他喵了一聲。「我們去跟他們會合。」

火星帶路沿著山坳邊緣走去，和那隻有著長尾巴的黑白公貓碰面。

風族族長點頭招呼。「又見面了，火星，這將會是森林裡最黑暗的一天。」

「沒錯，」火星認同。「但不管發生什麼事，我們的部族都會遵守戰士守則，為正義而戰。」

火星沒想到高星竟帶了這麼多戰士。他記得前一天還看見風族營地裡到處都是傷兵殘將，以為只會有少數戰士跟來四喬木，沒想到幾乎每個戰士都來了。他們的身上依舊帶著傷，但眼睛卻炯炯有神，神情堅定。火星看到他的朋友一鬚，身上有一道又深又長的紅色傷痕，晨花則眼神冰冷，一心想為枉死的孩子復仇。

火星想，虎星恐怕沒料到，竟然會有這麼多風族戰士出來抵抗他的暴行吧！他深吸了一口氣，喵聲說：「我們走吧！」

高星點頭。「火星，你來指揮！」

火星沒料到這位身經百戰的資深戰士竟願意讓出領導權。他揮揮尾巴，示意兩族戰士——獅族，跟著他走。他小小驕傲了一下，這是他命中註定的角色。

他穿過灌木叢，抬頭挺胸地走下斜坡，但還是提高警覺，以防被偷襲。但他什麼也沒聽見，只有後方戰士的窸窣聲。虎族的味道仍在遙遠的另一頭。

火星帶著群貓才剛走進大橡樹前面的空地，對面灌木叢便打開來，走出了虎星。黑足、暗紋和豹星像影子般地跟在他旁邊。高大的虎斑貓看見火星時，眼裡閃過一絲冷光，年輕的雷族族長很清楚，這場戰爭會是他和虎星的殊死戰，畢竟虎星早就想殺了他。

但這並不能嚇跑火星，反而激起他的鬥志。**有本事就試試看！**他想。

「你好，虎星，」他冷靜地上前打招呼。「怎麼沒繼續搜索你從河族領土裡弄丟的那幾名囚犯啊？」

虎星發出一聲怒吼。「火星，你會為你那天做過的事付出代價的。」

「好啊！儘管放馬過來！」火星對著他咆哮。

虎族族長沒有作聲，因為他在等更多戰士從灌木叢裡走出來。火星發現，敵營的作戰隊伍裡，儘管有幾隻貓因前一天偷襲風族營地而受傷，但陣容卻十分可怕。火星的心開始撲通撲通地跳，因為他知道擔心已久的戰爭就快開始了。

虎星上前一步，有點挑釁地抬起頭來。

「你們仔細考慮過我的提議了嗎？我給你們兩個選擇：立刻加入我們，服從我的領導，不然就等死。」

火星和高星互看一眼。無須開口商量，因為他們早已作出決定了。

火星代表發言。

「我們拒絕。森林絕不能被一個部族統治，尤其不能被一個殘暴的兇手統治。」

「但事實就是可以。」虎星刻意放軟語調，甚至不想對火星的指控作任何辯解。

「不管你們加不加入，事實已經擺在眼前：今天太陽下山之前，四族統治的時代就會結束。」

「我們還是拒絕。」火星說，「雷族永不投降。」

「風族也是。」高星也這麼回答。

「那只能說你們不僅有勇氣，也夠愚蠢！」虎星咆哮起來。

他停了一會兒，不懷好意地掃視風族和雷族。火星聽見虎星身後的戰士正發出低吼聲，但他告訴自己絕不能被對方的聲勢嚇跑。雙方都屏息以待，火星準備就緒，只要虎星敢下令攻擊，他立刻可以迎戰。

但就在這時，他聽見身後傳來貓兒激動的驚呼：「褐掌？」

站在火星身邊的棘掌愣了一下，望向對面的貓群。火星隨著他的目光，發現那隻年輕的母貓就站在影族戰士橡毛的旁邊。

「她在那裡做什麼？」那是蕨毛的聲音，他衝到火星身旁。「原來是虎星把她拐走的。」

「拐走？」虎星的語調很不屑。「不是吧，是褐掌自己送上門的。」

火星不知道該不該相信他。褐掌低頭看著地面，彷彿不想面對她弟弟和她前任導師的目光。他必須承認，她看起來一點也不像囚犯，反倒因為大家一直盯著她看而顯得不自在。

「褐掌！」棘掌大喊。「妳在做什麼？妳是雷族的貓，快給我回來！」

火星很心疼自己的見習生，他感覺得出來他聲音裡的悲痛。他記得當灰紋選擇離開雷族、加入河族時，他也是一樣的心情。

但褐掌一句話也沒說。

「別叫了，棘掌，」虎星說。「不如你也加入我們吧！你姐姐做了正確的選擇，虎族終會統治整座森林，你可以和我們一起分享這個榮耀。」

火星看見棘掌繃緊身體。不管火星曾經懷疑過他什麼，如今這隻年輕的貓兒終於要面對這一生中最困難的抉擇了。他會跟隨他的父親，還是繼續效忠自己的部族？

「快決定啊！」虎星催他。「雷族已經完蛋了，沒什麼好留戀的了。」

「要我加入你們？」棘掌吼了一聲，然後他停下來吞了口口水，壓抑滿腔的怒火，用所有貓兒都能聽見的聲音大聲且清楚地說：

「你要我加入你們？」他再說一次。「你們做了這麼多可惡的事，竟然還敢要我加入你們？那我情願死！」

雷族貓兒發出叫好的讚許聲。

虎星琥珀色的眼睛發出怒火。「你確定？」他發出嘶嘶聲。「我只說一次：現在就加入我們，不然就等死吧！」

「就算要死，我也要以雷族貓的身分回到星族。」

火星感動得全身顫抖。對虎星來說，被自己的兒子厲聲拒絕，恐怕是再難堪不過的事了。

「笨蛋！」虎星啐了一口。「那你就留在那裡，和那群笨蛋一起等死吧！」

火星準備隨時迎戰，他相信戰爭就要開始了，但令他意外的是，黑足竟在這時揚起尾巴，發出信號。

對面斜坡的灌木叢再傳出窸窣聲，火星驚訝地瞪大眼睛，只見灌木叢裡走出愈來愈多貓。他從沒見過這些貓，他們骨瘦如柴、毛髮髒亂，但強壯有力。這些貓的身上帶有腐臭味和轟雷路的嗆鼻氣味，顯然不是森林裡的貓。

雷族和風族的戰士不可置信地看著愈來愈多的陌生貓走進空地，他們圍著虎族散開，排列整齊，數量遠比火星所知道的森林貓還要多；就算把大集會上所有的貓加起來，也沒有他們多。

「怎麼樣？」虎星狡猾地開口了。

「還想跟我們打嗎？」

第二十二章

火星沒想到會看到這麼多陌生的貓，他嚇壞了，爪子像在地上生了根，動彈不得。他注意到其中幾隻貓的脖子上甚至有項圈。

「項圈？」灰掌在他身後啐了一口，像是猜到他在想什麼。那位見習生的聲音很不屑。「你看他們——他們是寵物貓欸！要打敗他們，根本不是什麼難事。」

「安靜，」他的導師塵皮輕聲告誡。「我們現在根本還搞不清楚對方有什麼企圖，而且也不知道這些貓是什麼來頭。」

火星也沒吭聲，靜靜等著所有貓兒都走了出來，圍住虎族站著。一隻高大的黑白花公貓從隊伍中走出來，站在虎星旁邊。火星想這應該就是他們的領袖吧！他幾乎和虎星一樣高大，全身肌肉發達，到處都有傷疤。雖然他們脖子上都戴了項圈，但火星知道這些貓絕不可能是溫馴的寵物貓。

這時，一隻體型瘦小的黑貓從黑白貓身後

鑽了出來，他輕快地穿過草叢，站在虎星的另一側。火星不知道他是誰，與其說是戰士，倒不如說更像巫醫。

火星只覺得自己的每根毛都豎了起來，微微刺痛，四周的空氣顯得沉重，彷彿暴風雨隨時會到。

「虎星，」他刻意穩住自己的語氣。「請你解釋一下，你這些朋友又是何方神聖？」

「他們是血族。」虎星高聲地說。

「他們來自兩腳獸的領土。我請他們來森林，就是想說服你們這群蠢貓加入我們，因為我知道你們是不會聰明到作出正確判斷的。」

一陣憤怒的嘶吼聲在雷族和風族的貓群中響起。火星聽見刺爪低聲說：「還記得我當上戰士那天，在樹林裡聞到的無賴貓嗎？我想那就是血族的氣味。」

他說的沒錯，火星想。一群來自兩腳獸領土的無賴貓，到森林檢視虎星承諾給他們的好處；虎星到底答應了什麼？難道是用共同掌管森林這個誘餌，來換取他們的協助嗎？

「你知道嗎，火星，」虎星的聲音很得意。「其實我比星族還要厲害，因為我已經把這座森林從四族變為兩族了；虎族將和血族一起統治這座森林。」

火星驚訝地瞪著他。現在的虎星已經完全失去理智了，他對權力的欲望大到扭曲了自己，以為自己能掌管一切，甚至連星族的光芒都可以拋棄。

「不，虎星，」他靜靜地回答。「如果你想開戰，我們奉陪，因為星族會讓你知道誰該聽誰的。」

「你這個長著鼠腦袋的笨蛋。」虎星啐了一口。「我今天可是誠心誠意地想和你們好好談談。是你把自己逼入絕境的，等到你的族貓在你身邊垂死哀號時，他們就會怪你，怪你害了他們。」他轉身面對身後那群貓兒。

「血族，給我進攻！」

但貓兒們動也不動。

虎星的琥珀色眼睛瞪得斗大，嘴裡發出尖銳的叫聲：「我命令你們攻擊他們！」

但還是沒有動靜，除了那隻瘦小的黑貓。他上前一步，看著火星。「我是鞭子，血族的族長。」他的聲音冰冷而鎮定。「虎星，我的戰士不會聽你的命令，他們只聽我的話攻擊。」

虎星一臉錯愕，眼裡閃過的恨意甚至遠遠超過對火星的妒恨。他似乎無法相信這隻沒幾兩重的貓竟敢違抗他的命令。火星趁機上前一步，擋在這兩個族長之間。他聽見身後的灰紋嘶聲說：「火星，小心！」

但這不是該小心的時候。森林的未來岌岌可危，就取決於虎星對權力的欲望，與這來路不明的血族的一念之間。

火星突然瞥見鞭子脖子上的項圈，竟然是用尖牙作裝飾——有狗的牙齒，也有……貓的牙齒！天啊！難道他們會自相殘殺，拿牙齒當戰利品？

其他的貓也戴著同樣陰森的項圈，火星忍不住又不舒服地想起山谷裡血流成河的景象。他不只為自己和雷族貓們感到害怕，也為了森林裡的每一隻貓感到害怕，不只為了他的朋友，也為了他的敵人。

難道真的會像藍星所預言的那樣，未來將會血浴森林？她指的是血族嗎？火星生氣地瞪了虎星一眼，他好恨虎星，要不是他，血族怎麼可能會進到森林裡來呢？

但火星知道，如果他要讓血族相信他，就得先控制住自己的情緒。於是他先低首向他們的族長致意，然後提高聲音，好讓每一隻貓都聽得見他的話。

「你好，鞭子，我是火星，雷族的族長，歡迎你來到森林。雖然我從來不說謊，不過就算我這麼說，你大概也不會相信；但我和你剛剛交到的盟友不一樣，至少我很誠實。」他彈彈尾巴，指向虎星，試著表現出他對虎星的不屑一顧。

「不管他答應過你什麼，如果你相信他，那你就大錯特錯了。」

「虎星告訴我，他在森林裡樹立了不少敵人。」黑貓的聲音冰冷，令人毛骨聳然。火星直視黑貓的眼睛，只覺得好像進入了最深最沉的黑夜裡，找不到一絲星族的光影。「我為什麼不相信他，而要相信你呢？」

火星深吸了一口氣。這是他千載難逢的機會，也是他在上次大集會時曾經錯過的機會；當時雷電交加，打斷了他的發言，但現在他終於有機會站在所有部族面前，公開虎星的暴行。只不過這次的目的，不光是為了揭開虎星的真面目，更為了拯救整座森林。

「所有部族的貓，」火星開口。「尤其是血族的貓，不管你們要不要相信我，虎星的罪行說也說不完。當他還是雷族戰士時，曾殺了我們的副族長紅尾，目的是為了取代他的位置。沒想到獅心卻當上了副族長。等到獅心在一場與影族的戰鬥中不幸喪命後，虎星才終於如願當上了副族長。」

他停了一下，空地上突然安靜得可怕，只有虎星發出不屑的怒吼聲。「你儘管說吧，小寵物貓，反正你也改變不了什麼。」

火星不理他。「但他當上副族長還不滿足，」他繼續說下去。「他拼命想當族長，所以在轟雷路旁設下陷阱想害藍星，結果反而害了我的見習生，煤皮因此瘸了一條腿。」

空地上響起一片驚訝的低語聲。除了血族之外，其他貓都認識煤皮，大家都很喜歡她。

「然後虎星又和影族的前任族長、當時被囚在雷族的碎尾密謀，」火星對在場的貓說。「他帶了一群無賴貓到雷族營地，想要殺掉藍星，幸好被我阻止了。雷族成功擊退了那些無賴貓，並將虎星放逐。結果他在當無賴貓的時候，竟然又殺了我們的戰士追風，並趕在我們還不知道他的陰謀之前，先當上了影族族長。」

火星停下來看看四周。他不確定血族和他們的族長鞭子對這些事有什麼感想，但他看得出來，他已經引起空地上所有貓兒的注意與驚恐。他穩住自己，希望他們能聽到最後，也就是最可怕的部分。

「但虎星還是不肯放過雷族。三個月前，一群野狗在森林裡橫衝直撞，虎星幫牠們抓獵物，用死兔子一路誘引牠們到雷族營地；他殺了我們的貓后斑臉，把她丟在靠近營地的地方，好讓那些野狗嚐嚐貓血的滋味。要不是我們及時發現，趕緊逃走，整個雷族早就完蛋了。」

「還真會逃呢！」虎星吼道。

「我們是逃走了！」火星勉強自己繼續說下去，「族長藍星為了救我和所有族貓，英勇地犧牲了性命。」

他本來以為會有貓發出怒吼聲，沒想到卻是一片死寂。原來他們全都驚駭地瞪大了眼睛，說不出話來。

火星看看豹星，她依然站在虎星身後，也就是黑足和暗紋的身旁，一臉震驚。火星以為她會立即跟虎星鬧翻，不再服從他的領導，可是她卻繼續保持沉默。

「這就是虎星做過的事。」火星終於說完，轉身面對鞭子。「而這一切都只證明了一件事：為了權力，他什麼壞事都做得出來。所以如果他答應要和你一起統治森林，千萬別相信他，他什麼都不會分給你，也不會分給你任何一隻貓。」

鞭子瞇起眼睛，火星看得出來他正在仔細思考剛才聽到的話。火星心裡開始燃起小小的希望之火。

「虎星兩個月前來找我時，便告訴過我野狗的事了。」黑貓轉頭，目光落在影族族長身上。「但他沒告訴我那個計畫失敗了。」

「那不重要，」虎星打斷他。「鞭子，我們已經說好了，你只要和我並肩作戰，就能得到我答應給你的東西。」

「我和我的族貓要不要和你並肩作戰，得由我來決定，」鞭子說，然後又對火星補充了一句：「我會好好想想你剛才說過的話。今天就到此為止吧。」

虎星憤怒地豎起了毛髮，尾巴左右擺動；他低下身子，鼓起一身的肌肉。

「叛徒！」他一面發出嘶嘶聲，一面伸出利爪、撲向鞭子。

火星嚇了一跳，以為那隻瘦小的黑貓必死無疑，因為他自己就曾領教過虎星的力氣。可是鞭子很快一個轉身，及時避開了虎星的攻擊。高大的虎斑貓一落地便倏地轉過身，但鞭子在這時亮出他的前爪。尖銳的利爪在禿葉季的灰濛光影下發出慘白的光芒，火星只覺得渾身一陣冰冷——他的爪子上竟然有狗的尖牙。

他朝虎星的肩膀一擊，虎星立刻重心不穩地翻倒在地，鞭子趁機用爪子戳進他的喉嚨，鮮血噴了出來，然後那黑貓的利爪一路往下，直到虎星的尾巴。

虎星發出絕望的怒吼，但隨即變成可怕的喘息：他的身體跟四肢都在抽搐，尾巴拍打個不停。過了一會兒，他不動了。火星知道他陷入昏迷，正在失去族長的其中一條命，待會兒就會醒來，再度恢復體力。畢竟他還有剩下的幾條命。

沒想到的是，這可怕的傷口連星族也無力治癒。鞭子退後一步，冷冷看著虎星再度抽搐的身軀，暗紅色的鮮血不斷湧出，四面八方地蔓延開來；虎星尖銳地嚎叫，火星真想摀住耳朵、擋住那聲音，但眼前的景象嚇得他無法動彈。

巨大的虎斑身軀再次靜了下來，傷口仍無法癒合，虎星的身體又一次抽動，爪子痛苦地撕扯地上的草葉，嘶吼聲從憤怒變成了驚恐。

他正在經歷九次的死亡。火星終於明白了。**天啊！星族，千萬別這麼殘忍……**

他不希望這種死法降臨在任何一隻貓身上，就算是虎星。那種死前的痛苦似乎永無止盡。

虎族戰士看見心目中所向無敵的族長在眼前痛苦地垂死掙扎，全都發出驚恐的叫聲。火星知道他們已經無心作戰了，好幾隻貓嚇得衝過他身邊，逃離空地。他聽見高星在他身後對著自己的戰士大喊：「穩住自己，排好隊伍！」

火星知道他不必對自己的戰士下達這種命令，因為他們一定會和他一樣堅持到最後。

虎星還在大口喘氣，他的死前掙扎已經讓他精疲力竭，火星捕捉到他那雙琥珀色的目光，裡頭有痛苦、有恐懼、也有恨意；突然，他的身體猛地一抽，終於完全靜止不動了。

虎星死了。火星愣在那裡，不可置信地低頭看著那動也不動的軀體。他的敵人、森林裡最可怕的貓，他一直以為他們要決一死戰的——就這樣死了。

現在只剩下火星獨自面對鞭子了，這隻瘦小的黑貓看起來很平靜。現在火星終於知道，不能小看對方。他從沒見過比這隻黑貓更厲害的角色，輕輕鬆鬆就解決了一個有九條命的族長。

鞭子身後的血族貓蠢蠢欲動，準備展開攻擊。火星看了一眼自己的戰士，也確定他們都已準備就緒。他們和風族戰士站在一起，火星也跳進他們當中，準備隨時迎戰。可是當他回頭看向敵方時，卻見鞭子抬起那隻沾滿血的爪子。

他身後的貓兒立刻靜止不動。

「你也看到了膽敢挑戰血族的下場是什麼了。」黑貓極為冷靜地開口了。

「你們的朋友——」他不屑地用尾巴朝虎星的方向彈了一下，「他以為他能控制我們，但他錯了。」

「我們不想控制你們，」火星嚴厲地說。「我們只想和平過日子。很抱歉虎星把你們騙進森林，為了補償你們，我答應讓你們在回家之前，盡情享用森林裡的獵物，不必客氣。」

「回家？」鞭子鄙夷地瞪大了眼睛。

「你這個笨貓，我們哪兒也不會去。我們以前住的那座小鎮已經有太多貓了，活的獵物也愈來愈少；如果住在這座森林裡，我們就不必靠兩腳獸的垃圾維生了。」

他的目光越過火星，望向正準備迎戰的雷族和風族戰士。「從現在起，我們要接管這塊領土，」他繼續說道。「森林和鎮裡的一切同時都歸我管。我知道你們可能需要一點時間來考慮，所以我給你們三天的時間離開這裡——不然就等著開戰吧！我會在第四天的黎明，等你們給我答案。」

第二十三章

當鞭子轉身穿過他手下的一排戰士，最後消失不見時，火星只是瞪大了眼睛，愣愣地看著。血族貓安靜地跟著他走進灌木叢裡，斜坡上枝椏微微震動，直到完全遮住他們的身影。

火星低頭看著虎星的屍體。巨大的虎斑貓張開四肢、露出牙齒，顯然在死前仍憤怒地掙扎。只是那雙殘暴的琥珀色眼睛，現在已經失去了光采。

過去的敵人終於死了，火星本來應該要感到開心的，因為他曾經以為只要虎星死了，森林才能恢復平靜；而他也一直以為，這件事必須由他來完成，他最後得和這位高大強壯的戰士決一死戰。但誰會想到，虎星如今血流滿地地躺在他腳下。他發現自己多了某種奇怪的情緒——悲傷。雖然虎星擁有星族所賜予的所有力量、技巧與聰明才智，本來可以成為貓族的傳奇，但他卻濫用這些天賦，把它們用在謀殺、謊言、陰謀復仇上，直到可怕的野心將他推向悲慘的結局。但問題是……事情並未就此結束，各部族的前途仍充滿了危機，與流血衝突。

我們需要你的力量，虎星。火星低聲地說。**我們需要每一隻貓的力量，才能將血族逐出森林。**

他驚覺身邊還站了另一隻貓。他轉過頭去，是灰紋。其他雷族貓仍排成作戰隊伍，站在離空地稍遠的地方，高星和風族戰士也站在一旁。

「火星？」灰紋的黃眼睛睜得大大的，一臉驚恐。「你還好嗎？」

火星甩甩身子。「我不會有事的，別擔心。灰紋，走吧——我得和高星談談。」

他們轉身往回走，灰紋最後又看了影族族長一眼，忍不住打了一陣寒顫。「希望我這輩子再也別見到這種慘事了。」他嘶啞地說。

「那就要看我們能不能甩掉鞭子了。」火星回答。

他走向風族族長，也趁機認真思考了一番。等他站定在高星面前時，他從老貓的眼裡看見自己驚恐的神情。

「真不敢相信剛才發生的事。」風族族長說。「九條命一下子就沒了——就這樣沒了。」

火星點點頭。「如果你想帶著族貓離開森林，找另一個地方居住的話，也沒有貓會怪你。」他不是覺得高星沒有勇氣與膽識，但他不確定高星是否想留下來、對抗這群可怕的敵人。

高星愣了一下，脖子上的毛豎了起來。「風族曾被迫離開森林一次，」他嘶嘶叫道。「這種事絕不會再發生。領土是我們的，我們要為它而戰；雷族願意和我們並肩作戰嗎？」

火星還沒回答，便聽見他的貓兒們在竊竊低語，聽起來是下定決心了。「我們會奮戰到底，」他答應了。「能與風族一起作戰，是我們的榮幸。」

兩位族長望著對方，火星看見高星眼裡有和他一樣的恐懼，但他們都沒有說出來，因為他們知道這次可能代表兩族的滅亡。

「我們各自回去準備吧！」高星最後說道。「三天後的黎明時分，再到這裡碰頭。」

「好，黎明時分。」火星重複他的話。「願星族與我們同在。」

他看著風族退回斜坡，往自己的領土走去，他才轉身面對自己的戰士。這群戰士完全聽從他的領導，眼裡雖然擔憂，但火星知道他們不會退縮。他們跟著他來到四喬木，就是為了跟敵人大打一場；就算如今的敵人比他們原先所想的還要可怕，但他們還是會為了守護這座森林而戰。

「我以你們為榮。」火星平靜地說。「要擊退血族，就靠你們了。」

沙暴走上前，用鼻子抵住他的肩膀。「有你的領導，我們一定可以成功的。」她這麼說。

火星感動得差點兒說不出話來。但他並未因此而重新打起精神，反而覺得戰士們對他的期望好沉重。「我們回去吧！」他好不容易才發得出聲音。「還有好多事情得做。灰紋、雲尾，你們帶頭，以防鞭子半路偷襲。」

兩位戰士很快地先往雷族營地的方向跑去，火星隨後才帶著其他貓出發，讓塵皮走在最後。當他們快步穿過森林時，火星感覺鞭子那雙冷冽邪惡的目光，好像在一路盯著他們。以前野狗在森林裡遊蕩時，火星就覺得自己像森林裡的獵物，而今天可怕的敵人竟是他的同類。不過，就算血族族長真的在監視他們，也隱藏得很好，因為雷族戰士最後全平安地回到了山谷。

火星發現棘掌顯得無精打采，尾巴拖在地上。「怎麼了？」他輕聲問道。

棘掌抬眼望向他的導師，火星驚訝地看見他雙眼失去了神采。

「我還以為我很恨我父親，」他輕聲地說。「我不想加入他，但也不想他死得那麼慘。」

「我懂。」火星用鼻子抵住年輕戰士的身體。「但現在一切都結束了，你已經完全擺脫他的陰影了。」

棘掌別過頭。「我想我這輩子都擺脫不了他的陰影。」他低聲說道。「就算他死了，大家也不會忘記我是他的兒子；還有褐掌該怎麼辦？」棘掌的聲音哽咽了：「她怎麼能選擇投靠他？」

「我不知道。」火星可以理解他有多難過褐掌做的事。「如果我們能熬過這一劫，我答應你，我會想辦法找她好好談一談。」

「你是說你會讓她回雷族嗎？」

「我不能保證什麼，」火星老實地說。「我們甚至不知道她願不願意回來。但我會給她公平辯解的機會，也會盡全力去幫忙她。」

「謝謝你，火星。」棘掌的聲音既疲憊又挫折。「我想我們為她做的其實也夠多了。」他向他的師父低頭致意，才緩緩往金雀花隧道走去。

火星從高聳岩上方俯看族貓，雷族貓這時正陸續從窩裡出來，聚集在岩石下方。他看得出來大夥兒都很驚慌，顯然血族的暴行和虎星的慘死這兩樁消息，已經傳遍整個營地了。他知道他有責任提振士氣、鼓勵大家，但他不知道自己究竟辦不辦得到，因為就連他自己也不太有信心。

太陽已經西沉，高聳岩在空曠的沙地上投下一片長長的陰影。落日鮮紅的餘暉讓火星忍不住有一種錯覺，彷彿營地已經被鮮血染紅了似的。莫非這就是星族降下的預兆，他的朋友、戰士，沒有一個能活下來？畢竟當鞭子輕而易舉地奪走虎星的九條命，讓他在四喬木那裡流血至死時，戰士祖靈並未表展示祂們的憤怒。

不行！火星告訴自己。這種想法未免太絕望、太悲觀了。他必須相信總有擊敗血族的一天。

於是他清清嗓子，開始說話。「雷族貓們，你們都聽說了眼前可怕的威脅。來自兩腳獸領土的血族決定要占領森林。他們要求我們無條件投降，直接離開這裡，森林由他們來接管。但從現在起的三天內，我們將與風族合作，一起驅逐血族，絕不讓他們染指我們的森林。」

空地上，雲尾第一個跳起來大聲應和，還有幾隻貓也是。但火星也發現有些貓憂慮地對看，似乎不確定他們能否逼退血族和那位可怕的族長。

「那河族和影族呢？」白風暴問道。「他們要打嗎？會為哪一邊而戰？」

「問得好，」火星答道。「但我也不知道。虎族戰士一看見虎星死了，就全跑光了。」

「那我們得弄清楚他們究竟支持哪一邊。」白風暴提議。

「我可以溜進河族領土探查一下。」高聳岩下的霧足站了起來。「我知道哪些地方可以掩護自己。」

「不行，」火星下令道。「妳要冒的風險會比其他的貓大。我們不知道虎族現在是不是還想傷害留有異族血液的貓；我不想失去妳，雷族也需要妳。」

霧足露出似乎想再爭辯什麼的表情，最後還是低頭坐回原位。這時換成白風暴開口了。「我們可以靠邊界的巡邏隊幫忙收集情報。」

火星點點頭。「就交給你來辦好了，白風暴。我要你們更頻繁地巡邏影族和河族的邊界，收集他們行動的情報，但是要小心血族。要是鞭子臨時決定提前攻擊，我可不希望我們措手不及。」

白風暴拍拍尾巴，表示同意。「好，就這麼辦！」

火星看得出來，冷靜又有效率的副族長已經稍微提振了族貓們的士氣，他得趁著恐懼再度出現之前，繼續把話說完。「族裡的每一隻貓都得為這次戰役作好準備。」

「小貓也是嗎？」說話的是小紅栗，她興奮地跳起來。「我們也可以一起作戰嗎？我們可以當見習生嗎？」

要不是大敵當前，火星恐怕會忍不住笑出來。「不行，妳太小了，不可以當見習生。」他溫柔地告訴小紅栗。「我不會讓你們去打仗的，但要是血族贏了，就會攻進營地，到時你們得想辦法保護自己；沙暴，可不可以請妳負責教他們一些作戰技巧？」

「沒問題，火星。」沙暴的綠眼睛讚許地看著小紅栗及她的同伴們，包括小煤灰和小雨，他們也都爬了過來，坐在他們的妹妹身邊。「等我訓練完了，血族就會知道我們的小貓也是不好惹的。」

「那亮心呢？」雲尾大聲問道。「她已經愈來愈厲害了。」

「我也要一起作戰。」亮心堅定地說。「你能答應我嗎，火星？」

火星猶豫了一下。亮心現在的確強壯多了，她一直在接受雲尾的嚴格訓練。「我會考慮一下。」他回答。「妳已經準備好接受檢定了嗎？」

亮心點點頭。「隨時都行，火星。」

「我們也要和你們一起作戰。」霧足出聲打斷，她就坐在高聳岩下方，羽掌和暴掌也都在她旁邊，他們挺直身子，一臉堅定。「謝謝你們的細心照顧，我們已經恢復體力了。」

「很好，至於其他的貓──」火星環視空地，「包括戰士們、見習生們和長老們，你們都必須在這三天之內做好一切準備。灰紋，你可以負責監督嗎？」

他的好友雙眼發亮，雙耳豎得筆直。「沒問題，火星。」

「找幾隻貓幫你……輪流執行，這樣子白風暴在組巡邏隊和狩獵隊時，才有足夠多的戰士可以調派。」他四下環顧，看見巫醫正坐在巫醫窩前的蕨葉隧道附近。「煤皮，妳已經把藥草都準備齊全了嗎？」

火星知道他根本不必問，煤皮的事情向來不用他操心，他只是讓其他貓親耳聽見她做了什麼。

煤皮顯然聽懂他的意思。「全都準備好了，」她回答。「只不過戰爭一旦開始，這裡會變得很忙碌，要是你能指派一位見習生當我的助手，那就更好了。」

「當然。」火星想，究竟該選哪個見習生好？他看到蕨掌，記得她一向很關心，也很會照顧受傷的貓。「那就請蕨掌幫忙好了。」他大聲地說，同時也看見塵皮露出放心的表情。「蕨掌，妳願意接受嗎？」

灰色母貓點點頭。火星總覺得自己好像還忘了交代什麼，但眼前千頭萬緒，他真的想不起來還有哪些事得先處理好。

他俯看族貓，昏暗的天色下他們的身影愈來愈模糊，他深吸了一口氣。「從現在起，大家都要吃飽，今天晚上好好睡一覺，」他下令。「明天我們就要進入緊張的準備階段——我們要在三天內做好所有準備，讓鞭子和他的手下知道，我們的森林絕不容許他們撒野。」

第二十四章

第二天早上，當火星從窩裡出來時，營地上已經沸沸揚揚，大家都開始工作了。鼠毛帶著巡邏隊準備離開營地，沙暴集合起柳皮的三隻小貓，他們興奮地跳來跳去，跟著她走向金雀花隧道，打算去訓練場，霧足和另外兩個見習生也跟在後頭。蕨毛在營地入口和他們擦身而過，嘴裡還叼著一隻新鮮獵物。

火星看見白風暴正和棘掌、灰掌一起站在營地附近的荊棘圍籬旁，於是走過去找他們。白色戰士也向他走來。

「我正要派他們兩個去檢查一下營地附近的防禦工事，順便把該補的洞補一補，」他喵了一聲。「要是血族真的攻到這裡……」他沒再說下去，藍眼睛裡充滿憂慮。

「這個建議不錯。」一想到血族可能攻進營地，火星便覺得毛骨悚然，但他決定不要去想這件事。他突然瞥見金雀花隧道那兒有動靜，於是轉過身去，竟看見了烏掌，身後還跟著大麥；他和白風暴驚訝地交換了一個眼神。黑白花色的獨行貓從來沒到過雷族的營地。

火星留副族長繼續交代見習生該做的工作，自己走向訪客。烏掌很自在地走上前來，但落在後頭的大麥卻警覺地東張西望，不確定自己是不是受到歡迎。

「我們得找你談一談。」烏掌開口。「昨夜我們在風族邊界遇見一鬚，他跟我們說了鞭子和血族的事。」他肩上的黑色毛髮都豎了起來。「我們也想幫忙，但更重要的是，大麥有話想告訴你。」

火星點頭表示歡迎。「很高興見到你們。」他喵聲說。「不管誰來幫忙，我們都很感激；也許到我窩裡談會比較好。」

火星的親切招呼，讓大麥著實鬆了一口氣。兩名獨行貓跟著火星走進位於高聳岩下方的洞穴。清晨的陽光從洞口斜射進來，洞裡一片寧靜，彷彿鞭子和其他嗜血的貓兒從來不曾出現過似的。但訪客臉上的嚴肅表情還是提醒了他，森林裡確實暗影重重。

「是什麼事？」他等兩位獨行貓坐定，才開口詢問。

烏掌用一種充滿敬畏的眼光打量著洞穴——火星猜想他大概是想起了藍星。或許他很好奇，一個和他同時接受訓練的見習生，是怎麼慢慢地爬到今天這個地位、甚至接收了前任族長的住處。至於大麥，則是不自在地蹲伏在地上，腳爪也塞在身體底下，過了好一會兒才開口說話。

「我是在兩腳獸那兒出生的，」他靜靜地說。「我很清楚鞭子和他的爪牙。我……我想或許可以說，我曾經是血族的一分子。」

火星開始有了興趣。「請繼續。」

「我記得很早之前，我曾和我的玩伴在廢棄場上玩耍，」大麥解釋起來。「我們的媽媽會教我們怎麼抓獵物，怎麼在兩腳獸的垃圾堆裡找東西吃，後來也開始教我們怎麼保護自己。」

「你的導師是自己的母親？」火星很驚訝地問。「你們全是這樣嗎？」

大麥點點頭。「血族沒有正式的師徒傳授制度。他們不像森林裡的貓，團體的結構並不怎麼完整。大部分的貓都聽從鞭子的命令，因為他最有權威，也最兇狠。至於骨頭，應該算是副族長，因為都是他在執行鞭子交代的任務。」

「骨頭？」火星問：「是不是一隻黑白花貓？當時他也有來四喬木。」

「聽起來很像，應該是。」獨行貓不屑地說。「他跟鞭子一樣壞。只要有貓敢不聽他們的命令，就會被趕走；我是說幸運的話。大部分的都被他們殺了。」

火星瞪著他。「那小貓和長老呢，誰來照顧他們？」

大麥聳聳肩。「母貓在哺育小貓的時候，她的另一半會幫她獵食。」他回答。「其實鞭子也知道，沒有小貓，這支部族早晚會瓦解。至於長老或受傷的貓——就任憑他們自生自滅了。彼此殘殺，找得到東西就吃，找不到就挨餓。那裡容不下弱者。」

火星一想到他們竟然不顧需要照顧的貓，還任憑他們死去，便氣得毛都豎了起來。

「那為什麼還有貓肯跟著鞭子？」他突然插嘴。

「有些貓本來就喜歡血腥，」大麥的語氣冰冷，眼神冷漠，有一種火星無法看透的神情。

「至於其他的貓則是太害怕惡勢力，所以不敢反抗。如果你沒和兩腳獸一起住、不是兩腳獸的寵物貓，根本沒辦法在那種地方活下去；要嘛你就聽鞭子的，要嘛你就反抗到底，但反抗的下場通常是活不久。」

烏掌靠近他的朋友，用鼻子磨擦他的身側。「這也是大麥會離開那裡的原因。」他喵聲說。「大麥，把真相告訴火星。」

「其實也沒什麼好說的。」大麥縮了一下，似乎想起了什麼可怕的往事。「我看不慣鞭子的作為，所以有一天晚上，我偷溜走了。我怕鞭子或他的爪牙逮到我，所以走到兩腳獸領土的邊界，穿過轟雷路。當時我聞到森林裡有貓的味道，以為他們也像鞭子和他的爪牙一樣，所以我就繼續往前走，最後走到農莊，那裡對我來說似乎還不錯，兩腳獸根本不管我，因為牠們對付不了那麼多老鼠。」

大麥說完了，火星很快思考了一下，大麥的話只是再次確認了他早已知道的事，那就是鞭子是隻既殘暴又危險的貓。「鞭子一定有什麼弱點吧，」他對大麥說道。「一定有什麼方法可以打敗他。」

大麥看著火星的眼睛，傾身向前。「他唯一的優處也是他唯一的弱點，」他答道。「他和他的戰士都不相信星族。」

火星不懂這話是什麼意思。雲尾也不相信星族，卻對雷族忠心耿耿。大麥這麼說，究竟是什麼意思？

「血族沒有巫醫，」大麥繼續解釋。「我剛才說過了，他們不照顧病貓，所以如果他們不相信星族，就得不到任何預兆可以詮釋。」

「所以……他們也不遵守戰士守則？」話才出口，火星便發現這是個笨問題。因為綜合大麥說過的事情，以及他見到鞭子及其爪牙的所作所為，都已經證明這一點了。「你是說，這就是他的弱點？但這只代表他們可以胡作非為，沒有道德或律法約束得了。」

「沒錯，」大麥承認。「但你仔細想想，火星，如果沒有戰士守則，你也可能變得像鞭子一樣殘暴，甚至比他還懂得怎麼戰鬥；但是如果沒有星族的信仰——你又會變成什麼呢？」

他平靜地看著火星，火星甩甩腦袋。在聽過大麥的解釋後，他忽然覺得血族更可怕了，但他的心裡也隱隱約約燃起一絲希望，彷彿星族正試圖告訴他某件他還不能理解的事情——或者說他還沒完全理解。

「謝謝你，大麥。」他喵聲說。「我會仔細想想你說的話，我不會忘了你的幫助。」

「我們不只想幫一點忙而已。」烏掌站起身來。「一鬚告訴我們，你們會在三天後和鞭子決戰——從現在算起，只剩下兩天了。我們要跟你們一起去。」

火星看著他，嘴巴張得大大的。「但你們是獨行貓，」他開口。「這不關你們的事……」

「別這麼說，火星，」大麥回答。「如果鞭子和他的爪牙占領了森林，你想我們還有多少好日子可以過呢？相信沒多久，他們就會找到我們的穀倉，發現那裡到處都是肥美的老鼠。到時如果我們逃不出去，也只能等著受死。」

「所以還不如現在就和朋友並肩作戰。」烏掌冷靜地說。

「謝謝你們，」火星很欽佩這兩位獨行貓的義氣。「所有部族都會敬佩你們的勇氣。」

大麥冷哼一聲。「我可不在乎這個，我只想過平靜的生活——但除非我們打敗血族，否則想都別想。」

「我們也一樣啊。」火星抽動雙耳，表示同意。「只要鞭子待在森林裡一天，我們就別想有好日子過。」

⁂

火星向烏掌和大麥道別之後，便直接前往沙坑訓練場，視察訓練的情形。這時他看見長尾和霜毛正跳下山谷，於是停下腳步等候他們。

「有什麼消息嗎？」他問道。

長尾點點頭。「我們沿著影族邊界走到四喬木，」他回報道。「一直有聞到從影族領土那邊傳來的血族臭味。即便隔著一條轟雷路，也聞得到他們的臭味。」

「他們應該是藏在那裡。」霜毛補上一句。

「有道理。」火星思索著。「但影族到哪裡去了？」

「我正要告訴你，」長尾興奮地睜大眼睛，「我們在四喬木那兒聞到他們的氣味，發現很多貓都往同一個方向去；我認為他們去了河族。」

「這表示他們去找了他們的盟友河族。」火星想，對方會歡迎他們嗎？如今虎星死了，豹星難道不會想奪回她的領導權嗎？

火星聳聳肩，他自己的問題已經夠多了，沒空再管豹星的事。「謝謝你，長尾。」他喵了一聲。「我們需要這些情報。你們去休息一下，吃點東西吧。」

長尾點頭致意，帶頭走進金雀花隧道，霜毛跟在他身後。火星看著他們走遠，直到連霜毛的尾尖也看不見了，才又繼續往前走，想去看看訓練情形。

灰紋正站在一塊突岩上俯看見習生，他豎起耳朵和走過來的火星打招呼。

「進行得怎麼樣？」

「非常好，」灰紋回答。「要是讓鞭子看到，恐怕會嚇得夾起尾巴、自動滾回兩腳獸的領土去。」

灰紋又露出那種堅定的神情，火星不禁想起過去他和銀流那段不被祝福的愛。他希望能告訴灰紋，他曾在月亮石的夢中見到銀流，但就算說出來，也改變不了什麼。美麗的母貓畢竟死了，火星只希望灰紋不要那麼快就去星族那兒尋找他的摯愛。

「不管怎麼樣，」灰紋又說，「我們肯定是這座森林裡最厲害的一群戰士。」他睜大眼睛，盯住棘掌和刺爪的模擬打鬥。「等我一下，我去跟棘掌說說揮爪的訣竅。」

他跳下岩石，穿過山坳，留下火星自己觀看。斑尾和小耳正繞著對方走動，蓄勢待發，隨時準備一躍而上；沙暴正在山坳的另一個角落教導柳皮的三隻小貓。火星走過去，聽見她正說到：「好，假裝我是血族的戰士，我已經闖入你們的營地，你們要做的是——」

話還沒說完，小紅栗已經跳了上來，緊咬住她的尾巴，沙暴轉過身，揚起露出爪子的腳掌，但還沒揮開小紅栗，小煤灰和小雨也從後面跳了上來。薑黃色母貓整個被一群齜牙咧嘴的小貓給團團圍住。

等到火星走上前時，她已經擺脫了他們，綠色的眼裡滿是笑意。「做得好！」她說。「如果我真的是血族貓，現在早就被你們給嚇跑了。」她轉身面對火星。「嗨，你來了，有沒有看見這三隻小貓有多厲害？再過幾個月，他們就能變成很厲害的戰士了。」

「我相信他們會的。」火星回答。「你們做得很好，」他讚美他們。「沙暴教得真好。」

「等我當了見習生，我要沙暴當我的導師。」小紅栗喵喵叫著。「可不可以，火星？」

「不行，我才是她的見習生。」小煤灰抗議。

小雨也湊上一腳。「不，是我！」

沙暴搖搖頭，發出快樂的呼嚕聲。「火星會幫你們決定，由誰當你們的導師。」她告訴小貓們。「現在先讓他看看你們學到了那些防禦招數。」

火星看著這些小貓扭打在一起，假裝攻擊和防守，即便情緒高昂，也沒忘記沙暴剛教過的技巧；他們懂得巧妙地躲開對方的攻擊，趁其不備地撲上去，迅速咬對方一口。

「他們表現得很不錯，」沙暴小聲地說。「尤其是小紅栗，」她瞥了火星一眼，又說：「如果你問我想不想當她的導師，我想我不會反對的。」

「那我們就先說定了，等時間差不多了，我就把她交給妳。」他眨眨眼答應，溫柔地看著她。即便他和沙暴、這些小貓，以及所有的族貓，都正處於生死關頭，但火星還是忍不住感到驕傲與欣慰。他用鼻子輕碰沙暴，低聲說道：「不管怎麼樣，我相信我們一定會贏。」

沙暴沒有回答，但眼神已經說明了一切。

火星留她繼續訓練小貓，穿過山坳往更遠處走去。雲尾和亮心正在那裡和灰掌、塵皮一起訓練。亮心和塵皮在地上扭打成一團，塵皮好不容易站起來，呸出一口沙子。「我從沒見過這種打法，妳再做一次給我看！」

亮心立刻壓低身體，但一見到火星就又放鬆了身體。

雲尾朝他走來，尾巴抬得高高的。「你有沒有看見？」他驕傲地問。「亮心現在已經打得很好了。」

「你們繼續，」火星鼓勵道。「看起來挺有意思的。」

亮心用僅剩的那隻眼睛，緊張地瞄了一下火星，然後又回頭專注在自己的攻擊上；塵皮一直想溜到她眼睛看不見的那一側，但她卻不斷前後迂迴地遊走，好隨時掌握他的一舉一動。等他撲上來時，她靈活地一閃，迅速躲過他的利爪，反過來撞塵皮的後腿，害他又滾到地上。

「我終於知道你為什麼叫塵皮了。」雲尾看到棕色戰士爬起來，甩甩身子的塵土，於是開起玩笑來。

「做得好，亮心。」火星叫好。

他抽動耳朵，示意雲尾過來。「我正要找你，」他小聲地說。「我要去看公主，你想一起來嗎？」

雲尾豎直耳朵。「你要去警告她？」

「沒錯，血族四處遊蕩，最好讓她知道這有多危險。我知道她不常走進森林裡，可是……」

「我跟你一起去。」雲尾喵了一聲，然後回過頭去和亮心打聲招呼。

這兩隻貓結伴往高松林的方向走去。火星在離開山坳時，順道跟灰紋說了聲再會。禿葉季昏暗的陽光灑在大火過後幾乎仍寸草不生的廢墟上，好不容易才長出來的植物看起來也是乾癟癟的，空氣中沒有聲音，也沒有獵物的氣味。火星想，禿葉季已經夠讓他們傷腦筋了，現在居然還碰上血族。

等他們抵達公主居住的兩腳獸巢穴時，火星馬上就看見那隻美麗的虎斑母貓正坐在花園的籬笆上。他跑過森林邊緣的空地，跳上籬笆，坐到她身邊，公主發出歡迎的驚嘆。雲尾很快就跟了上來。

「火心！」公主大喊，鼻子緊緊抵住他的身體。「還有雲尾！真開心見到你們兩個，你們好嗎？」

「我們很好。」火星回答。

「他現在是族長了。」雲尾打斷他的話。「妳要改叫他火星才對。」

「族長？太棒了！」公主發出由衷的快樂呼嚕聲。但火星知道其實她不是很懂這個頭銜背後的意義——以及失去藍星帶給他的傷痛，與領導的沉重壓力。「我真替你高興，」公主繼續說道，「可是你們兩個好瘦哦！」她退後一步，仔細打量自己的哥哥和兒子。「你們有好好吃東西嗎？」

要回答這個問題實在有點難。火星和族貓們早就習慣在禿葉季時挨餓了，但公主每天都被她的兩腳獸餵得飽飽的，根本不知道現在的獵物有多難抓。

「我們很好啦！」雲尾趕在火星回答前，不耐煩地說。「我們是來告訴妳，盡量離森林遠一點，現在那裡到處都是可怕的野貓。」

火星氣惱地瞪了一眼這個說話總是不經大腦的外甥。如果是他，一定會說得委婉點。「森林裡來了一些從兩腳獸領土跑來的野貓，」他解釋，並挨近公主的身側。「他們是很可怕的動物，不過應該不會來煩妳。」

「我見過他們在森林裡走來走去，」公主承認，聲音壓得很低。「我也聽過他們的故事，他們不論是狗和貓都敢殺。」

這倒是真的，火星忍不住想起鞭子脖子上的尖牙鍊，看來已經有很多冤魂慘死在鞭子手上了。

「他們說得太誇張了。」他告訴公主，並希望自己的語調夠有說服力。「妳不必擔心，只是最好別離開自己的花園。」

公主望著他，他知道這次自己故作輕鬆的樣子，並沒有瞞過公主。「我會注意的，」她答應，「我也會警告這裡的家貓。」

「那就好，」雲尾喵了一聲。「別擔心，我們很快就會趕走血族的。」

「血族？」公主重覆這兩個字，突然全身發抖。「火星，你們是不是遇到什麼麻煩了？」

火星點點頭。他突然不想再把她當成一隻只懂得吃飯睡覺、不知道世界險惡的寵物貓。「沒錯，」他回答。「血族給我們三天的時間離開森林。但我們不打算離開，這表示我們得和他們大戰一場。」

公主還是一樣靜靜看著他，像是在思考什麼。她不斷搖動尾尖，輕觸他身上的傷疤，那個傷不知是多久前的戰役留下的，久到連他自己都忘了。火星突然瞭解到，自己在她眼裡是什麼樣子：雖然肌肉結實，但看起來卻很憔悴，傷痕累累的身體就像在提醒她，他在森林裡的日子有多難過。

「我知道你會盡全力的。」她平靜地說。「你的部族絕對找不到比你還要棒的族長。」

「希望妳說得沒錯。」火星喵聲回答。「這次的威脅前所未見。」

「你們會度過難關的，我知道你辦得到。」公主伸出舌頭舔舔他的耳朵，緊緊依靠著他。火星聞到她身上的恐懼，但她還是維持鎮定，一臉嚴肅。「火星，你一定要平安回來。」她低聲說：「拜託你。」

第二十五章

跟公主告別了以後，雲尾便獨自去打獵了，火星則折回營地。當他回到山谷時，暮色已經降臨，而且還沒看見前方的白色身影，便先聞到了白風暴的氣味；火星趁著白風暴還沒走進金雀花隧道之前趕上他。白風暴嘴裡叼了隻田鼠，一看見火星，就先把獵物擱在地上。

「我正想找你說句話。」他沒先招呼致意，便開口說道。「最好就在外頭說，因為這裡沒有其他貓會聽見。」

火星緊張了一下。「什麼事，出了什麼事嗎？」

「除了鞭子以外，還能有什麼事呢？」老戰士乾笑出聲。他在一塊平坦的岩石上坐下，並用尾巴示意火星一起過來坐。「沒有，沒出什麼事，巡邏隊和訓練課程都進行得還算順利……只是我不斷反問自己，我們真的想清楚自己在做什麼了嗎？」

火星看著他。「這是什麼意思？」

雷族副族長深吸一口氣。「就算把風族加進來，鞭子和他的爪牙也比我們多。我知道戰士們都願意為了拯救森林奮力一搏，但這個代價是不是太大了？」

「你是說，我們應該投降？」火星突然抬高聲調，他從沒想過自己的副族長會提出這種建議。如果說話的不是膽識十足的白風暴，他會以為是哪個膽小鬼呢。「你要我們離開森林？」

「我也不知道。」白風暴聽起來很疲倦，火星突然想到，他的年紀真的大了。「一切都變了，這一點不容否認，也許該是時候拋開過去的一切。高岩山以外，應該還有其他地方，我們會找到別的住所——」

「不行！」火星打斷他的話。「森林是我們的。」

「你還年輕，」白風暴嚴肅地看著他。「你當然會這麼想。可是火星，會有很多貓因此送命。」

「我知道，」這一整天下來，火星故意讓自己忙得不可開交，不忘隨時鼓勵戰士——和他自己——一心認定他們一定會打贏鞭子。但現在白風暴的這些話，卻強迫他去面對一個逃不掉的事實：就算他們贏了，也得付出極大的代價。雷族或許可以將這群野貓趕出森林，但只有少數的貓能活下來，而且會像戰敗一樣全是傷兵殘將。

「我們一定得迎戰。」火星回答。「我們不能夾著尾巴，像老鼠一樣逃跑。你說得沒錯，白風暴，我知道你說得沒錯，但我們還有別的選擇嗎？星族不可能想要我們離開森林。」

白風暴點點頭。「我就知道你會這麼說。好吧！至少我已經告訴你我的想法了，這是副族長應盡的責任。」

「我很感激這一點，白風暴。」

白色戰士站起來，轉身回到他擱下田鼠的地方，然後回頭看看火星。「我從來沒有虎星——或你這樣的野心，」他喵了一聲。「我從來沒想過要當族長，不過我也真的很慶幸，我現在不是族長。只要是正常的貓，應該都很慶幸自己不必像你一樣，為這麼重大的決策傷腦筋吧。」

火星眨眨眼睛，不知道該說什麼才好。

「我只希望，」白風暴繼續說道，「在面對敵人時，我還有力氣可以打。」

他的表情閃過一絲不安。火星突然瞭解到，很多貓到了白風暴這個年紀，恐怕都已經退休當長老了，難怪他會害怕自己打不動。

「我知道你可以的。」他篤定地說。「你是森林裡最高尚的戰士。」

白風暴又看了他好一會兒，沒有說話，最後叼起地上的田鼠，慢慢走進營地。

火星仍留在原地。白風暴的話困擾著他，他突然有點不太想進營地，不想獨自待在高聳岩下方那個陰暗的洞穴裡。火星知道他不可能睡得著。

夜色輕柔地聚攏，火星站起來，轉身爬上山谷。淡紅色的餘暉標誌著太陽西沉的方向，天色變得昏暗，幾顆早起的星族戰士正從天上俯看著他。

火星悄悄穿過矮樹叢，走了好一陣子，才發現自己正往陽光岩的方向走去。等他來到森林邊緣時，天色已經完全暗了，夜空下，結了一層薄霜的岩石閃閃發亮，圓形的輪廓看起來就像是蹲在地上的獸群。他能聽見岩石之後水流拍打的聲音，附近也響起像是獵物在活動的窸窣聲。

火星認出是老鼠的味道，不禁流起口水。他盡量躡手躡腳、慢慢往那個小東西的方向爬去，最後縱身一躍、大口一咬，才發現自己真的好餓，兩三口便將牠吃得精光。

火星覺得舒服多了，於是跳上岩頂，找個地方坐下，俯看河水。黝黑的河水在星光下閃閃發光，微風拂過小河、吹亂他的毛髮，四周光禿禿的樹枝也跟著嘎吱作響。

火星望向銀毛星群。星族戰士正俯看著他——而在這個寒冷的夜裡，祂們似乎顯得冷漠而遙遠。祂們真的關心森林裡發生的大事嗎？難道藍星曾經氣惱星族，並不是沒有道理的？火星突然想起前任族長孤單淒涼的身影，當時他無法理解，因為他不像藍星，他從來沒有對族裡的戰士失去過信心。但現在的他終於開始明白，為何她當初會質疑星族。

已經有這麼多貓因虎星對權力的渴望而白白喪命，星族卻從不出手相救。所以他也不可能笨到相信戰士祖靈會在此時出手相救，火星這麼想。

但若沒有了星族，他的部族又要怎麼活下去呢？他抬頭對著銀毛星群大吼：「告訴我該怎麼做？證明給我看，讓我知道祢們沒有拋棄我們！」

但天上的星光依然只是沉默地閃爍著。

火星痛苦地領悟到，自己和天上的星族比起來，實在是太渺小無能了。他在岩石間找到一個洞，避開刺骨的寒風。本來沒打算睡覺的，但是他太累了，沒多久，眼皮便闔上了。

他夢見自己坐在四喬木那兒，四周充滿溫暖的空氣和綠葉季甜美的氣味，附近的斜坡坐滿了星族戰士，就像他去月亮石領取九條命的那個晚上。他看到了斑葉和黃牙，還有過去所有的雷族戰士，以及其他剛加入星族的戰士，包括石毛和年輕的見習生金雀掌。

夢中的火星跳起來面對他們。生平第一次，他不再畏懼戰士祖靈。他覺得祂們已經拋棄他，也拋棄了整座森林，任憑命運宰割。「森林不是由祢們作主嗎？」火星怒吼著，將所有怨氣一股腦地吐出。「可是祢們卻在大集會當天刮起暴風雨，害我不能告訴大家虎星幹過的好事。祢們竟然讓他把鞭子帶進森林！為什麼要這樣對待我們？難道祢們希望我們被毀滅嗎？」

一個熟悉的身影走了出來。藍星的灰藍色的毛髮閃耀著星光，眼裡有藍色火燄在跳躍。

「火星，你還不明白嗎？」祂說。「森林不是由星族作主的。」

火星愣愣地看著祂，說不出話來。難道他全搞錯了？這是他以寵物貓身分進入森林後就一直相信的事啊！

「星族關心森林裡的每一隻貓，」藍星繼續說道。「不管是眼盲的貓、無助的小貓，還是躺在陽光下的長老，我們都會照顧他們。我們會把預兆和夢境傳達給巫醫，但那場暴風雨和我們完全無關。鞭子與虎星會殘忍地爭奪權力，那是因為他們本性如此。我們只能旁觀，」前任族長重申，「但不會介入。如果我們真的介入，你們還有自由嗎？火星，你和每一隻貓都能自己決定要不要遵守戰士守則，你們不是星族手中的棋子。」

「可是——」火星想打斷祂的話。

藍星沒理會他，繼續說道：「如今我們正在觀察你。火星，你是我們選中的貓，是可以拯救森林的那團火。你不是星族帶來這兒的，是遵循自己的自由意志，因為你有戰士的精神，有真正貓族的精神。只要你對星族有信心，就能得到你需要的力量。」

聽祂這麼說，他的心情漸漸平靜了，而且覺得全身都被藍星和所有戰士祖靈的力量所充滿。不管他的部族和血族作戰時會遭遇什麼，火星都相信星族沒有遺棄他。

藍星將鼻子擱在他的頭上，一如當初授與他戰士封號那樣。在這樣近距離的接觸下，戰士祖靈的淡淡火光也開始逐漸消失；火星沉沉睡去，等他再度睜開眼睛時，已經看見黎明的第一道曙光了。

火星起身伸了個懶腰，夢中殘存的影像讓他覺得全身充滿活力。身為族長，他有責任拯救自己的部族，而在星族的幫忙下，他一定能找到一條生路。

第二十六章

火星想，不知道族貓有沒有注意到他不在營裡，會不會很擔心他？他知道自己該回營地了，但他還是繼續待在岩頂上，看著曙光漫向整片森林。

河岸遠處的領土靜悄悄的，火星好想知道豹星現在打算怎麼做。他想那些逃到河族領土上的影族貓應該很不受歡迎，畢竟現在是禿葉季，獵物根本不夠吃。

這時他突然坐起身，豎起毛髮和兩隻耳朵，因為他突然想到一件事——火星不懂自己怎麼沒早點想到？也許雷族貓並沒有比血族少！河的對岸不是還有兩支部族嗎？虎星死了，他們沒有理由繼續站在血族那邊。

「我真是鼠腦袋！」他大聲對自己說。只要森林裡的四大部族聯手，就有機會趕跑這些威脅著他們生命與領土的兇殘惡貓。四不會變成二——四會變成一，但絕不是虎星當初所想的聯合部族。

當太陽第一道耀眼的光芒出現天際時，火星立刻跳下岩石，往河下游的踏腳石跑去。

「火星！火星！」他才看見河上的踏腳石，便聽見身後的呼喚聲，於是他停下腳步，回頭張望：從他身後的樹林裡走出來的，原來是雷族的巡邏隊，第一個是灰紋，後面跟著沙暴、雲尾和棘掌。

「你去哪裡了？」沙暴一路走過來，滿臉不高興地問。「害我們擔心死了。」

「對不起，」火星抱歉地舔舔她的耳朵。「我只是想把一些事情想清楚。」

「白風暴說你沒事，」灰紋喵了一聲。「煤皮好像也不太擔心，我總覺得她在隱瞞什麼。」

「好了，我不是在這裡嗎！」火星輕快地說。「而且我很高興遇見你們。我正要去河族領土，如果有你們陪我去，那就更好了。」

「河族？」雲尾疑惑地說。「你去找他們做什麼？」

「我打算邀他們明天一起作戰，對抗鞭子。」

年輕的戰士瞪大眼睛。「你瘋了嗎？豹星會宰了你。」

「我想她不會。虎星都死了，她一定和我們一樣，不希望血族繼續待在森林裡。」

雲尾聳聳肩，灰紋一臉懷疑，只有沙暴的綠眼睛露出驚喜的光芒。

「我就知道你會想到擊退血族的辦法。」她快樂地呼嚕著。「我們走吧！」

火星轉身帶著他們往踏腳石走去，但棘掌追了上來，於是他停下腳步。

「火星，如果褐掌也在那裡，我們可不可以找她談談？」他的見習生滿懷期待地問道，聲音有點發抖。「因為可能沒有其他機會了。」

火星猶豫了一下。「好，如果你看到她的話。」他喵聲回答，「先聽聽她怎麼說，我們再決定怎麼做。」

「謝謝你，火星。」棘掌露出欣慰的眼神。

火星滑下河岸，走向踏腳石，他的戰士們緊跟在後。他一面帶他們穿過河流，一面注意對岸的動靜，但什麼也沒瞧見；太陽都已經爬出地平線了，卻始終沒見到河族巡邏隊的蹤影。

到了河對岸之後，火星轉身往上游的河族營地走去。他們先是經過通往白骨堆的那條支流處；想起上次在那裡看到的情景，火星不禁打了個冷顫。現在幾乎已經聞不到腐臭味了，取而代之的是貓群的氣味。火星認出那是虎族的味道。以前這氣味聞起來很可怕，如今和血族的惡臭比起來，反倒還親切多了。

「我想他們應該在白骨堆的大空地上，」他朝身後說道。「至少有些貓在那裡。我們過去瞧瞧——灰紋，留意一下四周。」

灰紋負責最後方的守衛，火星則在前面領路。他們沿著小溪，悄悄穿過蘆葦叢，一直來到空地邊緣。

他往外窺探，只見白骨堆已經垮了，如今看起來只像一堆垃圾。溪裡不再堆滿腐敗的獵物，空地上也多了一堆新鮮食物，看起來好像是這裡的貓們開始重建營地了。

幾個戰士聚在空地上，毛髮凌亂，眼神呆滯。火星沒想到竟然會在這裡同時見到河族和影族的貓。他還以為只會看到影族戰士在這裡搭營，而河族戰士會繼續待在上游的舊營地裡。

豹星正蹲伏在白骨堆下方，眼睛直視前方；火星相信她應該看到他了，卻一點反應也沒有。影族的副族長黑足坐在她旁邊。火星已經恢復了鎮定，覺得自己應該可以直接找豹星好好一談，因為她現在顯然已經是兩族的領袖了。

他回頭看看沙暴。「他們到底怎麼了？」他低聲地說，總覺得這群戰士好像生病了，但空氣中並沒有生病的氣味。

沙暴無奈地搖頭。火星又轉頭看向空地，他本想來這裡尋找一隻作戰隊伍，但這些貓兒看起來都半死不活；只不過現在回頭也沒必要了，於是他用尾巴示意身後的貓兒，然後大膽地走進空地。

沒有貓上前挑釁，只有一兩名戰士抬起頭，神情漠然地看了他一眼。棘掌看看火星，然後溜到旁邊去找褐掌。

豹星慢吞吞地起身。「火星。」她的聲音粗嘎，彷彿已經好幾天不曾開口說話了。

「你來做什麼？」

「我有事找妳談。」火星回答。「豹星，這裡是怎麼回事？你們都怎麼了？為什麼沒待在原來的營地裡？」

豹星看了他好一會兒。「我現在是虎族的族長了。」她終於開口，呆滯的眼神總算顯出一絲驕傲的光芒。

「舊的河族營地太小，容不下兩個族，所以我們讓貓后、小貓和長老們待在那裡，派了幾個戰士幫忙巡邏守護。」她突然發出一聲自嘲的笑聲。「不過這有什麼用呢？反正血族遲早都會殺了我們。」

「妳不可以這麼想，」他激勵河族族長。「如果我們團結起來，一定可以聯手把血族趕出森林。」豹星的眼睛閃了一下。「你這個鼠腦袋！」她啐了一口。

「把血族趕出森林？你憑什麼認為你做得到？虎星是森林裡有史以來最強悍的戰士，但你也看到他的下場了。」

「我知道，」火星冷靜地回答，故意不露出害怕的神情。「但虎星是單獨面對鞭子。我們可以聯手合作，一起打敗他，到時就能依照戰士守則，重新恢復四族分治的局面。」

豹星看起來像在冷笑，沒有答腔。

「那妳打算怎麼做？」火星質問她，「離開這座森林嗎？」

豹星愣了一下，甩甩頭，彷彿火星的話激怒了她。「我派出一支搜索隊，去高岩山以外的地方尋找適合的居所。」她承認。

「可是我們有小貓，還有兩個長老病了，不是每隻貓都能長途跋涉；只是留在這裡也是死路一條。」

「他們不會只有死路一條的。」火星急著說服她。「雷族和風族打算並肩作戰，也歡迎你們加入。」他本來以為她會嘲笑他們的自不量力，但豹星卻認真地看著他。坐在一旁的黑足這時站起身，慢慢走過來，站在她身邊。

這時火星聽見他身後的灰紋發出一聲低吼，開始伸出爪子；他趕緊用尾巴警告灰色戰士不要輕舉妄動。其實他也像灰紋一樣憎恨黑足，但他們現在必須團結，才能擊退更大的敵人。

「妳是鼠腦袋嗎？」影族副族長咆哮道。「妳不會真的在考慮跟這些笨蛋合作吧？他們根本沒有能力對付血族，我們全會被血族殺掉的。」

豹星冷冷地看了他一眼。火星突然燃起希望，他知道她也一樣討厭黑足。畢竟死在這隻黑白花貓爪子底下的石毛，曾是她最信賴的副族長。

「黑足，我才是這裡的族長。」她不高興地說。「我才是決策者，而我還沒打算完全放棄——也許真的有機會可以趕走血族。好吧！」

她再度面對火星：「你有什麼計畫？」

火星真希望現在就能想到什麼好點子，可以讓森林裡的貓群不必以生命為代價，就能直接趕走血族。可是他沒有好主意，就算真的有什麼獲勝的方法，想必也是既艱辛又代價高昂的一條路。

「明天黎明時分，」他開口，「雷族和風族會在四喬木那兒和血族碰面。如果影族和河族願意加入我們，我們的力量就會比現在大兩倍。」

「你願意指揮我們嗎？」豹星問道，然後很勉強地補上一句：「我現在恐怕沒力氣指揮群貓作戰了。」

火星有些驚訝地眨眨眼，他本來以為豹星會要求親自領軍的。他其實也不確定，自己有沒有能力擔任指揮官，但他看得出來自己沒有選擇。

「如果妳希望我來擔任，那麼我當然願意，沒問題。」他回答。

「他來指揮我們？」一個語帶嘲弄的粗嘎聲音在火星背後響起。「一隻寵物貓？豹星，妳是不是昏頭了？」火星轉過身，他知道背後是誰。暗紋正擠過那一小群過去曾是他同族夥伴的貓，走上前來。

火星瞪著他。以前在雷族的時候，暗紋看起來總是烏黑亮麗，但此刻的他卻毫無光澤，彷彿主人已經無暇整理了；他變得既瘦削又憔悴，尾尖還不安地抽動著。只有眼裡冰冷的敵意還一如往昔，他在這兩個族長面前一站定，便用不屑的目光上下打量著火星。

「暗紋。」火星先跟他點頭打了聲招呼。縱然他不怎麼同情這位深色戰士，但看見他模樣憔悴、眼神呆滯，彷彿正因為背叛原生部族而受到某種懲罰的處境，心裡還是很難受。

豹星走上前來。「暗紋，這裡輪不到你說話。」她喵聲說道。

「我們應該宰了你或把你趕出森林才對，」暗紋高聲斥責火星。「都是你害鞭子和虎星反目，他會慘死，都是你的錯。」

「我的錯？」火星覺得不可思議。深色虎斑貓的眼裡盡是恨意，火星這才知道暗紋正以他自己的方式為那位死去的族長哀悼。虎星死了，暗紋也失去了可依附的對象。「不，暗紋，那是虎星自作自受。如果他沒把血族引進森林裡，就不會發生這些事了。」

「我倒是想知道，」灰紋這時出聲打斷他們，「這到底是怎麼回事？虎星的腦袋到底在想什麼？難道他不知道什麼叫做引狼入室嗎？」

「他以為那是最有效的辦法。」豹星想幫虎星辯解，只不過她的聲音聽起來很空虛。「他覺得如果森林裡的貓能全部團結起來、服從他的領導，一定會過得比以前好；他以為可以靠血族的力量來說服你們。」

灰紋不屑地哼了一聲，但豹星沒理他，反而彈彈尾巴，示意另一隻貓兒過來——一隻骨瘦如柴、有隻耳朵破成鋸齒狀的銀色公貓走了過來。火星認識他，他是圓石，是虎星帶進影族的無賴貓之一。

「圓石，你來告訴火星事情的經過吧。」豹星下令。

這位影族戰士看著火星，神情顯得很疲憊。「我過去曾是血族的一員。」他承認道。「幾個月前，我離開了血族，但虎星知道我的過去，他要我帶他去兩腳獸的領土，因為他需要更多貓加入，以確保影族能完全統治森林。」他低頭看看自己的腳，雙耳不安地抽動。「我……我警告過虎星，鞭子不好惹，但我們兩個也真的沒想到鞭子會做出那種事。虎星答應，如果鞭子能指揮部下幫他打贏這場戰，他就把森林裡的一塊地分給他。虎星以為只要他能統一整個虎族，就有辦法擺脫血族。」

「但他錯了。」火星低聲地說。他突然覺得好難過，那種感覺就跟他當初看見他的老敵人臥倒在血泊中一樣。

「我們也不敢相信，他竟然就這樣死了，」圓石的眼睛瞪得大大的，彷彿和火星正想著同一個畫面。「我們以為誰也打不過虎星。虎星死了以後，血族攻擊影族營地，我們嚇得根本無力應戰，只好倉皇逃走；但也不是所有的貓都離開了營地，有些貓認為投靠鞭子才是最好的辦法，比方說鋸齒，」圓石不高興地說。「如果和血族開戰，能讓我親手教訓教訓那個叛徒，我倒是願意一試。」

「這麼說，你們答應了？」火星環顧四周，這才發現空地上的貓都已聚攏過來，正靜靜地聽著他們談話。只有黑足和暗紋神情冷漠地站在貓群外圍。「你們明天會和我們，還有風族，一起並肩作戰嗎？」

貓群仍然沉默著，等待豹星開口。

「我不知道，」她喵了一聲。「也許這是場打不贏的仗，我需要時間考慮一下。」

「沒時間了。」沙暴直接了當地說。

火星尾巴一掃，集合他手下的戰士，命令他們到空地邊緣等候。「豹星，妳好好考慮，」他說道。「我們會等妳的。」河族族長不高興地瞪了他一眼，好像在說要花多久時間考慮是她的自由。不過她一句話也沒說，只是找了兩、三隻河族戰士過去，壓低了聲量商量。

黑足難掩怒氣地推開其他貓，加入他們的討論。至於剩下的貓則是呆坐原地，一聲不響。火星忍不住懷疑，他們到底還有沒有辦法好好打一架？

「他們怎麼那麼鼠腦袋？」雲尾忍不住罵道。「這有什麼好商量的？豹星不是說他們沒辦法離開嗎？那麼除了大打一架，還有什麼其他的辦法？」

「安靜點，雲尾。」火星喝令道。

「火星，」棘掌的聲音打斷了他。火星轉過頭去，只見他的見習生站在離他一條尾巴遠的地方，褐掌就站在他旁邊。「褐掌有話想跟你說。」

年輕的母貓鎮定地迎向火星的目光，他不由得想起了她那位固執的母親：金花。

「怎麼樣，褐掌？」他催她開口。

「棘掌說，我應該向你說清楚我離開雷族的原因。」褐掌開口就說：「但你早就知道了，不是嗎？我希望其他貓眼中看到的是我，而不是我父親曾經做過的事；我想要有歸屬感。」

「沒有貓認為妳不屬於雷族啊！」火星駁斥道。

褐掌看著他，眼睛閃了一下。「火星，我不相信這句話，」她喵聲回答。「你自己也不相信吧！」

火星突然覺得身體發熱，很不好意思。「我犯了一個錯。」他承認道。「我看到你們兩個的時候，的確會忍不住想起你們的父親。其他的貓也和我一樣，但我真的不希望妳離開雷族。」

「可是別的貓希望。」褐掌靜靜地說。

「她還是可以回來雷族，對不對？」棘掌替她求情。

「等一下，」褐掌一下子打斷他的話。「我可沒問我能不能回來，我現在只想效忠這個新部族，」她的眼睛閃閃發亮，「我要盡我所能地成為最偉大的戰士，」她繼續說道。「但在雷族就不可能。」

火星覺得好遺憾，雷族竟留不住這樣一位好戰士。「很遺憾妳離開了雷族，」他說，「只希望妳一切順利；我也相信，明天四大部族若能攜手合作，一定可以奪回森林，影族也會繼續存在，成為一個讓妳驕傲的部族——而他們也會以妳為榮。」

褐掌輕輕點頭。「謝謝你。」棘掌看起來很懊惱，但火星知道再說什麼也沒用了。這時他突然聽見有貓在喊他的名字；他轉身一看，只見豹星穿過空地，朝他緩緩走來。

「我已經做出決定了。」她告訴他。

火星的心臟開始撲通撲通地跳，最後的結果就在豹星的一念之間。沒有河族和影族的支援——即便他們的戰士看起來是如此虛弱不堪——要把血族趕出森林，根本就是天方夜譚。豹星就要說出她最後的決定了，這幾步遠的距離對火星來說，竟顯得如此漫長。

「河族明天會出戰。」她大聲宣布。「影族也會。」黑足跟在她身後，補上一句，並迅速瞄了豹星一眼，不忘宣示自己的領導權。

族長們同意攜手作戰，這點雖然讓火星鬆了口氣，但也不免注意到附近的貓仍有些猶豫不決；只有暗紋敢開口大聲質問。

「你們都瘋了嗎？」他啐了一口。「跟一隻寵物貓合作？哼，不管你們怎麼說，我都不會聽他領導的。」

「你得服從命令。」豹星也啐了一口。

「妳憑什麼管我？」暗紋向她挑釁。「妳又不是我的族長。」

豹星冷冷地瞪了他好一會兒，然後聳聳肩說：「感謝星族，幸好我不是你的族長。你跟一隻死狐狸有什麼兩樣？你愛幹嘛就幹嘛，隨你便吧。」深色戰士遲疑了一會兒，看看豹星又看看黑足，然後又轉頭看看其他的貓，但大夥兒都在互相竊竊私語，根本沒空理他。

他的目光又回到豹星身上，彷彿還有話想說，但河族族長已經轉過身去。暗紋只得轉頭惡狠狠地對火星罵道：「你們這些笨蛋——明天就等著被他們生吞活剝吧！」

他在一片死寂的氣氛中大步走開。貓兒們紛紛讓出一條路，看著他消失在蘆葦叢裡。火星忍不住好奇，這孤僻的戰士能走到哪裡去呢？

豹星上前一步。「我在星族面前起誓，明天清晨一定會在四喬木與你們會合，和你們及風族並肩作戰、對抗血族。」接著又明快地補上一句：「影皮，妳能派出幾支狩獵隊嗎？我們需要為明天補充體力。」

一隻灰色的河族母貓彈彈尾巴，走向貓群，開始挑選戰士，組成狩獵隊。

豹星悲痛地望著白骨堆，雜色的毛皮瞬間打了個冷顫。「我們得把它推倒，」她低聲地說，「它是黑暗時代的東西。」

她把爪子伸進那堆白骨，戰士們腳步遲疑地走去幫忙，好像還在擔心虎星隨時可能出現，控訴他們竟敢背叛。白骨堆慢慢坍倒，散落在空地上；黑足和幾名影族戰士遠遠地站在一旁，冷漠地看著，這位副族長臉色陰沉，根本看不出他在想什麼。

火星集合他的戰士，準備回去。他已經成功完成使命，在心裡佩服豹星的勇氣。但他並沒有因此而感到得意，只是看了空地上的兩族最後一眼，突然有種不祥的預感。

我會不會反倒害他們送命呢？

第二十七章

黎明還沒到，月亮還掛在天上，但遠處的天空已經輕輕染上太陽乳白色的光暈。夜靜悄悄的，冷冰冰的，像結凍的水一樣幽暗。

火星走出族長窩，空地空蕩蕩的，但他隱約聽見戰士們正在起床的聲音。地上結了一層發亮的薄霜，頭上的銀毛星群像一條大河流過天空。

火星停下腳步，大口嗅聞夜空裡熟悉的貓兒味道，覺得身上每根毛都豎得筆直。這可能是他在營裡的最後一個早晨，也可能是各部族的最後一個早晨。他覺得所有事情好像都不在自己的掌控之中，他一直相信星族掌握著他的命運，可是當他向祂們尋求力量時，卻發現一切都很不確定。

火星嘆了口氣，甩甩身子，然後才走向巫醫窩前的蕨葉隧道。巫醫這時正忙著把藥草和莓果搬進空地，蕨掌則幫忙打包它們，好方便攜帶。

「都準備好了嗎？」火星問道。

「應該吧！」煤皮的藍眼睛有些悲傷，彷彿她早已預見會有受傷的貓兒需要她的幫助。「我需要更多貓，幫我把這些東西運到四喬木那裡；光靠我和蕨掌，恐怕沒辦法。」

「妳可以找所有見習生來幫忙，」火星回答。「蕨掌，妳去叫他們來。」

年輕的母貓低頭領命，匆匆跑開。

「等我們到了那裡，所有見習生都得上戰場，」火星繼續說道。「可是蕨掌可以陪妳。妳們找個地方躲起來，我記得河對岸好像有個隱蔽的洞穴──」

但煤皮卻在這時豎直毛髮。「火星，你別開玩笑了，如果不能和你們一起作戰，那我算什麼雷族貓呢？」

「可是其他的貓需要妳，」火星堅持。「如果妳受傷了，那些貓怎麼辦？」

「蕨掌和我會照顧好自己的，我們又不是無助的小貓。」煤皮尖銳的回答，倒讓火星想起了她的師父黃牙。

他嘆口氣，緩步走向巫醫，和她互觸鼻頭。「就照妳的意思吧！」他說，「我知道不管我說什麼，都不能改變妳的決心，但拜託妳……千萬要小心一點。」

煤皮發出一聲輕柔的喵嗚聲。「別擔心，火星，我們不會有事的。」

「對於這場戰爭，星族有給妳任何指示嗎？」火星強迫自己開口問。

「沒有，我完全沒有得到任何指示。」巫醫望向天上的銀毛星群，祂們正慢慢消失在黎明前的天空。「有這麼重大的事情要發生，照理說，星族應該不會沉默。」

「我……我有夢到祂們，煤皮，」火星欲言又止地說。「不過我不確定是不是能完全理解，現在也沒有時間跟妳解釋了；我只希望那代表的是個好兆頭。」

煤皮聽他提起陽光岩的夢境，藍眼睛露出好奇的神情，但沒有多問。

火星從蕨葉隧道裡出來，穿過空地往長老窩走去，路上經過蕨毛的崗哨，便搖搖尾巴和他打招呼。他來到坍倒的樹幹旁，這棵樹幹已經被上次綠葉季發生的大火給燒得焦黑。火星到這裡才發現，長老們都還在睡覺，只有斑尾已經起身，她坐在地上，用尾巴圍著腳掌。一看見火星進來，她立刻起身問道：「時間到了嗎？」

「沒錯，」火星回答。「我們馬上就要出發了……不過妳不用跟我們一起去，斑尾。」

「什麼？」斑尾的肩膀僵住，神情惱怒。「為什麼不用？我們也許年紀大，但我們又不是一點用處也沒有，你真的以為我們只能坐在這裡等死——」

「妳聽我說，斑尾，這件事很重要；妳自己想想看，小耳和獨眼根本沒辦法走到四喬木那兒，更別提到了那裡，還得上場殺敵。而且花尾的身體也很虛弱，我不可能把他們推上戰場，讓他們去送死。」

「那我呢？」

「斑尾，我知道妳可以打，」火星雖然已經想清楚自己要說什麼了，但面對這位怒氣沖沖的長老，總覺得自己好像又變成了從前那個小見習生。「所以我才需要妳待在這裡，因為營地裡還有三位長老和柳皮的小貓。小貓雖然學了一些基本的防禦技巧，但他們不可能打仗；大家都走了，我更需要妳留在營裡，幫我這個忙。」

「可是我──哦，」斑尾沒再說下去，因為她突然明白了火星的用意。她肩上的毛髮又平貼了下來。「我懂了。好吧，火星，你放心好了。」

「謝謝妳，」火星眨眨眼睛，以示感激之意。「要是我們打不贏他們，會設法趕回營地幫妳，不過也可能回不來。所以要是血族攻進了營地，雷族就只能靠妳了。」他看著斑尾。「妳要設法把小貓和長老都帶走，你們可以渡過那條河，去大麥的農場。」

「好，」斑尾點頭。「我會盡力的。」她轉頭看著睡在樹幹暗處的亮心。「那她呢？」

「亮心現在已經跟其他戰士一樣厲害了，」火星精神一振地說。「她可以和我們一起去。」於是他走過去，用腳掌推推年輕的母貓。「起來了，亮心，我們該出發了。」

亮心眨著剩下的一隻眼睛看他，然後起身伸了個懶腰。「好了，火星，我準備好了。」她立刻往空地走去，火星在她背後大聲喊道：「亮心，如果我們能度過這次難關，以後妳就改睡戰士窩吧！」亮心的雙耳一下子豎直，身體似乎也挺了起來。「謝謝你，火星！」她喵聲回答，隨後睡意全消地衝了出去。

火星向斑尾點頭道別，然後也跟著亮心走進空地。這時已經有貓兒陸續從窩裡出來了，包括羽掌和暴掌在內的見習生們也都圍在煤皮身邊，各自扛著一袋藥草。塵皮也擠在裡頭，正忙著和蕨掌低聲交談。

戰士窩附近，可以看見亮心已經找到了雲尾，至於鼠毛和長尾則開始繞圈子，假裝對峙，似乎在做最後一次的作戰練習。火星看著空地上的活動，灰紋和沙暴這時也從樹枝間的戰士窩裡走了出來，後面跟著刺爪和霧足。白風暴出現了，他催促大家快去蕁麻地那裡吃點東西。

火星覺得很驕傲。這些都是他的族貓，每一位都既勇敢又忠心。頭頂上，天色微亮，樹林間光禿的枝椏顯得更是幽暗；黎明即將到來讓火星有些緊張，但他強迫自己鎮定下來，然後大步穿過空地，去找正在新鮮獵物堆旁的白風暴。

「只剩這些了！」白色戰士喵聲說道。

火星從獵物堆裡叼起一隻田鼠，其實他已經緊張到吃不下了，但還是勉強自己大口吞下。

「火星，」過了一會兒，白風暴又開口說，「我想告訴你，即使藍星還在世，也不見得能做得比你好；我很幸運能擔任你的副族長，這是我的榮幸。」

火星看著他。「白風暴，你怎麼說得好像……」他不敢再說下去，老戰士的肯定對他來說意義非凡，他不知道該怎麼接話才好。他無法想像，萬一白風暴因這場戰爭而再也回不來，那他該怎麼辦。

白風暴專心吃著眼前的八哥鳥，刻意避開他的目光，沒再說什麼。

當斑尾領著其他長老出來為戰士們送行時，整座營地仍有些昏暗。柳皮的小貓衝出育兒所，向他們的媽媽和沙暴說再見。他們看起來很興奮，一點也不知道這是生離死別的一刻。

「好了，火星，」雲尾喵聲說道。「都準備好了吧？」他的尾尖緊張地抽動，很坦白地說：「如果能現在就出發，我的心情應該會好過一點。」

火星吞下最後一口田鼠。「我也是，雲尾，」他回答。「那我們就出發！」

他站起身，彈彈尾巴，召集族貓集合。他看了沙暴一眼，看見她綠眼珠裡滿是對他的信心與愛意，頓時令他勇氣大增。

「雷族貓們，」火星大聲地說，「現在我們要出發去對抗血族了，但我們並不孤單，因為森林裡有四大部族，從現在到未來都不會改變；他們今天都會和我們一起作戰，把那群邪惡的貓趕出森林！」

戰士們全都一躍而起，大聲嘶吼，發出同意的聲浪。火星立即轉身，領著他們穿過金雀花隧道，爬上山谷，往四喬木走去。

他最後一次停下腳步，回頭望了營地一眼。火星不知道這次離開後，能否再見自己最心愛的家園。

第二十八章

快接近四喬木時，天空中出現了微弱的第一道曙光。火星停在河岸邊上，回望身後的每一位戰士。他摯愛的沙暴；他最好的朋友灰紋；懂事又忠誠的戰士蕨毛；他睿智的副族長白風暴；雷族裡最年輕的戰士刺爪，正面臨他此生的第一場戰役，神情有些緊張；還有在最後一刻終於良心發現的戰士長尾；內向卻率直的塵皮，以及他的見習生灰掌。

此外，他也看見自己的見習生棘掌，那雙琥珀色的眼睛閃閃發亮，毛髮都豎了起來；還有任性卻對雷族忠貞不二的雲尾，和被雲尾從死亡邊緣救回來的亮心。火星發現他們每一個，對他來說都很重要，如今卻得面對凶多吉少的命運；一想到這裡，他難過得不得了。

火星提高音量，希望他們都聽得見。「你們都知道即將面對的是什麼，」他喵了一聲。「我只想說一件事：自星族在森林裡建立四大部族以來，從來沒有一個族長能像我一樣，有幸擁有像你們這樣的一群戰士。不管未來發生什麼事，我都希望你們記住這一點。」

「你也一樣，火星。你是森林裡有史以來最稱職的族長。」灰紋回答他。

火星甩甩頭，哽咽得說不出話來。灰紋總是喜歡把他拿來和藍星這類偉大的族長相比擬，但他知道自己根本比不上。他只希望能盡力做好自己的本分，不辜負夥伴們對他的期望。

他穿過小溪，聽見河的那頭傳來一陣聲響，他俯視斜坡，看見河族和影族正悄悄奔向約定的地點。火星用尾巴跟他們招呼，戰士們紛紛圍過來；他的力量正在擴張。

他很高興他們信守諾言，即便黑足臉上的敵意告訴他，影族這次雖然願意與他們並肩作戰，但永遠不可能成為雷族的朋友。

火星看見圓石也在影族戰士中，褐掌也是，她看起來雖然緊張，但神情堅定。霧足遲疑地走過去和河族的朋友打招呼；她和影皮互觸鼻頭。鼻涕蟲和泥毛這兩位巫醫也同時抵達，後面各自帶著一位見習生，背著藥草，他們一路穿過貓群，來到煤皮身邊。然後三支部族一同走向四喬木，火星和豹星在前方領軍。

等他們來到山谷頂端時，四周靜悄悄的；強風迎面吹來，往影族領土的方向吹去，火星恐懼得毛髮倒豎。他們的氣味一定會傳到守候多時的血族那兒，而他們自己卻不知道敵人究竟在哪裡。

「灰紋、鼠毛，」他低聲說，「先去山谷四周搜尋一下，小心不要曝露自己；如果看到任何貓兒，立刻回報。」

兩隻貓轉身奔下山坡，在灰濛濛的天色下，任何身影都很難看得清楚。火星靜靜地等候，試著保持鎮定，還好有白風暴和沙暴在他身邊。他還沒來得及多想接下來可能發生什麼事，灰紋就回來了，旁邊緊跟另一隻貓，高星。

「你好，火星，」他喵聲招呼。「風族來了，所有戰士——包括你的朋友烏掌和大麥。」

風族族長才說完他們的名字，獨行貓便走了過來。

「我們說過要來幫忙的。」烏掌用尾巴輕輕繞住火星的尾巴，跟他打招呼。「如果不嫌棄的話，我們願意與你們並肩作戰。」

「怎麼會嫌棄呢？」火星反問，心中的感激早已沒有言語能形容。「當然歡迎你們，這還用說！」

「很榮幸能和你們一起作戰。」大麥也說。沙暴走上前來招呼她以前的夥伴，兩位獨行貓一左一右地站在她身旁。

「你知道血族在哪裡嗎？」火星問高星。

高星冷冷地俯看山坳，往影族領土那兒眺望。「我猜他們一定正在某處監視著我們。」他的聲音很冷靜，火星不禁羨慕起高星那神情自若的態度和無所畏懼的膽識；雖然他後來還是聞到了風族族長身上傳來的恐懼氣味。火星聽見他低語著：「求星族幫助我們！告訴我們敵人在哪裡？」

儘管知道高星和他一樣害怕，火星卻對這位比他年長許多的資深族長更感敬佩。高星從不在族貓面前表現出恐懼的一面，他總是撇開自己的情緒，盡族長的本分；火星真希望自己能像他一樣。

他專注地盯著幽暗的黑影深處，尋找鼠毛的身影。當他看見她一路朝他跑來時，也同時瞄見了下方空地的動靜。許多暗色身影正從對面斜坡下方的灌木叢裡走出來，一字排開，形成可怕的陣勢。鞭子瘦小的身影出現了，火星的肚子一緊，恐懼湧上心頭。

「我知道你們在那裡！」血族族長喊道。「快說出你們的答案。」

有一個心跳的時間，火星愣住了，然後看了身後的貓群一眼。雖然他知道他們有多害怕，臉上的神情滿是堅定。獅族已經準備好應戰了。

「去吧，火星。」豹星平靜地說。既害怕又想反抗的矛盾心情，讓她毛髮豎起、耳朵平貼。「帶領大家。」

火星看著高星，他同樣點點頭。

「你以前也曾代表我們發言過，」他說。「現在你正是那個應該帶領我們的貓，我們相信你。」

於是火星帶著四大部族走下空地。鞭子正在巨岩下方等著他，黑色的毛皮整理得光亮。他好整以暇地坐在地上，眼神如冰，項圈上的尖牙在清晨的陽光下閃閃發亮。

「你好啊！」他開口，伸舌舔舔嘴巴四周，好像剛吃過什麼肥美多汁的獵物。「你們決定要走了嗎？還是你們自認打得過血族？」

「我們不想開戰，」火星鎮定地說。他沒想到自己竟然如此冷靜。「但我們願意和平解決，放你們回兩腳獸的領土。」

鞭子發出一聲冷笑。

「回去？你以為我們是膽小鬼嗎？不，從現在開始，這裡就是我們的家了。」

火星感覺到最後一絲和平希望已經從他的爪間溜走，他望著鞭子身後那一排排的血族戰士。他們各個都是精瘦結實的貓，大部分都像鞭子一樣戴著鑲有利牙的項圈，想必是以前戰役留下的戰利品。火星從沒忘記鞭子的利爪，是如何劃過虎星的肚皮。他們全都目露兇光，等待攻擊的指令。

「森林是我們的，」火星告訴黑貓。「我們在星族的授意下統治這座森林。」

「星族！」鞭子不屑地說。「那是用來騙寵物貓的神話故事，你們這群森林裡的傻子，星族不會幫你們的。」

他跳起身，毛髮直豎，看上去一下大了兩倍。「攻擊！」他吼道。

血族戰士立刻往前奔來。

「獅族，進攻！」火星也大吼一聲。

他撲向鞭子，但血族族長卻靈巧地閃到一旁，另一隻高大的虎斑公貓取而代之、直接撞上火星，害火星跌到地上；空地裡殺聲四起，火星抬起後腿猛踢那名血族戰士，耳裡則聽見山谷四周的矮樹叢不斷有貓兒衝出來。豹星和高星率先跳出樹叢，黑足領著一小隊影族戰士也一馬當先地衝了出來；白風暴跑在雷族貓前方，森林裡的四大部族全部衝進空地，咆哮迎戰對手。

火星好不容易甩掉血族貓，站了起來，但鞭子已經不知道去哪兒了；四周盡是廝殺扭打的貓兒，他看見灰紋正力抗一隻高大的黑色公貓，柳皮翻滾在地、利牙緊咬住一隻玳瑁貓的肩膀。長尾也在附近，他被兩名血族戰士壓在底下，正在死命掙扎，火星衝了上去，拉開其中一隻貓，對方轉過身，身上的惡臭味迎面撲來。火星感覺到爪子劃過他的肩膀，立即揮爪回擊，往對方臉上掃去，當場讓那隻貓血流如注，鮮血滴進眼裡。那隻貓看不見眼前的東西，只好鬆手放開火星，火星趁機又重擊對方一掌，這才趕緊轉身去救長尾。

淺色虎斑貓已經擺脫掉另一名對手，但肩膀和腹側一直流血；煤皮一跛一跛地跑出矮樹叢，用鼻子推長尾起身，扶著他慢慢走出戰場。

火星重回戰場。一鬚風似地衝過他身邊，追趕一名血族戰士；他瞥見霧足正和羽掌、暴掌並肩作戰，亮心則站在一隻比她大上兩倍的血族虎斑貓面前迂迴遊走，她的自創戰術已經把那隻公貓搞得昏頭轉向；雲尾就在她旁邊。亮心巧妙地閃過敵人揮過來的腳爪，反身伸出利爪劃過對方的鼻子；虎斑貓痛得轉身逃走，雲尾發出勝利的吼叫聲，兩隻貓兒開心地滾打一起，接著又衝回戰場。

不遠處，大麥正和烏掌連手對抗兩隻長得很像的灰色公貓，他們身材瘦削，脖子上都戴有裝有利牙的項圈。

「我認得你！」其中一隻對大麥啐了一口，「當初你沒膽待在鞭子身邊。」

「但至少我有膽離開他，」大麥嘶聲回吼，後腿一撐、前爪掃過那名灰色戰士的耳朵。「現在輪到你滾蛋了，你們不屬於這裡。」

他旁邊的烏掌也不斷進逼，兩名血族戰士節節敗退，最後逃進灌木叢裡。這時一隻白色的血族戰士衝進空地，從他們旁邊跑過，晨花則緊追在後，利爪不忘劃過對方後臀。「金雀掌！金雀掌！」她大聲怒吼，盡情發洩兒子逝去的悲傷。她跳到那名戰士身上將他撲倒，用力扯下對方身上的毛。

火星到處尋找鞭子。只要血族族長不死，勝利便不可能到來。還在喘氣的火星突然想到，這一場森林之役，對手竟不是虎星，而是殺害虎星的兇手鞭子，真是出乎大夥兒的意料。

血族族長依舊不見蹤影。火星一路往巨岩的方向廝殺過去，張牙舞爪；一隻骨瘦如柴的灰色母貓跑到他面前，綠色的眼睛充滿恨意，一下子撲了上來，尖牙利爪瞄準了他的肩膀。當她張嘴咬上來時，火星感覺到對方項圈上的利牙撞上了他的臉。他身子一扭，脖子上的毛被扯落，但也擺脫了血族戰士的尖牙，他立刻攻擊對方沒有防備的腹部，爪子劃了下去。母貓痛得跳起來，逃進灌木叢裡。

火星氣喘吁吁地站起身來，鮮血從他肩膀滴落。他不知道自己還能撐多久，還有多少體力可以繼續打下去？山谷裡的血族戰士好像愈聚愈多，各個都身強體壯，能跑能打。這場戰爭究竟要到什麼時候才能結束？

一隻玳瑁色的血族貓從他前方陰森地逼近，仇恨讓他變了一個樣子；這時，另一個深色身影衝出灌木叢，擋住那隻玳瑁貓，將對方從火星面前推開。火星嚇了一跳，認出那是暗紋——難道這名深色戰士終於在最後一刻，決定效忠雷族？

但他馬上就發現自己錯了。暗紋轉身面對他，嘶吼道：「寵物貓，你是我的了！該是你受死的時候了。」

火星擺好姿勢，隨時準備開打。「你現在又改效忠殺虎星的兇手啦？」他嘲笑暗紋。「你到底有沒有廉恥心啊？」

「沒有！」暗紋憤怒地說道。「我才不在乎森林裡其他貓的死活，我只想看見你死！」

暗紋撲了上來，火星往旁邊一閃，但那深色戰士的其中一隻腳爪劃過他的頭，害他跌倒在地。暗紋從上方壓住他，火星扭動身子，想要騰出後腿；他憤怒地扒抓暗紋的肚子，卻沒辦法甩開他。戰士露出尖牙，對準火星的脖子，火星死命想要掙脫。

突然，暗紋從他身上滾落，火星趕緊跳起來，發現灰紋正和他以前的同族夥伴扭打成一團。灰紋的毛被扯了下來，先前受傷的肩膀仍在淌血。剛爬起來的火星正想上前幫忙，灰紋就已經把暗紋甩到地上、氣喘吁吁地壓住他。

「叛徒！」他斬聲罵道。

暗紋用力扭轉身體，地上被他給硬生生地扭鑿出一個凹洞，但就是擺脫不掉灰色戰士。「狐狸屎！」他啐了一口，扭過頭想去咬灰紋的脖子。

但灰紋伸出前掌撥開他，爪子直接戳進暗紋的喉嚨裡，鮮血立刻噴了出來。深色虎斑貓開始抽搐，張大下顎想要吸氣。

「什麼都不見了……」他突然噎住，「好黑哦——不見了……」

火星看著他雙眼逐漸失去神采，變得空洞，掙扎也愈來愈微弱，最後倒下去，再也不動。

灰紋不屑地啐了一口，從他身上爬了下來。「森林裡總算少了一個叛徒。」他罵道。

火星用鼻子輕觸灰紋的肩膀，但當灰紋看著他身後時，突然愣住了。

「火星……」他大口喘氣說道。

火星趕緊轉身，只見沙暴和塵皮正在並肩作戰。看來他們並不需要他幫忙。他搞不清楚灰紋是被什麼嚇到了，然而這時混戰中的貓兒稍微分散了開來，他才看見血族副族長骨頭正把另一隻貓壓在地上，後者無力地扭動身子，身上全是血；火星一時間看不出對方的毛色，過了一會兒，才突然認出那是白風暴！

「不！」他大喊，連忙衝向骨頭，撲了上去，灰紋也跑過來幫忙。

骨頭往後彈開，卻撞上棘掌和灰掌，他們也正穿過空地朝這兒跑來。火星看見他的見習生跳上骨頭的背，灰掌張口就咬對方的後腿。

火星確定骨頭一時分不了身，於是在白風暴身邊蹲了下來，暫時拋開身邊如火如荼的戰事。白色戰士認出火星，眼裡閃過一絲光芒，尾尖抽動。「再會了，火星，」他喘息著說。

「白風暴，不要離開我！」火星只覺得心痛得快要爆開來，他不應該讓他的副族長捲入這場戰爭的，白色戰士似乎早就知道，這將會是他的最後一場戰役。

「灰紋，快去找煤皮！」

「來不及了，」白風暴喘息著說。「我要去星族那裡了。」

「不行——雷族需要你！我需要你！」

「你會找到其他的貓幫你……」白風暴的眼神迅速黯淡下來，他看了灰紋幾眼。「你要相信自己，火星，你應該早就知道，灰紋是星族為你選定的副族長。」

他發出一聲長嘆，最後閉上了眼睛。

「白風暴……」火星好希望自己能像小貓一樣放聲大哭。他將鼻頭伸進副族長被血浸濕的毛髮，這是戰場上唯一能為他做的哀悼。

然後他轉身面對灰紋，灰紋還沒回過神，只是盯著老戰士的屍首。「你剛才也聽到他說什麼了。」火星說。

「他選了你，」火星起身，抬高音量蓋過四周的廝殺聲。「我要在白風暴的屍首面前大聲宣布，讓他的靈魂可以聽見，並同意我的決定。灰紋從此刻起將接下這個職務，成為雷族的副族長。」

身後傳來的應和聲讓他嚇了一跳，火星回頭看見沙暴和塵皮停下動作，匆忙向灰紋點頭致意，才又衝進戰場。

灰紋動也不動，黃眼睛緊盯住火星。「你……你確定？」

「非常確定。」火星吼道。「快，灰紋！」

他的眼角餘光瞥見血族副族長正死命想擺脫棘掌和灰掌的糾纏，火星還沒來得及撲上去，一陣尖聲吶喊突然蓋過混戰聲：好幾名見習生衝過空地，骨頭一下子就被這群憤怒的見習生給吞沒，其中有棘掌和灰掌，還有羽掌和暴掌，再加上褐掌也加入，和她的弟弟並肩作戰。骨頭很快就失去了抵抗力，身體開始痙攣，尾巴也猛抽動；火星看見那抽動愈來愈弱，最後靜止下來。灰掌發出勝利的嚎叫。

就在這時，鋸齒不知從哪裡冒了出來；火星豎起毛髮，那傢伙一開始是無賴貓，後來加入影族，現在又拋棄戰士守則、投靠血族。高大的他撲向見習生們，準備張嘴狠咬離他最近的——棘掌——想把他從骨頭身上拖開。褐掌立刻跳到無賴貓身上。「快放開我弟弟！」她啐了一口。其他見習生也都跳了上來，鋸齒只好慌忙扔下棘掌，捲起尾巴穿過空地，趕緊逃之夭天。其他見習生又追了上去。

火星大口喘氣，環顧四周的戰局，覺得胃翻騰得厲害。雖然暗紋、骨頭都死了，鋸齒也逃跑了，但空地上似乎還到處都是血族貓，而且還有更多成員不斷衝下斜坡。

雷族已經失去白風暴，而火星也在混戰中看見風族的裂耳躺在地上，動也不動，顯然已經精疲力盡了；蕨毛和鼠毛雖然正並肩作戰，但蕨毛的腿已經跛了，鼠毛身體的一側也滿是又深又長的爪痕。空地邊緣，霜毛拖著身體進入灌木叢，蕨掌正在幫她治療，而不遠處，影族的巫醫鼻涕蟲在幫黑足的肩傷敷上蜘蛛絲，但影族副族長不耐地甩開他，再度投入戰局。他還瞥見豹星正大聲吶喊，鼓勵她的戰士繼續奮戰，但沒一會兒功夫，卻又被一群血族貓兒給吞沒。

我們輸定了！火星努力想壓下自己驚慌的心情。**我一定要找到鞭子！**只有殺了血族族長，這場戰爭才有可能結束。兩腳獸領土的貓兒根本不懂戰士守則的傳統與意義，他們是因為鞭子才聚集起來的，沒有了鞭子，他們就會開始潰散。

火星的目光終於逮到鞭子，毛髮立刻豎了起來。那隻黑貓就蹲在巨岩底下，一個戰士不小心被躲在暗處的他給逮到，只見他伸出利爪劃了過去；火星腹部一緊：那是一鬚。

他憤怒地大吼，穿過空地衝了上去。鞭子也立刻轉身，留下仍在地上掙扎流血的一鬚。

血族族長露出尖牙朝他大吼：「火星！」

火星像閃電似地撲上去、翻滾一圈，將瘦小的鞭子壓在地上，爪子抵住對方脖子。但他還沒來得及咬下去，鞭子便像蛇一樣扭動，迅速溜開，爪上的犬齒一揮，劃破了火星的肩膀。

火星覺得痛徹心扉，但逼自己不能退縮，轉身又跳了上去，把鞭子整個撲倒，撞上巨岩，鞭子嚇了一大跳；火星咬住他的後腿，但血族族長也不甘示弱地揮爪過來，火星覺得全身像著了火刺痛，只得趕緊鬆口。

血族族長撐起後腿，揮爪打算來個致命的一擊；火星趴在地上想要躲開，但速度不夠快，那可怕的爪子便揮了下來，他感到頭痛得快要爆開，滿眼金星，眼前一片昏暗。一股溫暖的黑潮襲捲而來，漫過了他，他死命想要爬起來，但爪子一點力也使不上，終於倒了下去。

第二十九章

火星睜開眼睛，發現自己躺在四喬木的草地上，遍地月光，頭上樹葉沙沙作響。有那麼一會兒，他完全放鬆了，浸淫在綠葉季的溫暖空氣裡。

突然間他想起剛剛在四喬木看到的場面：最寒冷的禿葉季，放眼望去盡是暗沉光禿的樹枝，空地上滿是廝殺扭打的貓。

他趕緊坐起身來，原來這裡不只有他一個。星族戰士們在空地上一字排開，發光的身體和晶亮的眼睛，照亮了整片空地。火星發現他的九條命就是最前面的祖靈們所賜，有藍星、黃牙、斑葉、獅心……以及新成員：白風暴。白風暴又恢復年輕時的模樣，厚厚的毛髮上閃爍著星光。

「歡迎你，火星！」白色戰士喵聲說。

火星站了起來。「為什麼……為什麼帶我來這裡？」他責怪祂們。「我應該回去作戰；我要去救我的族貓。」

這時藍星開口說話了。「聽著，火星。」

火星看見祂身旁有個空位，他起初以為那個位置是空的，後來才看出那裡有一圈很淡的火紅色身影。他的綠眼睛看不清楚，起初沒認出那個身影，最後終於看出是他自己。

「你失去了你的第一條命。」藍星輕聲地說。

一陣寒顫竄過火星全身，原來死亡是這種感覺。他半是好奇半是恐懼地瞪著空地中央屬於他的那團淺色身影。當他的目光與那鬼魂般的貓相遇時，他突然看見了自己：他正縮在那裡，血流不止、毛髮凌亂，眼裡充滿了絕望。

火星轉過頭，不敢再看下去。沒有時間了！給他九條命的目的，不就是要他再活過來嗎？

「快送我回去！」他懇求道。「如果我們輸了這場戰爭，森林就會被血族統治了。」

藍星上前一步。「火星，忍耐一下，你的身體還需要一點時間復元，馬上就可以讓你回去了。」

「可是來不及了！藍星，祢怎麼可以讓這種事發生？難道這時候星族還坐視不管嗎？」

雷族的前任族長沒有回答他的問題，反而坐了下來，藍色的眼睛閃著智慧之光。「你為雷族所付出的，誰也比不上，」祂喵聲說，「雖然你不在森林裡出生，卻擁有部族貓的真正精神……更勝虎星和暗紋。他們嘲笑你是寵物貓，但他們兩個卻為了私慾而背叛自己的原生部族。」

火星的腳爪在草地上不安地磨蹭。這些讚美有什麼用？他沒辦法不去想戰場上的事，忠貞的貓們正在那裡奮力作戰和垂死掙扎。「藍星——」

母貓抬起尾巴，要他安靜。「也許是你和虎星之間的仇恨，帶給你源源不絕的力量，」祂繼續說道。「這陣子以來，你堅持不懈，做你認為應該要做的事，即便你的族貓反對，你卻能強忍住孤單與徬徨，成為今天的你……一位有勇有謀，可以帶領族貓度過黑暗時刻的偉大族長。」

「可是我現在沒帶領他們啊！」火星嘶聲喊道。「我救不了他們……我不夠強壯，我們快輸了，藍星，這不是星族想要見到的結果吧！我們一直相信戰士祖靈要我們四族分治，難道錯了嗎？」

星光閃爍的前排戰士突然有了動靜。藍星站起身，加入其他八隻曾在月亮石那兒賜給他生命的貓兒。九位祖靈圍住這隻年輕的貓。他緊張地站在空地中央。

有個聲音出現了——但這次不是藍星，而是某種回音在火星腦袋裡迴響，彷彿九隻貓一起對他說話。「火星，你錯了！森林裡不只有四個部族。」

火星瞪大眼睛，驚訝地愣在那裡，而那個聲音繼續說道：「森林裡有五個部族。」

火星感覺得到，那九雙閃著智慧之光的眼睛正看著他。「火星，勇敢地作戰吧，現在你可以回到戰場了，星族的精神將與你同在。」

星族戰士祖靈的身影似乎正慢慢化為光影。火星感覺到力量重又流貫全身，彷彿清涼的活水注入乾渴的大地。他知道他的力量回來了，再度信心百倍。

他睜開眼睛，戰場上的廝殺聲灌進他耳裡，他跳了起來；正前方，他看見雲尾正和鞭子廝殺。年輕的白色戰士躺在地上，鮮血直流，因為被鞭子一巴掌打在頸背上，腰窩也被尖銳的爪子劃過，但他依舊緊咬住鞭子的腿，就算傷勢嚴重也不肯鬆口。

「鞭子！」火星生氣地大喊。「有本事就來對付我！」

黑貓一下子轉過身來，嚇得放開腳下的雲尾。「怎……怎麼可能？你不是死了？」

「沒錯！」火星啐了一口。「但我有星族的護佑，是一位有九條命的族長；你也是嗎？」

這是他第一次看見鞭子那雙冷酷的眼睛裡閃過不安的神色。火星終於明白，大麥那時說的話是什麼意思。鞭子不相信星族，這就是他的最大弱點。沒有了信仰，就沒有部族的律法與傳統，所以他怎麼可能擁有族長的九條命；他只要死過一次，就會徹徹底底地死掉。

血族族長的不安沒有維持很久。他立刻揚起腳爪，對準雲尾揮出最後一掌，已經受傷的戰士就這樣被他打落到巨岩旁邊。

火星朝他的敵人衝過去，每一步都感覺得到星族戰士祖靈與他一起奔馳、配合他的腳步：金光耀眼、高大壯碩的獅心；矯捷強壯的追風；暗色毛髮飛揚、毛茸茸的紅尾巴在身後擺盪的紅尾；張牙舞爪的黃牙、靈活果決的斑葉；全力以赴、戰力高強的藍星；這場仗要重新開打了。

火星的腳好像長了翅膀，飛快地掠過地上；他的爪子劃過鞭子的腰，往對方頭上揮去，彷彿來索回他的第一條命。

但鞭子的速度更快：他閃過火星的利爪，對準他的腰際，打算用解決虎星的那一招，一樣把火星開腸剖肚。

火星及時閃了開來。現在他處於守勢，得設法避開那可怕的爪子，但又不能離鞭子太遠，因為他要隨時準備反攻；好不容易逮住血族族長的尾巴，兩隻貓開始在草地上扭打翻滾，尖牙利爪盡出，一陣廝殺。等他們分開時，火星看見地上都是自己血滴。他知道得趕在自己體力耗盡之前，盡快結束這場戰爭。

他突然想起以前的老把戲，只是不太確定用在鞭子身上有沒有效；但也沒別的法子了。他的兩隻前腳踉蹌跌進滿是血跡的草地裡，在他敵人面前蹲了下來，彷彿已經戰敗投降，但每根神經卻都繃得緊緊的；鞭子發出勝利的嚎叫，往他跳了上來。火星趁這時飛身撲上去，用力頂鞭子的肚子，把他撞倒；他的爪子劃過鞭子的毛皮，尖牙戳進那隻黑貓的喉嚨，直到溫熱的鮮血噴了出來。火星感覺到鞭子的爪子正不斷拍打他的肩膀，但他就是不鬆開，兩隻後掌緊緊壓住對方肚子，直到那拍打的力道愈來愈弱。

火星大力甩頭，甩掉噴進眼裡的鮮血。他放開鞭子，站起身，準備舉掌再做致命的一擊——但顯然沒有必要了：鞭子瞪著他，又深又黑的眼裡充滿了仇恨，身體開始抽搐。他想大叫，但破掉的喉嚨只有血泡一直冒出來。痙攣的四肢漸漸靜止，雙眼最後只能失神地瞪著天空。

火星的腹部劇烈的起伏著，他呼吸急促，低頭看著死去的敵人，天知道這隻貓的靈魂會到哪兒去。但可以確定的是，絕對不是去星族那裡。

一隻瘦削的血族黑白花貓正在幾條尾巴外的地方和高星纏鬥，當他看見鞭子動也不動的躺在地上時，不禁當場愣住，瞪大了眼睛，完全無視於高星用利爪劃過他的臉頰。「鞭子！」他倒抽一口氣。「不——不！」

他往後退，然後轉身，拔腿就跑，快到灌木叢時還不小心撞上另一名血族戰士。第二個戰士生氣地啐了一口，正打算撲上火星，卻在這時看見族長的屍體。

他驚恐地大叫：「鞭子！鞭子死了！」

驚叫聲響遍廝殺震天的戰場，火星看見血族戰士全都嚇得踉蹌後退，無心戰鬥。當他們發現族長真的死了，全都轉身逃了出去。火星眼前天旋地轉，這些來自兩腳獸領土的貓兒似乎都縮小了，他們不再是可怕的戰士，反而成了森林裡毫無立足之地的普通貓；他們跑得比風族慢，動作比河族遲，個子比影族小，他們不再那樣趾高氣昂，森林裡的貓兒發出勝利的嚎叫，聲浪一波蓋過一波，將他們全部驅出山谷。

火星精疲力竭，全身麻木，完全沒有力氣去想他的族貓——獅族——已經打贏了這場仗。森林又重回星族的手中了。

第三十章

空地陷入一片寂靜。冷冽的陽光穿透樹林，草地上血跡斑斑。雲尾費力爬了起來，蹣跚走到火星身邊，低頭看著鞭子僵硬的黑色屍體。

「你辦到了，火星！」他喘著氣說。「你救了這座森林。」

火星舔舔年輕的戰士。「是我們成功了！」他回答，不由得想起他外甥剛進森林時惹出的一堆麻煩事；當時他萬萬沒有想到，自己也會有以他古怪外甥為榮的一天。「去吧！先去找煤皮幫你擦藥。」

雲尾點點頭，一跛一跛地穿過空地。

火星環顧四周，只見各族戰士紛紛往他們巫醫所在的空地邊緣聚攏。一又變回四了，獅族不復存在。

剛開始他沒找到沙暴，心裡驚慌起來，他不知道自己能否承受失去摯愛的痛苦。還好這時看見她一跛一跛地穿過空地朝他走來，雖然一邊的身體因為凝固的血跡而亂成一團，但火星看得出她傷勢不重。

「感謝星族！」他總算鬆了口氣。

他三兩下跳過空地，沙暴回頭看見他，綠色眼睛裡也有放心的神色。「我們辦到了，」她低聲地說，「我們把血族趕走了。」

火星突然覺得一陣暈眩，整座森林似乎正繞著他轉。

「撐住！」沙暴匆匆用肩膀抵住他，「你流太多血了，快去找煤皮。」

火星搖搖晃晃地走過去，大口吸入沙暴的氣味；他依偎在她柔軟的毛髮上，覺得很舒服，直到走近煤皮，才砰地一聲倒在地上。火星以為自己又在失去一條命，幸好還能聽見空地周遭的聲音，尤其是當蕨掌把蜘蛛絲敷在他的傷口上時，他還感覺得到痛。

「他沒事吧？」這是灰紋的聲音。「嘿，火星——你可別現在才倒下去啊！」

「我沒事，我只是累了。」火星對灰色戰士眨眨眼睛。「別擔心，還輪不到你當族長呢！」

「火星，」沙暴輕戳他的肩膀。「大家都來了。」

火星坐了起來，看見一群河族戰士朝他走來，帶頭的是豹星。河族族長向火星低頭致意，她的身上到處都是爪痕，但銳利的眼神依舊，尾巴還是舉得高高的。

「做得好，火星！」她說。「他們告訴我，是你殺了鞭子。」

「大家都辛苦了，」火星回答。「如果不是四族攜手合作，我們不可能打贏這場仗。」

「沒錯，」豹星也認同。「但現在我們又變回四族了，我得帶我的族貓回去，有好多傷者得照顧，還得為逝去的貓兒舉辦追思儀式。」

「影族呢？」火星問道。

「影族必須回到自己的領土。」豹星堅定地說。「我已經有副族長了，影族若敢入侵我們的領土，河族也有足夠的戰士來捍衛自己的家園。」

「新的副族長是誰？」火星好奇地問。

「霧足。」河族族長的眼睛閃了一下。

火星驚訝得瞪大眼睛，這時霧足從雷族貓群裡走了出來，後面跟著羽掌和暴掌。「我要和豹星一起走，」她解釋道，那雙和她母親一樣冰藍的眼睛正看著他。「我不會忘記你的恩惠，但我的心始終在河族。」

火星點點頭。他從沒妄想過，要霧足放棄自己的原生部族。「但是……在發生過石毛那件事後，」他說，「妳還願意擔任副族長嗎？」

霧足的眼神憂傷，但決心沒有動搖。「豹星在開戰前就問過我了，」她說明，「我說我會考慮。但現在我知道，為了石毛，也為了河族，我一定要答應。」

火星低下頭，尊重她的決定。「星族會與妳同在。」他說，「妳永遠是雷族的朋友。」

霧足身旁那兩隻年輕的貓兒，看看火星又看看豹星，眼神有些不安。「我們也要回去，」暴掌開口了。「河族失去很多戰士，他們需要我們。」

羽掌慢慢走到灰紋身旁，與他互觸鼻頭。「你要常來看我們，一定哦！」

「誰敢阻止我去看你們！」他的聲音悶悶的，好像被矇住的樣子，因為又要與骨肉分離而露出悲傷的眼神。「你們一定要成為最棒的戰士，讓我以你們為傲。」

「你們現在有可以學習的目標了，」火星補上一句，「你們的父親現在是雷族的副族長。」

兩位見習生挨近他們的父親，互纏尾巴。豹星留給他們一點時間話別，然後才示意他們動身離開。年輕的貓兒跟上隊伍，河族戰士們消失在灌木叢裡；他們爬上斜坡，朝自己的領土出發。

火星的目光落到不遠處的影族貓身上，他發現棘掌正在那裡找他姐姐說話。火星站起身，一跛一跛地慢慢走過去。黑足起身迎接。

「火星，」影族副族長瞇起眼睛。「我們總算打贏這場戰爭了。」

「沒錯，我們贏了。」火星附和，然後又問道：「黑足，你現在打算怎麼辦？」

「帶著我的族貓回家，然後去高岩山一趟。我現在是他們的族長了，有很多事情得忙。日子總得過下去。」

「那就下次大集會見了。對了，黑足，你應該從你前任族長的身上學到不少教訓吧？我見過你在白骨堆那兒對石毛做的事。」

黑足的眼裡閃過一絲陰影，但沒吭聲。

火星彈彈尾巴，示意棘掌過來，棘掌用鼻子抵住褐掌的身側，然後才穿過影族貓，來到他的導師身邊。黑足召集他的族貓，領著他們走出空地，巫醫鼻涕蟲則走在最後；臨走前，他又看了火星一眼。火星只希望在經歷過碎星和虎星這兩個大麻煩後，未來能和這位新任族長相處融洽。

火星轉身要找自己的族貓，卻發現大麥和烏掌就在他身後。

「我不相信黑足那個傢伙。」烏掌看著消失在灌木叢裡的影族戰士說。「他是我所見過最會製造麻煩的傢伙。」

「我知道，」火星答道。「別擔心，如果他敢惹麻煩，雷族不會放過他的。」

「至少鞭子死了，兩腳獸領土那裡的貓，也終於可以安心過日子了。」大麥感觸良多地說。「他們以後應該會好過點了。」

「你不打算回兩腳獸的領土那兒嗎？」火星問道。

「我這輩子是不會回那裡去了。」大麥豎起尾巴。「我們要直接回家。」

「不過能和雷族並肩作戰的感覺真不錯。」烏掌補上一句。

「雷族永遠感激你們。」火星熱情地說，「歡迎你們隨時拜訪我們。」

「如果你要去高岩山，也別忘了到農場看看我們哦。」大麥邊說邊轉過身。「我一定會幫你們準備幾隻肥老鼠。」

火星在確定河族、影族都安然無恙後，打算趕在召集雷族貓回營之前，先探視一下風族的情況。吠臉那兒聚集了一小群風族戰士，但附近沒看見其他貓，高星也不見了；一陣恐懼突然襲上火星的心頭。

接著他看見風族族長從空地遠處的灌木叢裡鑽了出來，後頭跟著泥爪、晨花，以及另外兩位見習生。這五隻貓兒氣喘吁吁，彷彿跑了許久。火星趕緊往他們那兒跳過去，以為他們後面還有追兵。

「發生什麼事了？」他問道。「血族在追你們嗎？」

高星發出得意的呼嚕聲。「不是，火星，是我們在追他們。我們把他們一直追到轟雷路那裡。短時間內，他們是不會再回來了。」

「太好了。」火星感激地說。

他看見晨花眼裡同樣也露出得意的神色，他知道那是因為她終於為金雀掌報仇了。

火星深吸一口氣，向高星低頭致意：「如今不再需要獅族了，森林再度恢復四族分治。」

他看得出來老族長能領會他話裡的意思。他們不再是盟友，而是彼此競爭的對手，只有在大集會時才會恢復友誼。

「多虧了你，我們才能得到自由。我們欠你一份情。」風族族長低垂頭致意，然後才往空地另一頭的其他族貓走去。

火星生平第一次單獨爬上巨岩頂，血腥的惡臭從四面八方襲來。但在這裡，他可以遠眺整座森林，而且他相信，過不了多久，這場戰役就會成為遙遠的記憶。

他感覺到星族祖靈全在他身邊，和他一起治理雷族；祂們會陪著他穩穩跨出每一個步伐，直到他失去自己的最後一條命，回到星族的家為止。

「謝謝祢們，星族，」他低聲說道。「謝謝祢們的支持，祢們是森林裡的第五部族，我怎麼會以為自己是孤軍奮戰呢？」

他突然聞到熟悉的氣味，感覺斑葉的毛髮正輕輕刷過他的身體，在他耳邊悄悄地說話。

「火星，你永遠都不會孤單的，你的部族會繁衍下去，我也會永遠守護著你。」

那一瞬間，火星覺得所有的傷痛彷彿重新來過一遍：他不是在幾個月前失去了摯愛的巫醫，而是在這場戰役。他豎直耳朵，聽見巨岩上有爪子的聲響；斑葉的氣味漸漸消散，火星看到灰紋和沙暴爬了上來，棘掌緊跟在後。

沙暴挨近火星。「藍星說得沒錯，的確是火拯救了部族。」

「現在又是四族分治了，」灰紋也說，「就像以前一樣。」

不，是五族！火星告訴自己。他低頭俯看空地，然後遠眺森林，感覺得到整座森林的各種聲音與氣味，彷彿有無數種神祕的低語正在他耳邊輕聲呢喃。新葉季正在冰寒的大地下蠢蠢欲動，嫩葉正等待著發芽，獵物也將從漫長的冬眠中甦醒。

太陽緩緩升起，攀上樹梢，溫暖的陽光灑上空地。對火星而言，這是他所見過最明亮的黎明時分。

WARRIORS 貓戰士

系列叢書

貓迷們！還缺哪一套？

十週年紀念版首部曲：
講述冒險精神，步入貓族的世界。
套書1~6集 定價：1500元

暢銷紀念版二部曲-新預言：
描述愛情與親情之間的情感拉鋸。
套書1~6集 定價：1500元

暢銷紀念版三部曲-三力量：
加入摯人情誼與黑暗森林的元素。
套書1~6集 定價：1500元

暢銷紀念版四部曲-星預兆：
延續未完的情節，瓦解黑暗勢力。
套書1~6集 定價：1500元

國家圖書館出版品預編目資料

貓戰士首部曲 6，黑暗時刻 / 艾琳．杭特（Erin Hunter）
著；高子梅譯 . -- 三版 . -- 臺中市：晨星，2021.12
面；　公分 . --（Warriors；6）
十週年紀念版

譯自：The darkest hour
ISBN 978-626-7009-97-0（平裝）

873.59　　　　　　110016033

貓戰士十週年紀念版首部曲之Ⅵ

黑暗時刻 The Darkest Hour

作者	艾琳．杭特（Erin Hunter）
譯者	高子梅
責任編輯	陳涵紀
協力編輯	呂曉婕
文字編輯	曾怡菁、郭玟君、程研寧、陳彥琪、蔡雅莉
封面繪圖	十二嵐
封面設計	言忍巾貞工作室
創辦人	陳銘民
發行所	晨星出版有限公司 407台中市西屯區工業30路1號1樓 TEL：04-23595820　FAX：04-23550581 行政院新聞局局版台業字第2500號
法律顧問	陳思成律師
初版	西元2008年12月31日
三版	西元2024年02月15日（四刷）
讀者訂購專線	TEL：（02）23672044 /（04）23595819#212
讀者傳真專線	FAX：（02）23635741 /（04）23595493
讀者專用信箱	service@morningstar.com.tw
網路書店	http://www.morningstar.com.tw
郵政劃撥	15060393（知己圖書股份有限公司）
印刷	上好印刷股份有限公司

定價250元

（缺頁或破損的書，請寄回更換）

ISBN 978-626-7009-97-0